杜甫剑南诗解

周啸天 编著

四川人民出版社

图书在版编目（CIP）数据

杜甫剑南诗解/周啸天编著. -- 成都：四川人民出版社, 2025. 2. -- ISBN 978-7-220-13844-7

Ⅰ. I207.227.423

中国国家版本馆CIP数据核字第202407RW34号

DUFU JIAN NAN SHI JIE

杜甫剑南诗解

周啸天/编著

出 版 人	黄立新
责任编辑	刘姣娇
版式设计	张迪茗
插图提供	彭先诚
封面设计	肖 欣
责任校对	雷 棚
责任印制	周 奇

出版发行	四川人民出版社（成都市三色路238号）
网　　址	http://www.scpph.com
E-mail	scrmcbs@sina.com
新浪微博	@四川人民出版社
微信公众号	四川人民出版社
发行部业务电话	（028）86361653　86361656
防盗版举报电话	（028）86361661
照　　排	四川胜翔数码印务设计有限公司
印　　刷	成都市东辰印艺科技有限公司
成品尺寸	185mm×240mm
印　　张	25
字　　数	375千
版　　次	2025年2月第1版
印　　次	2025年2月第1次印刷
书　　号	ISBN 978-7-220-13844-7
定　　价	128.00元

■版权所有·侵权必究

本书若出现印装质量问题，请与我社发行部联系调换

电话：（028）86361656

前 言

乾元二年（759）十二月初，杜甫决定从同谷（今甘肃成县）启程去成都时，他实在是走到了山穷水尽的地步。杜甫当时的处境和心情，毕见于《乾元中寓居同谷县作歌七首》："有客有客字子美，白头乱发垂过耳。岁拾橡栗随狙公，天寒日暮山谷里。中原无书归不得，手脚冻皴皮肉死。呜呼一歌兮歌已哀，悲风为我从天来。长镵长镵白木柄，我生托子以为命。黄独无苗山雪盛，短衣数挽不掩胫。此时与子空归来，男呻女吟四壁静。呜呼二歌兮歌始放，邻里为我色惆怅。……"

就在这时，杜甫得到一条重要信息：厚禄故人裴冕，于当年（759）六月拜成都尹充剑南西川节度使，成为剑南道这一重要方镇的长官。两年前（757），杜甫在朝为左拾遗（从八品）时，裴冕任中书侍郎同中书门下平章事（正三品），彼此地位悬殊，却是上下级关系。大树底下好乘凉。得到这个消息，杜甫便打定主意到成都去。

这一年杜甫活得很不容易：七月关内饥荒，他被迫弃官逃难。诗曰："满目悲生事，因人作远游。"（《秦州杂诗》）他成天首先考虑的是一家人的衣食问题，解决办法两个字"因人"，四个字"寄食友朋"（《进三大礼赋表》）。冬季保暖是谈不上的，只希望有一间属于自己的茅屋，全家免于露宿。

最初，"远游"目的地是秦州（今甘肃天水），那里有他的侄儿杜佐及故人赞公和尚，故其诗曰："何时一茅屋，送老白云边。"（《秦州杂诗》）然而，秦州修不了这间茅屋。秦州南边的同谷，县宰来了一封信，杜甫一家便去同谷。他"食蕨不愿余，茅茨眼中见"（《积草岭》），心中想的还是这间茅屋。然而，在当地不要说盖茅屋了，连充饥的野果子都捡不到，杜甫一家生活陷入绝境，于是写了著名的"七歌"。

这一年是杜甫的本命年（四十八岁），个人是没有前途和希望了，但诗人心里还装着民众（黎元）和国家。杜甫这样说自己的家世："且言先臣恕、预以来，奉儒守官十一世，迨审言以文章显。"（《进雕赋表》）祖父杜审言是武后时的著名诗人，累官修文馆直学士；父亲杜闲，曾任朝议大夫、兖州司马。他本人十四五岁时诗文就引起洛阳名士们的重视："甫昔少年日，早充观国宾。读书破万卷，下笔如有神。赋料扬雄敌，诗看子建亲。李邕求识面，王翰愿卜邻。自谓颇挺出，立登要路津。致君尧舜上，再使风俗淳。"（《奉赠韦左丞丈二十二韵》）"往昔十四五，出游翰墨场。斯文崔魏徒，以我似班扬。七龄思即壮，开口咏凤凰。九龄书大字，有作成一囊。性豪业嗜酒，嫉恶怀刚肠。脱略小时辈，结交皆老苍。"（《壮游》）

杜甫参加科举考试的道路并不顺利。开元二十三年（735）杜甫应进士考试于洛阳，未被录取，这或许要归结于运气。这科考官为孙逖，假设是韦济呢，可能就一举成名了。当然，历史不容假设。杜甫并不丧气，当年才二十三岁，有闲情逸致继续他的漫游。天宝三载（744），在洛阳与李白相遇，二人畅游齐鲁。同年夏天，二人与高適相遇，三人同登吹台，并漫游梁宋。这是杜甫一生最重要的交游。

天宝六载（747），玄宗诏征天下有一技之长的人到京都就选，杜甫参加了这次考试，却遇到克星中书令李林甫，应试者无一录取，还说是"野无遗贤"。天宝十载（751），玄宗举行三项盛典，祭祀"玄元皇帝"老子、太庙和天地。杜甫作《三大礼赋》进献，得到玄宗的赞赏，命宰相考试他的文章，这是杜甫一生的高光时刻："忆献三赋蓬莱宫，自怪一日声辉赫。集贤学士如堵墙，观我落笔中书堂。"（《莫相疑行》）之后等待分配，又没有下文。杜甫不断写诗投赠权贵，希望得到推荐，也都毫无结果。最后得到一个右卫率府兵曹参军的职务，这已经是杜甫在长安的末期，安禄山叛乱的前夕了。

杜甫《自京赴奉先县咏怀五百字》自叙抱负及忧虑说："许身一何愚，窃比稷与契。……穷年忧黎元，叹息肠内热。……朱门酒肉臭，路有冻死骨。荣枯咫尺异，惆怅难再述。"诗才刚刚写成，安史之乱就爆发了。安禄山起兵后，长驱南下，很快就攻陷了洛阳、长安。杜甫这时正在鄜州，他听到唐玄宗逃往西蜀,肃宗在灵武即位,便把家属安置在城北的羌村,只身北上,投奔灵武,不幸被叛军截获,送往长安。

至德二载(757)四月,杜甫冒着生命危险,逃出长安,奔赴肃宗临时驻地凤翔,受任为左拾遗。这是杜甫一生最接近皇帝,也最接近实现抱负的时刻,却因为一次偶然事件——陈陶兵败,杜甫疏救宰相房琯,因出言直切,触怒肃宗,竟遭到审讯。这年九月,唐军收复长安,十月收复洛阳,肃宗于十月底返京,杜甫也在这时回到长安,仍任左拾遗。次年(758)五月,回到长安的杜甫,受到朝廷新贵与玄宗旧臣相斗争的影响,外调为华州司功参军,从此被朝廷疏远,失去从政的机会。

乾元二年(759)在杜甫一生中,具有非同寻常的意义。这一年杜甫弃官,成为一介平民。这一年又是他一生中最为颠沛流离的一年:春天他由洛阳回华州,秋天从华州到秦州,冬十月从秦州到同谷,十二月又离同谷赴成都。自谓"奈何迫物累,一岁四行役"(《发同谷县》)。这一年又是杜甫创作成绩辉煌,写下了"三吏""三别"的一年。这一年杜甫还做出他一生中最为重要的决定,穿越蜀道,远赴成都。他腊月初一从同谷动身,于年底到达成都。事实证明,这是一次很明智的选择。

成都是剑南道的首府。剑南道是唐太宗贞观元年(627)废州郡制设置的行政区,因位于剑门关南,故名。杜甫的成都诗,广义上应称杜甫的"剑南诗",须从《剑门》一诗算起。诗人观看剑门关的地形,引发政治的殷忧:"至今英雄人,高视见霸王。并吞与割据,极力不相让。吾将罪真宰,意欲铲叠嶂。恐此复偶然,临风默惆怅。"他不幸而言中——三年后成都徐知道发动叛乱,首先扼守剑门。第二首诗是《鹿头山》,这首诗结尾六句是赞美裴冕的话:"仗钺非老臣,宣风岂专达。冀公柱石姿,论道邦国活。斯人亦何幸,公镇蹭岁月。"这首诗不用说,到成都就会献给裴冕。唐诗从来就有这样的功能。第三首诗才是《成都府》,诗中写成都的第一观感:"曾城填华屋,季冬树木苍。喧然名都会，吹箫间笙簧。信美无与适，侧身望川梁。"成都的确很美，但在未与裴冕取得联系之前，诗中表达的完全是人生地不熟，很想回家的那种感觉。

一旦联系上裴冕，对方认了他这个故人，情形就完全不同。修建茅屋（草堂）的地皮划定了，暂住的僧舍安排了，诗人的心也安定下来。于是有了《卜居》和后来的《堂成》《有客》《宾至》《江村》《狂夫》等一系列草堂诗，以及《王十五司马弟出郭相访兼遗营茅屋赀》《萧八明府堤处觅桃栽》《从韦二明府续处觅绵竹》《凭何十一少府邕觅桤木数百栽》《诣徐卿觅果栽》《凭韦少府班觅松树子》《又于韦处乞大邑瓷碗》等一系列拉赞助营建草堂的诗。赞助杜甫修建草堂的人，大多是县级的官员。草堂动工的时候，杜甫到成都不过一两个月，用四川话说"连地皮都没有踩热"，在成都周边县一级官员中，哪来那么多的熟人？须知这都是裴冕的资源。裴大人只需要在一次宴会上，发几句话就行了。"莫愁前路无知己，天下谁人不识君"（高適《别董大》）这两句诗，用在杜甫身上也是恰当的。

这里特别要说一下《有客》（一作《宾至》）这首诗。杜甫从来没有人指明过诗中来客是谁。这人不期而至，却兴致勃勃。杜甫从病床上叫人搀扶起来，打起精神接待了整整一天。这绝非生客。对方称杜甫"文章惊海内"，杜甫谦辞道："岂有文章惊海内，漫劳车马驻江干。"临走还殷勤预约对方下次再来："不嫌野外无供给，乘兴还来看药栏。"这是还情的节奏，得有多大的面子才行。在那一段时间内，除了裴冕，是没有人当得起的。再说，裴、杜没有诗歌唱酬，杜甫在诗题上也从不提裴冕，在诗中也仅称"冀公"、"厚禄故人"，态度相当恭谨。所以我的判定，这首诗中的来宾非裴冕莫属。

杜甫在成都先后住了大约五年，生活上比较安定。诗歌也开出新的生面，之前叙事诗居多，五言古体诗居多，诗风沉郁顿挫。到成都后写景抒情诗多了起来，五七言近体诗多了起来，间有七言歌行，诗风清新俊逸。《恨别》《野老》《戏韦偃为双松图歌》《戏题王宰画山水图歌》《北邻》《南邻》《和裴迪登新津寺寄王侍郎》《和裴迪登蜀州东亭送客逢早梅相忆见寄》《游修觉寺》《后游》《漫成二首》《江畔独步寻花七绝句》《绝句漫兴九首》《春夜喜雨》《江上值水如海势聊短述》《水槛遣心二首》《茅屋为秋风所破歌》《百忧集行》《赠花卿》《遭田父泥饮美严中丞》《戏为六绝句》《野人送朱樱》等，皆传世名篇。冯至在《杜甫传》中写道："他离开了干戈扰攘、哀鸿遍野的中原，眼前呈现出一片田园美景，花鸟虫鱼都好像对他表示殷勤，使他多年劳苦忧患的生活，暂时得到休息，他也怀着无限的爱写出不少歌咏自然的诗歌。但他并不曾忘记流亡失所、无处安身的人们，在《茅屋为秋风所破歌》中唱出'安得广厦千万间，大庇天下寒士俱欢颜'的名句。"

上元元年（760）三月裴冕调离成都，继任者为李国贞（若幽），上元二年（761）二月，又替之以崔光远，李、崔二人与杜甫均无深交。倒是成都将领徐知道、花惊定等，与杜甫有一些来往。但有些境遇是回不去了，杜甫在诗中描写生活的窘境是："厚禄故人书断绝，恒饥稚子色凄凉"（《狂夫》），"入门依旧四壁空，老妻睹我颜色同。痴儿未知父子礼，叫怒索饭啼门东"（《百忧集行》）。因长期漂泊，杜甫身体也垮了，他写道："即今倏忽已五十，坐卧只多少行立。"（同前）但过去不是这样的："忆年十五心尚孩，健如黄犊走复来。庭前八月梨枣熟，一日上树能千回。"（同前）后来诗中更是写道："忆昔开元全盛日，小邑犹藏万家室。稻米流脂粟米白，公私仓廪俱丰实。九州道路无豺虎，远行不劳吉日出。齐纨鲁缟车班班，男耕女桑不相失。宫中圣人奏云门，天下朋友皆胶漆。"（《忆昔二首》）英国李约瑟博士说过，如果可以选择，他愿意做那个时代的唐人。李敖表达同样的想法，并解释说，那个时代的朋友，真是如胶似漆。杜甫一生得力朋友的地方不少，尤其是在蜀中这段时间。

上元二年（761）冬十月，严武任成都尹兼御史中丞，严武也是杜甫作左拾遗时候职务较高的朋友，二人又是诗友，经常唱酬，过从频繁。严武镇蜀，继裴冕后给了杜甫不少帮助。一个做大官，一个不做官，关系却亲密得非同一般，随和得非同一般。严武去草堂为了减轻杜甫接待之劳，甚至会带行厨前往，这种待遇不是一般人所能享受的。杜甫写给严武的诗近三十首，数量之多是他人所不能比拟的。

代宗宝应元年（762）七月，严武应召入朝，成都少尹兼御史徐知道发动兵变。杜甫虽然与徐私交不错，受过其人接济，也有奉承其人之诗。但他不能再回成都。于是流亡梓州、阆州等地，依靠地方官生活了一年半。杜甫诗题提到的人就有汉中王、李梓州、王阆州、苏遂州、李果州、何侍御、严遂州、严蓬州、窦使君、王汉州、杜绵州、杨梓州、章梓州（章留后、章使君）、裴南部、马巴州、李剑州等等。这些人在当时，都是为杜甫所羡慕而尊称为"使君"的，想不到千百年后成都草堂成为中国诗歌圣地，而这些人全靠杜诗扬名。

徐知道兵变时，高适被任命为成都尹、剑南西川节度使，以代严武。高适是杜甫壮岁时的"驴友"，又是声名相当的大诗人。杜甫初到成都，时任彭州刺史的高适当即寄诗相问，并有接济。杜甫也没客气过，作诗道"为问彭州牧，何时救急难！"（《因崔五侍御寄高彭州》）这种口气，非忘形之交是做不到的。杜甫赠高适的诗少说也有十五首。上元二年（761）高适为蜀州刺史，曾与新任彭州刺史的王抡一同访问过草堂。然而高适之任成都，正值多事之秋，一则才经兵变，有大量善后工作要做；再则吐蕃威胁边防，也很令高适头大。宝应二年（763）春，延续八年的安史之乱结束，杜甫听到这个消息，欣喜欲狂，唱出《闻官军收河南河北》，称平生第一首快诗。他的心在回洛阳的路上，早已"漫卷诗书"，等待时机，准备随时动身，没有返回成都的想法。广德元年（763）十二月，吐蕃陷松、维、保三州及云山新筑二城，高适不能救，他也无暇顾及杜甫了。

广德二年（764）春，严武又被任命为成都尹兼剑南节度使，取代高适。消息传到时，杜甫正要出发东游。他临时改变主意，于三月回到成都，途中写道："生理祇凭黄阁老，衰颜欲付紫金丹。"（《将赴草堂途中有作先寄严郑公五首》）严武依旧热情，还举荐杜甫为节度参谋、检校工部员外郎，此事对杜甫形同鸡肋，食之无味，弃之可惜。然而，一旦故人从诗友变成顶头上司，关系不可避免会发生微妙变化，加之军务之忙，照顾不周。杜甫在成都节度使幕府中待了几个月，并没有想象中的顺心，反而饱受同僚中一些后生晚辈的气。而外间也有严、杜关系出现危机的流言。其间还出过一件事，曾给杜甫以许多关照的章彝（章梓州），罢职东川即将入朝，却被严武召回成都，杖杀之。杜甫没提过此事，而心中添堵，是可想而知的。由于他一再请辞幕职，严武便放他回归草堂。杜甫这一时期作品如《登楼》《绝句（两个黄鹂鸣翠柳）》《丹青引(赠曹将军霸)》《韦讽录事宅观曹将军画马图》《送韦讽上阆州录事参军》《奉和严大夫军城早秋》《宿府》《哭台州郑司户苏少监》《莫相疑行》等，将国家之忧并入身世之感，波澜老成，多传世之作。

永泰元年（765）四月，严武忽然死去，杜甫失去凭依，不得不在五月里率领家人离开草堂，乘舟东下。对于蜀中这一段生活，杜甫自己的概括是"迢递来三蜀，蹉跎有六年"（《春日江村五首》）。杜甫在蜀作的最后一首诗是《去蜀》："五载客蜀郡，一年居梓州。如何关塞阻，转作潇湘游。世事已黄发，残生随白鸥。安危大臣在，不必泪长流。"这首诗将六年流寓之迹，思归之怀，东游之想，身世衰迟之悲，职任就舍之感，无不括尽。也有另一种说法，认为杜甫"此行当在严武未卒之前"（浦起龙）。当杜甫舟行至三峡，正好被官方送葬的大船赶上，遂有《哭严仆射归榇》一诗。这首诗为严杜交谊挽上了一个句号。

总之，在自剑南入蜀生活的六年，是杜甫诗歌创作的重要时期。其创作态度及艺术造诣，用杜甫自己的话加以概括，一句是"老去诗篇浑漫与"（《江上值水如海势聊短述》），也就是随心所欲不逾矩；一句是"晚节渐于诗律细"（《遣闷戏呈路十九曹长》），也就是对近体格律的细心推求；一句是"语不惊人死不休"（《江上值水如海势聊短述》），也就是要把诗句挂到别人嘴上。因此留下了大量的名篇佳作。为了帮助读者领略诗圣杜甫在蜀中的生活和创作全貌，本书收入杜甫在此阶段所作全部诗篇共344题400余首，因其皆由杜甫自剑南道入蜀后所作，故谓为"剑南诗"。逐篇先作题解，表明写作时间、地点、缘起，酌情予以点评。次列正文，再作注释，以助阅读欣赏云。

兹编之成，意犹未尽。谨步杜甫《严公仲夏枉驾草堂兼携酒馔（得寒字）》韵，为七律五首，诗曰：

一
路远江深绕七盘，九天万里入征鞍。
运交华盖头之大，时遇贵人途乍宽。
草阁数间凭赞助，柴门一扫脱酸寒。
寓形宇内别无事，镇日咋呼邻里欢。

二
往事何堪更复盘，几多岁月未离鞍。
人经战地睡眠少，驴入剑门天地宽。
舍弟俱分千里外，罗衾各耐五更寒。
先朝若梦付闲话，花径叨陪且尽欢。

三
太白曾呼白玉盘，何时照我跨归鞍。
谶言不是无中有，世路恒从窄后宽。
时事新闻棋弈变，宦情早作辅车寒。
寻盟访旧半为鬼，对酒当歌忽寡欢。

四
珍馐次第易光盘，投箸长亭鞯玉鞍。

巫峡三声千壑暗,夔门一出百忧宽。
林中野鹊噪昏景,江上孤舟怯岁寒。
但喜高朋知所好,一樽相劝办余欢。

五
一曲新词珠落盘,谁令黄阁驻吟鞍。
心期超近忽超远,诗律甚严还甚宽。
沙鸥泛泛知溪暖,杨柳青青变岁寒。
更喜风从花信至,死生契阔叙悲欢。

2024年甲辰人日周啸天于成都欣托居

目 次

剑门　_001

鹿头山　_002

成都府　_004

酬高使君相赠　_006

卜居　_007

王十五司马弟出郭相访兼遗
营茅屋赀　_008

萧八明府堤处觅桃栽　_009

从韦二明府续处觅绵竹　_010

凭何十一少府邕觅桤木
数百栽　_011

诣徐卿觅果栽　_012

凭韦少府班觅松树子　_012

又于韦处乞大邑瓷碗　_013

堂成　_014

蜀相　_015

石笋行　_017

梅雨　_018

有客　_019

江村　_020

江涨　_021

为农　_022

宾至　_023

狂夫　_024

田舍　_025

恨别　_026

野老　_027

云山　_028

遣兴　_029

遣愁　_030

杜鹃行　_031

戏韦偃为双松图歌　_032

题壁上韦偃画马歌　_033

戏题王宰画山水图歌　_034

北邻　_036

南邻　_037

过南邻朱山人水亭　_038

因崔五侍御寄高彭州一绝　_039

赠蜀僧闾丘师兄　_040

泛溪　_042

出郭　_044	落日　_073
散愁二首　_045	可惜　_073
建都十二韵　_046	独酌　_074
奉简高三十五使君　_048	徐步　_075
和裴迪登新津寺寄王侍郎　_049	寒食　_076
村夜　_050	石镜　_077
西郊　_051	琴台　_078
寄杨五桂州谭　_052	水槛遣心二首　_079
和裴迪登蜀州东亭送客逢早梅相忆见寄　_053	进艇　_080
	少年行二首　_081
暮登四安寺钟楼寄裴十迪　_054	朝雨　_082
寄赠王十将军承俊　_055	晚晴　_083
奉酬李都督表丈早春作　_055	江涨　_084
题新津北桥楼（得郊字）　_056	高楠　_085
游修觉寺　_057	恶树　_086
后游　_058	一室　_087
遣意二首　_059	所思二首　_088
漫成二首　_060	闻斛斯六官未归　_089
客至　_062	赴青城县出成都寄陶王二少尹　_090
江畔独步寻花七绝句　_063	
绝句漫兴九首　_065	野望因过常少仙　_091
春夜喜雨　_067	丈人山　_092
春水　_068	寄杜位　_093
春水生二绝　_069	送裴五赴东川　_094
江上值水如海势聊短述　_070	送韩十四江东觐省　_094
江亭　_071	楠树为风雨所拔叹　_095
早起　_072	茅屋为秋风所破歌　_097

目　录

石犀行　_098	少年行　_122
逢唐兴刘主簿弟　_100	魏十四侍御就弊庐相别　_123
敬简王明府　_101	赠别何邕　_124
重简王明府　_102	绝句　_125
百忧集行　_102	赠别郑鍊赴襄阳　_125
徐卿二子歌　_103	重赠郑鍊　_126
戏作花卿歌　_105	广州段功曹到得杨五长史谭书功曹
赠花卿　_106	却归聊寄此诗　_127
赠虞十五司马　_107	送段功曹归广州　_128
病柏　_108	江头五咏　_129
病橘　_110	畏人　_131
枯棕　_111	屏迹三首　_132
枯楠　_113	野望　_133
不见　_114	奉酬严公寄题野亭之作　_134
草堂即事　_115	严中丞枉驾见过　_135
徐九少尹见过　_116	遭田父泥饮美严中丞　_136
范二员外邈吴十侍御郁特枉驾阙展	奉和严中丞西城晚眺十韵　_138
待聊寄此作　_117	中丞严公雨中垂寄见忆一绝
王十七侍御抡许携酒至草堂奉寄此	奉答二绝　_139
诗便请邀高三十五使君同到　_118	谢严中丞送青城山道士
王竟携酒高亦同过	乳酒一瓶　_140
（共用寒字）　_119	三绝句　_141
陪李七司马皂江上观造竹桥即日	戏为六绝句　_142
成往来之人免冬寒入水聊题短作	戏赠友二首　_144
简李公二首　_120	野人送朱樱　_145
李司马桥了承高使君	严公仲夏枉驾草堂兼携
自成都回　_121	酒馔（得寒字）　_146

严公厅宴同咏蜀道画图
（得空字） _147
大雨 _148
溪涨 _150
大麦行 _151
奉送严公入朝十韵 _152
送严侍郎到绵州同登杜使君江
楼宴（得心字） _154
奉济驿重送严公四韵 _155
送梓州李使君之任 _156
观打鱼歌 _157
又观打鱼 _158
越王楼歌 _159
海棕行 _160
姜楚公画角鹰歌 _161
东津送韦讽摄阆州录事 _162
光禄坂行 _163
苦战行 _164
去秋行 _165
入奏行赠西山检察
使窦侍御 _166
相逢歌赠严二别驾 _168
题玄武禅师屋壁 _169
悲秋 _170
客夜 _171
客亭 _171
奉赠射洪李四丈（明甫） _172

秋尽 _173
戏题寄上汉中王三首 _174
玩月呈汉中王 _176
冬到金华山观因得故拾遗陈
公学堂遗迹 _177
陈拾遗故宅 _178
谒文公上方 _179
寄高适 _181
早发射洪县南途中作 _182
通泉驿南去通泉县十
五里山水作 _183
过郭代公故宅 _184
观薛稷少保书画壁 _186
通泉县署屋壁后
薛少保画鹤 _187
陪王侍御同登东山最高顶宴姚
通泉晚携酒泛江 _188
野望 _190
渔阳 _191
赠韦赞善别 _192
闻官军收河南河北 _192
春日梓州登楼二首 _193
远游 _195
柳边 _195
花底 _196
春日戏题恼郝使君兄 _197
奉送崔都水翁下峡 _198

目 录

鄮城西原送李判官兄武判官
弟赴成都府 _199
题郪县郭三十二明府
茅屋壁 _200
涪江泛舟送韦班归京
（得山字） _201
泛江送魏十八仓曹还京因寄岑
中允参范郎中季明 _202
送路六侍御入朝 _202
涪城县香积寺官阁 _203
泛江送客 _204
双燕 _205
百舌 _206
上牛头寺 _206
登牛头山亭子 _207
望牛头寺 _208
上兜率寺 _209
望兜率寺 _210
甘园 _211
陪李梓州王阆州苏遂州李果州
四使君登惠义寺 _211
惠义寺送王少尹赴成都
（得峰字） _212
惠义寺园送辛员外 _213
又送 _214
数陪李梓州泛江有女乐在诸舫
戏为艳曲二首赠李 _215

送何侍御归朝 _216
行次盐亭县聊题四韵奉简严遂
州蓬州两使君咨议诸昆季 _217
倚杖 _218
巴西驿亭观江涨呈
窦使君三首 _218
陪王汉州留杜绵州
泛房公西湖 _220
答杨梓州 _221
得房公池鹅 _221
舟前小鹅儿 _222
官池春雁二首 _223
投简梓州幕府兼
简韦十郎官 _224
短歌行送祁录事归合州
因寄苏使君 _224
送韦郎司直归成都 _225
寄题江外草堂 _226
送王十五判官扶侍还黔中
（得开字） _228
陪章留后侍御宴南楼
（得风字） _229
台上（得凉字） _230
陪章留后惠义寺饯嘉州
崔都督赴州 _231
喜雨 _232
述古三首 _233

章梓州水亭 _235	西山三首 _258
章梓州橘亭饯成都窦少尹	对雨 _259
（得凉字） _236	遣忧 _260
随章留后新亭会送诸君 _237	巴山 _261
送窦九归成都 _238	发阆中 _262
戏作寄上汉中王二首 _239	赠裴南部 _263
客旧馆 _240	冬狩行 _264
有感五首 _240	山寺 _266
棕拂子 _243	桃竹杖引赠章留后 _268
送陵州路使君赴任 _244	将适吴楚留别章使君留后兼幕
送元二适江左 _245	府诸公（得柳字） _269
与严二郎奉礼别 _246	早花 _271
九日 _247	岁暮 _272
薄游 _248	江陵望幸 _273
薄暮 _248	舍弟占归草堂检校
阆州奉送二十四舅使自京	聊示此诗 _274
赴任青城 _249	巴西闻收宫阙送班司马
王阆州筵奉酬十一舅	入京二首 _275
惜别之作 _250	伤春五首 _276
阆州东楼筵奉送十一舅往青城	送李卿晔 _279
县（得昏字） _251	城上 _280
放船 _252	天边行 _281
严氏溪放歌行 _253	收京 _282
愁坐 _254	释闷 _283
警急 _255	忆昔二首 _284
王命 _256	阆山歌 _287
征夫 _257	阆水歌 _288

目　录

赠别贺兰铦　_289	水槛　_315
江亭送眉州辛别驾升之	破船　_316
（得芜字）　_290	奉寄高常侍　_317
江亭王阆州筵饯萧遂州　_291	赠王二十四侍御契四十韵　_318
陪王使君晦日泛江就黄	登楼　_321
家亭子二首　_292	过故斛斯校书庄二首　_322
泛江　_293	寄邛州崔录事　_323
暮寒　_293	王录事许修草堂赀
游子　_294	不到聊小诘　_324
滕王亭子二首　_295	绝句二首　_325
玉台观二首　_296	归雁　_326
奉寄章十侍御　_297	绝句六首　_326
南池　_298	黄河二首　_328
奉寄别马巴州　_300	绝句四首　_329
将赴荆南寄别李剑州　_301	寄司马山人十二韵　_330
奉待严大夫　_302	扬旗　_332
渡江　_303	严郑公阶下新松
别房太尉墓（在阆州）　_303	（得沾字）　_333
自阆州领妻子却赴	严郑公宅同咏竹
蜀山行三首　_304	（得香字）　_334
将赴成都草堂途中有作先寄	丹青引（赠曹将军霸）　_335
严郑公五首　_306	韦讽录事宅观曹将军
春归　_308	画马图　_337
归来　_309	送韦讽上阆州录事参军　_340
草堂　_310	立秋雨院中有作　_341
题桃树　_312	奉和严大夫军城早秋　_342
四松　_313	宿府　_343

院中晚晴怀西郭茅舍 _344	弊庐遣兴奉寄严公 _369
太子张舍人遗织成褥段 _345	春日江村五首 _370
到村 _347	长吟 _372
村雨 _348	春远 _373
倦夜 _348	绝句三首 _374
寄董卿嘉荣十韵 _349	三韵三篇 _375
晚秋陪严郑公摩诃池	莫相疑行 _376
泛舟（得溪字） _350	赤霄行 _377
奉观严郑公厅事岷山沱江画图	闻高常侍亡 _379
十韵（得忘字） _351	去蜀 _380
遣闷奉呈严公二十韵 _352	
送舍弟颖赴齐州三首 _354	
哭台州郑司户苏少监 _356	
怀旧 _358	
别唐十五诫因寄	
礼部贾侍郎 _359	
初冬 _361	
寄贺兰铦 _361	
观李固请司马弟	
山水图三首 _362	
送王侍御往东川	
放生池祖席 _364	
至后 _365	
正月三日归溪上有作	
简院内诸公 _366	
营屋 _366	
除草 _368	

❖ 剑门

【题解】

唐肃宗乾元二年（759）十二月初一，杜甫携家眷从同谷（今甘肃成县）出发去成都。中旬抵达剑门关（在今四川省剑阁县）。"剑门"，在唐诗中例称"蜀门"。据《大清一统志》载："大剑山在剑州北二十五里。其山削壁中断，两崖相嵌，如门之辟，如剑之植，故又名剑门山。"剑门以南，唐属剑南道，开元年间置剑南节度使，治所即成都。这首诗前八句惊叹剑门关地形之险要，中间回想上古时代，蜀地未通中原，人民自由自在地生活；而夏商周以后，对远方名义上实行怀柔政策，但设官受贡，已失柔远本意，开了后世苛捐横征之渐，地方军阀恃险割据，互不相让。最后四句联想到由于藩镇强大酿成安史之乱，并担心重新出现国家分裂的局面。这是杜甫入蜀第一首诗，充分表现了作者的忧国忧民之心。

【正文】

惟天有设险，剑门天下壮。

连山抱西南，石角皆北向[1]。

两崖崇墉倚，刻画城郭状[2]。

一夫怒临关，百万未可傍[3]。

珠玉走中原，岷峨气凄怆[4]。

三皇五帝前，鸡犬各相放[5]。

后王尚柔远，职贡道已丧[6]。

至今英雄人，高视见霸王[7]。

并吞与割据,极力不相让。
吾将罪真宰,意欲铲叠嶂[8]!
恐此复偶然[9],临风默惆怅。

【注释】

1石角:巨石的锋棱。2崇墉:高大的城墙。刻画:此处指天造地设。城:内城。郭:外城。3语本张载《剑阁铭》:"一人荷戟,万夫趑趄。"4珠玉:指财富。《全唐诗》校:"一作玉帛。"岷峨:岷山、峨眉山。岷山,地处四川北部和甘肃南部;峨眉山,在四川。凄怆:伤感。5三皇五帝:古代传说中的帝王。鸡犬各相放:语本潘岳《西征赋》:"混鸡犬而乱放,各识家而竞入。"6后王:指夏商周三代君王。柔远:对边远地区实行安抚怀柔政策。职贡:地方向朝廷交纳赋税和贡品。7英雄人:指地方割据势力。高视:自高自大。见霸王:称王称霸。8罪:问罪。真宰:指天帝。铲:铲除。叠嶂:指剑门山。9恐此复偶然:恐怕这种凭险割据的形势再次出现。

❖鹿头山

【题解】

乾元二年(759)十二月作。题下原注:"山上有关,在德阳县(今四川省德阳市)治北。"杜甫决心举家迁徙成都,是因为他得到消息,一位"厚禄故人"裴冕当年六月拜成都尹充剑南西川节度使,成为地方长官。大树底下好乘凉。两年前(757年),杜甫在行在所官拜左拾遗(从八品),裴冕时任中书侍郎同中书门下平章事(正三品),地位悬殊,却是上下级关系。全诗分三段。开头八句写诗人初至蜀地,成都在望的喜悦心情;中间八句抚今追昔,怀思蜀中先贤，不免百端交集；最后八句赞美裴冕镇蜀得力，庆幸抚蜀得人。注意末句的"公"是第二人称，可知这首诗一到成都就会献给裴冕。

【正文】

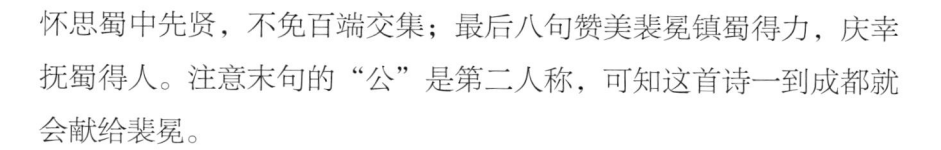

鹿头何亭亭[1]，是日慰饥渴。
连山西南断，俯见千里豁[2]。
游子出京华，剑门不可越[3]。
及兹险阻尽，始喜原野阔[4]。
殊方昔三分，霸气曾间发[5]。
天下今一家，云端失双阙[6]。
悠然想扬马，继起名硉兀[7]。
有文令人伤[8]，何处埋尔骨。
纡馀脂膏地，惨澹豪侠窟[9]。
仗钺非老臣，宣风岂专达[10]。
冀公柱石姿，论道邦国活[11]。
斯人亦何幸，公镇逾岁月[12]。

【注释】

1鹿头：山名，在今四川省德阳市北，扼二川之要。《太平寰宇记》："昔有张鹿头居此，因以为名。"亭亭：高耸貌。饥渴：饥渴之身，诗人自指。2连山：指龙门山脉。西南断：西南为盆地，故山脉中断。豁：豁然开朗。3游子：诗人自指。京华：《全唐诗》校："一作咸京。"此泛指关中，乃属追忆。不可越：极言其险。4及兹：指过了鹿头山。5殊方：远方，指西蜀。三分：指三国时代。霸气：指割据。间发：应运而生。6失双阙：指不复有僭越称帝的事。双阙：宫门两侧的楼观。7扬马：扬雄、司马相如，皆西汉蜀中文豪。碑兀：高超杰出。8文：《全唐诗》校："一作才。"9纡馀：宽广延伸貌。脂膏地：喻沃野。惨澹：暗淡貌。豪侠窟：语本《华阳国志·蜀志》："然秦惠文、始皇克定六国，辄徙其豪侠于蜀。"10仗钺：指统帅军队。钺本天子专用，遣大臣出师，则假钺以示威重。非：若非。老臣：老资格的大臣。宣风：宣扬风教。专达：直达朝廷。11冀公：指裴冕。《旧唐书·裴冕传》载：两京平，以功封冀国公，寻加御史大夫、成都尹，充剑南西川节度使。柱石姿：栋梁之材。论道：谋求治国之道。12斯人：指蜀中人民。公：指裴冕。逾岁月：时值年底，献诗当在新年，所以这样说。

❖ 成都府

【题解】

杜甫于乾元二年（759）年底到达成都，也就到了本年行役的终点。这首诗写在新年（760）正月之初，故有"初月出不高"之句。诗中抒发了诗人历经艰难跋涉，初到成都的复杂心情，其惊讶之余，也流露出久经战乱，漂泊异乡，有家难归的感伤。全诗分为两段。第一段从开始到"吹箫间笙簧"十二句，描写成都给人的第一印象：城楼高耸，到处是华美的房屋，树木到了冬季还是一片苍翠，城市一片繁华，到处听得到管弦之声，不愧是有名的大都会。今人形容成都是"一座来了就不想走的城市"，却不是杜甫当时的感受。第二段从"信美无与适"到篇终，写在没有找到依靠之前，眼前的都市繁华，使人感到怯生。可与诗人在过五盘岭时所写的"成都万事好，岂若归吾庐"（《五盘》）对读。结尾两句是诗人的自我开导：从古以来，漂泊在外如王粲、庾信那样的人多着呢，我何必独自哀伤呢。全诗风格古朴浑成，有汉魏遗风。

【正文】

翳翳桑榆日，照我征衣裳[1]。
我行山川异，忽在天一方[2]。
但逢新人民，未卜见故乡[3]。
大江东流去，游子去日长[4]。
曾城填华屋，季冬树木苍[5]。
喧然名都会，吹箫间笙簧。
信美无与适，侧身望川梁[6]。
鸟雀夜各归，中原杳茫茫[7]。
初月出不高，众星尚争光[8]。
自古有羁旅，我何苦哀伤。

【注释】

1此二句语本阮籍《咏怀》："灼灼西隤日，馀光照我衣。"翳翳：朦胧貌。桑榆日：落日。《初学记》卷一引《淮南子》："日西垂景在树端，谓之桑榆。"2天一方：天涯，远方，指蜀地。3未卜见故乡：很难预料何时才能见到故乡。4大江：指岷江。游子：作者自指。去日：《全唐诗》校："一作日月。"5曾城：指成都的大城、少城。曾，重叠。华屋：华美的房舍。6信美：确实好。无与适：无可称心。王粲《登楼赋》："虽信美而非吾土兮，曾何足以少留。"川梁：桥。7中原：指故乡洛阳。杳茫茫：渺茫。8初月二句：《困学纪闻》卷十八《评诗》："谓肃宗初立，盗贼未息也。"

❖ 酬高使君相赠

【题解】

上元元年（760）年初作于成都。杜甫得到裴冕接济，暂住在浣花溪旁的草堂寺。他的另一位"厚禄故人"高適六月初到任彭州刺史（"使君"是对刺史的称呼），彭州离成都不过百里，高適有诗问候："传道招提客，诗书自讨论。佛香时入院，僧饭屡过门。听法还应难，寻经剩欲翻。草玄今已毕，此后复何言。"（《赠杜二拾遗》）诗中将杜甫比作汉代的扬雄。杜甫就写了这首诗酬答高適。仇兆鳌说："此诗逐联分答，与高诗句句相应：空房客居，见无诗书可讨。邻友供给，见非取资僧饭。但容听法，则不能设难。未肯载书，亦何处翻经乎？末则谢草《玄》而居作赋，言词人不敢拟经也。"（《杜诗详注》）经在古人心目中地位高于诗赋，故此诗乃一句自谦一句自负。

【正文】

　　古寺僧牢落，空房客寓居[1]。
　　故人供禄米[2]，邻舍与园蔬。
　　双树容听法，三车肯载书[3]。
　　草玄吾岂敢，赋或似相如[4]。

【注释】

　　1古寺：即草堂寺。牢落：寥落，稀少。客：作者自指。2故人：指裴冕，见前。3双树：据《翻译名义集》载，即娑罗树，其树于东南西北四方各生二株，故名。据《涅槃经》载，释迦牟尼在此树下宣扬佛法。三车句：三车，佛教语，喻三乘。谓以羊车喻声闻乘（小乘），以鹿车喻缘觉乘（中乘），以牛车喻菩萨乘（大乘）。据传，唐代高僧窥基法师尝至太原传法，以三车自随，前车载释典，中车自乘，后车载妓仆食馔。路遇一老者点化，顿悔前非，只身前往。后成为法相宗大师。本诗即借用其事。4草玄：西汉扬雄曾仿《易经》而草《太玄》。相如：即司马相如。

❖ 卜居

【题解】

上元元年（760）年初作于成都。杜甫营建草堂的想法早已有之。起初打算在秦州营建："何时一茅屋，送老白云边。"（《秦州杂诗》）愿望落空后，又去同谷："食蕨不愿余，茅茨眼中见。"（《积草岭》）愿望又落空，这才决心跑往成都。到了成都，愿望终于可以实现。"卜居"的意思是划地皮盖房子（语本楚辞篇名《卜居》），为诗人划地皮的"故人"不是别人，正是成都尹充剑南西川节度使裴冕。前四句写"故人"施以援手，选址既定，环境幽静，令人满意。五六句描写景物，无数蜻蜓在空中上上下下飞飞停停，成双的水鸟在水中出没，无非表达诗人快乐的心境。结尾两句逸兴遄飞，联想到东行旧游之地，以及王子猷雪夜访戴的故事。笔调之欢快，为前所未有。

【正文】

浣花流水水西头[1]，主人为卜林塘幽。

已知出郭少尘事，更有澄江销客愁[2]。

无数蜻蜓齐上下,一双鸂鶒对沉浮[3]。
东行万里堪乘兴,须向山阴上小舟[4]。

【注释】

1流:《全唐诗》校:"一作溪。"2澄江:指流经成都西南的锦江。3鸂鶒:水鸟名,体似鸳鸯而略大,羽毛五色而多呈紫色。4东行:指向东行驶。万里:浣花溪之东有万里桥,《元和郡县图志》卷三一载:"蜀使费祎聘吴,诸葛亮送之。祎叹曰:'万里之路,始于此桥。'"因以为名。乘兴、山阴、小舟:皆出于《世说新语》王子猷居山阴,雪夜访戴,乘兴而来,兴尽而返的故事。山阴:今浙江省绍兴市。

❖王十五司马弟出郭相访兼遗营茅屋赀

【题解】

上元元年(760)春作于成都。杜甫营建草堂,"王十五司马"赞助了一笔资金。王是杜甫的表弟,行第十五,"司马"是府尹的佐官。诗中的"唯"字表明,建筑草堂的第一笔资金来自表弟王司马。顺便说,在没有其他经济来源时,所有资金,都要靠筹集。客居异乡的人,生来乍到,最需要他人的关心。表弟出城相访,不但亲自送来了资金(赀通资,钱财),而且送来了温暖。全诗款款叙事,字里行间,满满的感激之情。

【正文】

客里何迁次[1],江边正寂寥。
肯来寻一老[2],愁破是今朝。

忧我营茅栋，携钱过野桥。

他乡唯表弟，还往莫辞遥[3]。

【注释】

1迁次：窘迫。2一老：作者自指。3还往：往还。莫辞：不辞。

❖ 萧八明府堤处觅桃栽

【题解】

上元元年（760）春作于成都。当时杜甫写了一批拉赞助的诗，得到了剑南西川诸多州县官员的支持。这些人未必是故人，杜甫结识了他们，当与裴冕有关。这首诗是写给一位叫萧堤（一作萧实）行八的县令要桃树的。"明府"是唐时对县令的称谓。"桃栽"即桃树树苗，数量一百根，送货地点为浣花村。"河阳"（今河南省河阳市）古称花县，借指萧实所在之县，诗中没说是哪个县，从桃花着眼，很可能是灵池县（今成都市龙泉驿区）。杜甫要到一百根桃树树苗，可以栽满满一园。

【正文】

奉乞桃栽一百根，春前为送浣花村[1]。

河阳县里虽无数，濯锦江边未满园[2]。

【注释】

1奉乞：敬求。桃栽：桃树苗。为送：替我送来。浣花村：在成都西南浣花溪畔，草堂营建于此。2河阳句：语本庾信《枯树赋》："若非金谷满园树,即是河阳一县花。"白居易《白氏六帖》卷七七:"潘岳为河阳令,树桃李花,人号曰河阳一县花。"濯锦江:即锦江,成都内河。

❖ 从韦二明府续处觅绵竹

【题解】

上元元年(760)春作于成都。这首诗写给绵竹县县令韦续(行第为二)要绵竹的。绵竹是一种产于四川绵竹县的竹子,竹质柔韧,可做绳索,故名。前二句说诗人入蜀,早先曾经拜访过韦续。后二句是说,请用你那里的一片苍翠,来拂我这里的波涛,这就诗化了拉赞助之事。今绵竹县公园内立有一个诗碑,刻有杜甫写给韦续的这首诗。这是用历史、文化、名人、诗歌打造城市名片的一个范例,做法很高明。顺便说一下,竹子不但有观赏价值,兼有经济价值,所以种竹就成为杜甫经营草堂最重要的项目,后来竟种了上百亩的竹子,有一次砍竹,就砍了上千竿,这应该是诗人的经济来源之一。

【正文】

华轩蔼蔼他年到,绵竹亭亭出县高[1]。

江上舍前无此物,幸分苍翠拂波涛[2]。

【注释】

1华轩:华美的有篷盖的车,为官员所乘。蔼蔼:盛貌。亭亭:形容绵竹高耸貌。2江:指锦江。2舍:指草堂。苍翠:此指绵竹。

❖凭何十一少府邕觅桤木数百栽

【题解】

上元元年（760）春作于成都。这首诗是写给利州绵谷县县尉何邕（行第十一）要桤树苗的，"凭"是拜托的意思。"少府"是唐代人对县尉的称谓。草堂当西晒，所以诗人计划在浣花溪的西岸造一片树林。川北的桤木长得快，长得高，容易成林，杜甫大概在入蜀行经利州时见过，所以向何邕县尉要桤木树苗，表明要栽十亩。桤木树苗要得很多，好在价格便宜，对何县尉来说这不算什么事。

【正文】

草堂堑西无树林，非子谁复见幽心[1]。

饱闻桤木三年大，与致溪边十亩阴[2]。

【注释】

1 堑：护城河，指草堂旁的浣花溪。子：你，指何邕。2 饱闻：熟闻，屡闻。三年大：据《益部方物略记》载："（桤木）蜀所宜，民家莳之，不三年，材可倍常，薪之。疾种移取，里人以为利。"与致：为我弄来。

❖诣徐卿觅果栽

【题解】

上元元年（760）春作于成都。这首诗向剑南西川兵马使徐知道要果树苗（果栽），包括李子、杏子或蜡梅等树苗。"卿"是对有身份者的敬称。首句宣称自己是爱花人士，不能让草堂无花。次句说不论花的种类，对方有什么就要什么。三四句写自个儿亲自出面，到果园坊徐卿处搬运树苗，正是空手出门，满载而归。徐卿对诗人出手大方，自然也有裴冕的关系。

【正文】

草堂少花今欲栽，不问绿李与黄梅[1]。
石笋街中却归去，果园坊里为求来[2]。

【注释】

1 不问：不论，不管。绿李：绿皮李子。黄梅：杏子，一说蜡梅。2 石笋街：在成都西门外，杜甫从城里回草堂的必经之道。果园坊：指徐卿所居之处。

❖凭韦少府班觅松树子

【题解】

上元元年（760）春作于成都。这首诗向涪江县县尉韦班要松树苗（一本"子"后有"栽"字）。落落出群、青青不朽、老盖霜根等都表明诗人对松树风格的赞美，榉柳、杨梅是顺便拉来的陪衬。最后一句是写诗的本意，要松树树苗。但平坝种松树，不易成活。杜甫后来种活了四棵，特别爱惜，有诗句道："新松恨不高千尺，恶竹应需斩万竿。"（《将赴草堂途中有作先寄严郑公五首》）本来竹子也是杜甫的最爱，此时竟称"恶竹"。这就像一个笑话所说，有人平时称豆腐是自己的命，不过有肉时，连"命"都不要了。

【正文】

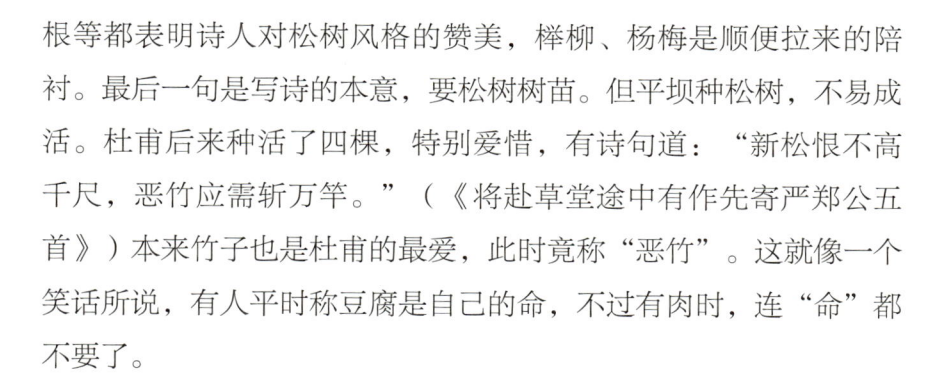

落落出群非榉柳，青青不朽岂杨梅[1]。
欲存老盖千年意，为觅霜根数寸栽[2]。

【注释】

1落落：高耸貌。榉柳：树名，高如松树，但易凋朽。青青句：意谓杨梅树经冬不凋，但枝干低矮。2老盖：指老松的树冠。《绀珠集》卷六引《酉阳杂俎》："松千岁方顶平偃盖。"栽：《全唐诗》校："一作来。"

❖又于韦处乞大邑瓷碗

【题解】

上元元年（760）春作于成都。作者向涪江县县尉韦班要瓷碗。大邑烧瓷属于邛窑，乃唐代名窑。此诗一句写质，一句写声（哀玉，当指磬类乐器），一句写色。邛窑是唐代陶瓷工艺水平的优秀代表。这首诗也是关于邛窑陶瓷的宝贵资料。本诗及前面的几首诗，均有明显的公关目的，前人评为"以诗代札，乃公戏笔"。

杜甫向习书法，把诗写在蜀笺上，风趣当不减晋人杂帖，是很有效的公关手段。

【正文】
　　大邑烧瓷轻且坚，扣如哀玉锦城传[1]。
　　君家白碗胜霜雪，急送茅斋也可怜[2]。

【注释】
　　1 大邑：县名，唐属邛州，今属四川。哀玉：指玉磬发出的凄清声音。
2 茅斋：茅屋，草堂。可怜：可爱。

❖ 堂成

【题解】
　　上元元年（760）春作于成都。清人浦起龙说："诗云'桤林碍日''笼竹和烟'，则是竹木成林矣。初筑时，方各处乞栽种，未必速成如此也。"（《杜诗心解》）殊不知宋人赵次公早有解释："桤林、笼竹，正川中之物。二物必于公卜居处，先有之矣。"（郭知达《九家集注》引）诗前两句写草堂落成，及所处地势与方位。中四句皆写景，略有分工。"桤林碍日吟风叶"二句，写草堂绿化的环境。"暂止飞乌将数子"二句，写草堂内外鸟类活动。最后二句，写居住草堂的闲适及自嘲。谁把诗人比作扬雄呢？高适是一个："草玄今已毕，此后复何言？"（《赠杜二拾遗》）此诗结尾二句，有不敢当之意，句中提到扬雄另一篇赋作，题为《解嘲》。赋中对历史上的人物和事件进行审视，展开纵横捭阖的评说，从中抒发了作者的愤懑之情与落拓之志。此诗结尾反其意而用之，表达了堂成后闲适惬意的心境。

【正文】

背郭堂成荫白茅，缘江路熟俯青郊[1]。
桤林碍日吟风叶，笼竹和烟滴露梢[2]。
暂止飞乌将数子，频来语燕定新巢[3]。
旁人错比扬雄宅，懒惰无心作解嘲[4]。

【注释】

1背郭：负郭，靠近城郭。荫白茅：用白茅覆盖屋顶。缘江：指草堂临近锦江。2碍日：蔽日。笼竹：又名慈竹、罗浮竹。3止：栖息。将：携带。4扬雄宅：汉代扬雄有宅在成都少城西南，雄在此著《太玄经》，故又名草玄堂。解嘲：扬雄赋篇名。

✤ 蜀相

【题解】

上元元年（760）春访寻诸葛亮祠时所作。"蜀相"即诸葛亮，诸葛亮祠即今武侯祠，本是纪念诸葛亮的专祠，建于南北朝时期，与刘备惠陵（汉昭烈庙）邻近，后世君臣合祀，仍称武侯祠。杜甫本有"致君尧舜"的政治抱负，又逢安史之乱，虽一事无成，而不能不忧念国事，故对"鞠躬尽瘁，死而后已"的诸葛亮深表同情。首联开门见山，点出祠堂在成都城南，祠内多植柏树，"君臣已与时际会，树木犹为人爱惜"（《古柏行》），一片"柏森森"

的景象，令人联想到《国风·召南·甘棠》"蔽芾甘棠，勿剪勿伐，召伯所茇"，无形中见出蜀人对丞相的敬爱。次联写祠内景色，而"自""空"两字，表祠庙草绿叶密，鸟啭好音，但游人稀少，睹物思人之意，见于言外。三联概括诸葛亮一生出处大节，"开"是开创帝业，"济"是济美守成，两句语极密致，说尽诸葛亮一生聪明才智、功业德操，流露出无限景仰。尾联对诸葛亮"出师未捷身先死"表示遗憾，代表了千古未能成功的志士仁人的共同心声。

【正文】

丞相祠堂何处寻，锦官城外柏森森[1]。
映阶碧草自春色，隔叶黄鹂空好音[2]。
三顾频烦天下计，两朝开济老臣心[3]。
出师未捷身先死[4]，长使英雄泪满襟。

【注释】

1 丞相祠：又名武侯祠，在今四川成都市南门外。锦官城：广义即成都的别称。狭义指三国蜀管理织锦的官府驻地，因以得名。在今成都市西南部。参见《华阳国志·蜀志》。森森：树木繁密貌。2 自春色：自呈春色。空好音：空为好音。"自""空"二字意味着与他人无关。3 三顾：诸葛亮本高卧隆中（今湖北襄阳市西），刘备三请而出。诸葛亮《出师表》曰："三顾臣于草庐之中。"顾，访问。频烦：多次烦劳。天下计：统一天下的大计。两朝：指先主刘备和后主刘禅两朝。开济：创业济时。4 出师句：《三国志·蜀书·诸葛亮传》载，蜀汉建兴十二年（234）春，诸葛亮率兵由斜谷出蜀，占据武功、五丈原，与魏将司马懿对阵于渭南，相持百余日，病逝军中。

石笋行

【题解】

上元元年（760）作于成都。"石笋"谓笋状巨石，为成都古迹。《华阳国志·蜀志》载："蜀有五丁力士，能移山，举万钧……为墓志，今石笋是也。号曰笋里。"《黄氏补注杜诗》载："石笋在衙西门外，仅百五十步，二株双樽，一南一北。北笋长一丈六尺，围极于九尺五寸。南笋长一丈三尺，围极于一丈二尺。南笋盖公孙述时折，故长不逮北笋。"（按石笋至南宋时已破损，今不存。）诗分两段，前八句驳斥世俗的以讹传讹，以破除迷信观念。后八句由世俗为石笋的传说蒙蔽进一步联想到皇帝为"小臣"蒙蔽，以及由此造成的政治错乱、国家倾危的恶果。诗人驳斥了迷信的传说，希望有壮士将它掷之天外，以免人民再受蒙蔽。王嗣奭《杜臆》认为"此诗专为俗好蒙蔽小臣献媚有感，而借石笋以发之"。

【正文】

君不见益州城西门，陌上石笋双高蹲[1]。
古来相传是海眼，苔藓食尽波涛痕[2]。
雨多往往得瑟瑟[3]，此事恍惚难明论。
恐是昔时卿相墓，立石为表今仍存[4]。
惜哉俗态好蒙蔽，亦如小臣媚至尊[5]。
政化错迕失大体，坐看倾危受厚恩[6]。
嗟尔石笋擅虚名，后来未识犹骏奔[7]。

安得壮士掷天外，使人不疑见本根[8]。

【注释】

1益州：即成都，汉代为益州治所。陌：街道。2海眼：即泉眼。古人认为井泉之水通海，能随潮涨落，故称。段成式《酉阳杂俎·贬误》记："蜀石笋街，夏中大雨，往往得杂色小珠，俗以为地当海眼。"波涛痕：水冲刷的痕迹。据此，石笋似为冰川漂砾，所谓波涛痕，即冰川擦痕。3瑟瑟：碧珠。4表：标志。5俗态：世情。蒙蔽：愚顽不明。至尊：皇帝。6政化：政治教化。错迕：错乱。坐看：有袖手旁观意。倾危：指国家危亡。7擅：据有。未识：不明真相。骏奔：指争先恐后赶来观看。8本根：事实真相。指石笋的底细。

❖梅雨

【题解】

上元元年（760）四月作于草堂初成时。"梅雨"指江南梅子黄熟时连绵数日的阴雨。此时草堂业已告成，诗人才有闲心坐在室内，观察门外浣花溪涨水的情况。一则以忧，一则以喜。忧的是连日下雨，不能外出活动，筹措全家生计。喜的是茅屋新成，不再担心家人淋雨。七句中那个"喜"字，说的是蛟龙和漩涡，却也表现了作者得以安居的庆幸。

【正文】

南京西浦道，四月熟黄梅[1]。
湛湛长江去，冥冥细雨来[2]。

茅茨疏易湿³，云雾密难开。
竟日蛟龙喜，盘涡与岸回⁴。

【注释】

1 南京：唐明皇幸蜀还京，于至德二载（757）改成都为南京。西浦：即犀浦，县名，唐时取李冰所造石犀为名，故城在今成都市郫都区东。西，《全唐诗》校："一作犀。" 2 湛湛：水深貌。《楚辞·招魂》："湛湛江水兮上有枫。"冥冥：昏暗貌。3 茅茨：草房屋顶。4 盘涡：漩涡。回：回旋。

❖ 有客

【题解】

上元元年（760）春作于草堂，记诗人在病中接待了一位贵宾，诗题一作"宾至"。据《仪礼》之类典籍，诗题里的"客"，当指事先通报，"车马"而至的"贵介之宾"，唯隐去"客"之姓名，根据杜甫同一时期作诗习惯推断，来客十之八九应是裴冕。一二句写延客之状。草堂初建，居幽而地僻，绝少造访之人。贵客造访，不可挡驾，"老病人扶"，施"再拜"礼。非裴公而何！三四句表贵宾当面盛赞杜甫文名，使之受宠若惊。"岂有""谩劳"的勾勒，恍闻宾主声口：我岂有文名，君徒劳过访，运用散文的笔调驾驭律诗之对仗，非大手笔不办。五六句写款待。上句说："佳客"入门就"坐"，"淹留""竟日"，"我"虽不能盛馔相饷，也算竭诚尽礼了。下句说：我一生食唯"粗粝"，身为"腐儒"，款待不周，还望多多包涵。七八句特致歉意，兼邀贵客重来。"供给"指酒肴。"药栏"，芍药之栏，"看药栏"即是看芍药花。全诗在写法上，处处宾主对举，辞旨老当。偏于五句失粘，成为折腰格，是格律中缚不住者。在诗圣则可，在他人则不可。

【正文】

幽栖地僻经过少，老病人扶再拜难[1]。

岂有文章惊海内，谩劳车马驻江干[2]。

竟日淹留佳客坐，百年粗粝腐儒餐[3]。

莫嫌野外无供给，乘兴还来看药栏[4]。

【注释】

1经过：指过访的人。再拜：古时一种礼节，先后拜两次，表示尊重。2谩劳：枉劳，空自劳累。江干：江岸，江边。3百年：终生，一生。粗粝：糙米。腐儒：作者自称。4药栏：芍药的围栏，代指芍药花。

❖江村

【题解】

上元元年（760）夏作于草堂。生活困窘中人，过夏天比过冬天要舒服得多。诗人一家于此时不但住上了房子，而且生活有了着落。诗中"故人"，例指裴冕。不直接称名道姓，是因为没有随便到那种程度。"清江一曲抱村流"，锦江风光是美好的。然而只有衣食无忧的人，才能感觉到"长夏江村事事幽"呢。三四句通过燕子和江鸥的自由自在，及其与人和平共处，表现出饱经丧乱之后，终于找到安身之所的诗人心情之愉快。五六句通过"老妻""稚子"的活动，表现出草堂建立之初，杜甫家庭生活温馨的一面。

"多病所须唯药物",一作"但有故人输禄米",是退后一步自然宽——不要显得不知足。本来是写闲适心境,不经意间流露出些许的落寞和惆怅。杜诗沉郁顿挫的奥妙,也就存在于这样的转折之中。

【正文】

清江一曲抱村流,长夏江村事事幽[1]。
自去自来堂上燕,相亲相近水中鸥。
老妻画纸为棋局,稚子敲针作钓钩[2]。
多病所须唯药物[3],微躯此外更何求。

【注释】

1 清江:指浣花溪。2 棋局:棋盘。为:《全唐诗》校:"一作成。"稚子:指杜甫的儿子宗文和宗武。3 多病句:全唐诗作:"但有故人供禄米。"

❖江涨

【题解】

上元元年(760)夏作于草堂。这天早上杜甫还没起床,就听见小孩在叫涨水了。说时迟,那时快。赶紧下床,江水看到在涨,一眨眼工夫江面上涨几尺。拄着拐杖,走到江边,江心小岛很快被淹没了。鸟儿倒是快乐:燕子迎风飞舞,忙于捉虫;江鸥逐浪盘旋,忙于啄鱼。渔人呢,忙于系好小船,因水势甚急,船易摇动漂走。诗人赶紧写首小诗,记录当日的生活。

【正文】

江涨柴门外，儿童报急流。

下床高数尺，倚杖没中洲[1]。

细动迎风燕，轻摇逐浪鸥。

渔人萦小楫[2]，容易拔船头。

【注释】

1下床句：意谓作者刚下床，而江水已高涨数尺。倚杖句：意谓作者刚拄杖至江岸，水已淹没江中洲岛。2萦小楫：系好小船。楫，船桨，代指船。

❖ 为农

【题解】

上元元年（760）初夏作于草堂。为农，即务农。首联写诗人在草堂亲身感受到和平生活的珍贵。颔联描写初夏景物，圆荷（浮在水面的荷叶）小麦，显得格外清丽、稚嫩。"圆""细"出于诗人的直觉；"小""轻"则是融进了主观情感。该联表现出草堂落成后，诗人闲逸恬淡的心境。颈联写诗人欲随缘自适，卜宅为农，远离政治，终老于此的想法。尾联以典故作结，因为生活安定，自然希望延年益寿，自然联想到葛洪。"惭"字前加一个"远"字，既包含时代（西晋）的遥远，还包含空间（交趾）的遥远，却不影响眼下宁静闲逸的生活，故全诗基调比较轻快。

【正文】

锦里烟尘外，江村八九家[1]。

圆荷浮小叶，细麦落轻花[2]。
卜宅从兹老，为农去国赊[3]。
远惭勾漏令，不得问丹砂[4]。

【注释】

1锦里：指成都。烟尘外：指远离战事。江村：指浣花村，草堂在焉。2落：《全唐诗》校："一作堕。"细麦：小麦。3卜宅：犹卜居。去国赊：远离国都长安。赊，远。4勾漏令：指葛洪。葛洪年老欲炼丹以求长寿，闻交趾出丹砂，因求为勾漏令，帝以洪资高，不许。洪曰："非欲为荣，以有丹耳。"帝从之。（见《晋书·葛洪传》）。勾漏，山名，在今广西壮族自治区北流市东北十五里，其岩穴勾曲穿漏，故名。丹砂，即朱砂，炼丹用的药。

❖宾至

【题解】

上元元年（760）作于草堂，题一作"有客"。这次来客属于"情亲"一类，所以不像《有客》那样气氛拘谨。首联说身体状况不佳，草堂落成有利养病。颔联说当下生存状态和心境俱佳。颈联听说客到，忙教小儿正冠迎候。尾联写摘园蔬以待客，有陶诗风味。《杜诗详注》引赵汸曰："此诗自一句顺说至八句，不事对偶，而未尝无对偶；不用故实，而自可为故实。散淡率真之态，偶尔成章，而厌世避喧，少求易足之意，自在言外，所以为不可及也。"

【正文】

患气经时久，临江卜宅新[1]。
喧卑方避俗，疏快颇宜人[2]。
有客过茅宇，呼儿正葛巾[3]。
自锄稀菜甲[4]，小摘为情亲。

【注释】

1患气：指患有肺病、气管炎。江：浣花溪，属锦江。卜宅：卜居。2喧卑句：指避开了闹市。喧卑：喧闹卑下。疏快：无拘无束。3茅宇：草堂。正：扶正，戴正。4稀菜甲：稀疏的菜苗。草木初生曰甲。

❖ 狂夫

【题解】

上元元年（760）初夏作于草堂。杜甫在剑南西川的"厚禄故人"只有裴冕和高適。而当年三月裴冕调离成都（继任者为李国贞），高適还在彭州刺史任上。生活物资难免不接。这首诗前半写草堂初夏的美丽景色，后半记述因故人音信断绝，一家人不免挨饿，形成鲜明对比。全诗将两种看似无法调和的情景成功地调和起来，形成一个完整的意境。一面是"风含翠筱""雨裛红蕖"的赏心悦目之景，一面是"凄凉""恒饥""欲填沟壑"的可悲可叹之事，全都由"狂夫"这一形象而统一起来，耐人玩味。

【正文】

万里桥西一草堂，百花潭水即沧浪[1]。

风含翠筱娟娟静,雨裛红蕖冉冉香[2]。
厚禄故人书断绝,恒饥稚子色凄凉[3]。
欲填沟壑唯疏放,自笑狂夫老更狂[4]。

【注释】

1万里桥:成都桥名,今老南门大桥。三国时诸葛亮送费祎聘吴,祎叹曰:"万里之行,始于此桥。"因而得名。百花潭:即浣花溪。沧浪:汉水支流,古代以水清澈闻名。《孟子·离娄上》曰:"沧浪之水清兮,可以濯我缨。沧浪之水浊兮,可以濯我足。"这里有随遇而安之意。2翠筱:翠竹。娟娟:美好貌。静:《全唐诗》校:"一作净。"裛:沾湿。红蕖:红莲。冉冉:渐至貌。3恒:常,经常。稚子:小孩,指儿子宗文和宗武。4填沟壑:埋尸沟壑之间,喻穷困而死。疏放:疏于礼节,放浪形骸,语本向秀《思旧赋》:"然嵇(康)志远而疏,吕(安)心旷而放。"狂夫:作者自指。

✤田舍

【题解】

作于上元元年(760)初夏,写草堂近邻兼为渔民的农家生活。前四句叙写村居的荒僻,后四句状言景物的幽闲,描绘出一派和平美好的田园风光,欣喜之情溢于言表。南宋蔡梦弼《杜工部草堂诗笺》点评:"此诗乐田舍在清江之曲,草深地僻,无干戈之乱,又有榉柳之木、枇杷之果,可以栖息。䴔䴖水鸟,能捕鱼晒翅在于鱼梁之间,而无惊扰也。"

【正文】

田舍清江曲[1]，柴门古道旁。
草深迷市井，地僻懒衣裳[2]。
榉柳枝枝弱，枇杷树树香[3]。
鸬鹚西日照，晒翅满鱼梁[4]。

【注释】

1 清江：指浣花溪。曲：《全唐诗》校："一作上。" 2 市井：古时八家共一井，设市进行交易，因称市井，引申指集市街巷。衣裳：名词作动词用，指穿着简朴。3 榉柳：木名，即枫杨，多生于溪边与河谷低地。树树：《全唐诗》校："一作对对。" 4 鸬鹚：一种捕鱼的水鸟。鱼梁：一种捕鱼设施，用土石横截水流，留缺口，以笱承之以为渔。

❖恨别

【题解】

上元元年（760）作于草堂。诗前半追忆安史之乱爆发后，诗人被迫背井离乡，漂泊西南。后半颈联写连年的战乱使骨肉不得团聚，诗人月下思家，白日忆弟，作息时间颠倒。尾联写听到唐军李光弼部河阳大捷的喜讯，盼望早日平定叛乱。全诗章法井然，布局合理，极有层次，用简朴的语言来叙事抒情，言近旨远，辞浅情深。"草木变衰"一句，即便不说和宋玉《九辩》有关，也不会影响后人理解。是一首富于艺术感染力的佳作。

【正文】

洛城一别四千里,胡骑长驱五六年[1]。
草木变衰行剑外,兵戈阻绝老江边[2]。
思家步月清宵立,忆弟看云白日眠。
闻道河阳近乘胜,司徒急为破幽燕[3]。

【注释】

1 四:《全唐诗》校:"一作三。"胡骑:指安史叛军。自天宝十四载(755)安史之乱爆发至此历时五年多。2 草木句:此句指诗人于乾元二年(759)年底入蜀时,正是草木衰谢的冬季。江边:锦江边。3 闻道句:此句指上元元年夏四月壬辰,李光弼率兵至怀州(今河南沁阳市),于河阳西渚大破史思明,斩首一千五百余。河阳,县名,今河南省孟州市。司徒:指李光弼,至德二载(757)加检校司徒。幽燕:指安史老巢。

✤ 野老

【题解】

作于上元元年(760)秋。"野老"即乡村老人、老农,此处为作者自指。诗以篇首二字命题,是《诗经》的惯例。前四句是描写草堂的位置和草堂附近的景象。浣花溪自西向东流,草堂坐北朝南,而柴门是向东顺着江流开的,所以说"不正",野趣很浓。后四句是诗人忧时的感叹,却是紧承第四句"贾客船随返照来",顺势而写,几乎看不出段落的划分。国家残破、生灵涂炭的现实,时时在撞击诗人的心灵,北方战区也没有什么好消息传来,诗人的心无法平静。这首诗就写出了诗人这种微妙而深刻的感情波动。

【正文】

野老篱前江岸回¹，柴门不正逐江开。
渔人网集澄潭下，贾客船随返照来²。
长路关心悲剑阁，片云何意傍琴台³。
王师未报收东郡，城阙秋生画角哀⁴。

【注释】

1前：《全唐诗》校："一作边。"回：曲折。2澄潭：指百花潭，即浣花溪。下：下网。贾客：商人。返照：指落日。3剑阁：剑门关。琴台：相传为司马相如弹琴处，在成都浣花溪北。4东郡：泛指东部诸郡。乾元二年（759）九月，东京洛阳及济州、汝州、郑州、滑州被史思明所攻陷。上元元年（760）六月，史思明兵败于郑州，但东部诸郡仍未收复。城阙：这里指成都。《九家集注杜诗》此句下有自注云："南京（成都）同两都，得云城阙也。"

✤云山

【题解】

上元元年（760）作于草堂。写怀念故乡的情绪，诗题取自首句。首联遥忆两京，颔联托迹成都，颈联写漂泊无聊，尾联自作自宽解。当年羌、浑、党项寇泾陇，史思明入东都，故有"京洛""音书"等语。蔡梦弼于《杜工部草堂诗笺》曰："此诗怀京洛而作，然京洛不可见，所见者云山而已，故首句因云山起兴，遂以云山命题。"蔡琰《胡笳十八拍》："云山万重兮归路遐。"

【正文】

京洛云山外，音书静不来[1]。
神交作赋客，力尽望乡台[2]。
衰疾江边卧，亲朋日暮回。
白鸥元水宿[3]，何事有馀哀。

【注释】

1京洛：指长安与洛阳。静：指悄无声息。2作赋客：指司马相如，汉成都人。望乡台：成都台名，隋蜀王杨秀所筑，故址在今四川省成都市南。见《太平寰宇记》卷七二引《益州记》。3元：通"原"，本来。

✥遣兴

【题解】

上元元年（760）作于草堂。诗人因为环境闭塞，可看的书不多（见《酬高使君相赠》），经常无事可干，不免常常思念分散在战区的诸位弟妹。"遣兴"是释放情绪的意思。首联写忧念时局，颔联写在室内梳洗时的顾影自怜，颈联写室外眺望远方思不可遏，尾联因身体衰弱多病而忧从中来，"应无见汝时"作悲观语，读之令人鼻酸。

【正文】

干戈犹未定，弟妹各何之。
拭泪沾襟血，梳头满面丝[1]。
地卑荒野大，天远暮江迟[2]。

衰疾那能久，应无见汝时[3]。

【注释】

1襟：《全唐诗》校："一作巾。"满面丝：指散发，双关皱纹。2迟：指江水流动缓慢。3汝：你们，指弟妹。时：《全唐诗》校："一作期。"

❖遣愁

【题解】

上元元年（760）作于草堂，内容与前诗略同。首联写消息闭塞，寂寞是一种常态；颔联写兵戈阻断水陆交通，东归无望；颈联写自己日渐衰老而弟妹无法团聚，只有苦苦的思念。尾联写时局艰难骨肉分离，令人悲哀。

【正文】

养拙蓬为户，茫茫何所开[1]。
江通神女馆，地隔望乡台[2]。
渐惜容颜老，无由弟妹来。
兵戈与人事[3]，回首一悲哀。

【注释】

1养拙：才能低下而自甘闲适，自谦之词。蓬为户：用蓬草编成门，犹言柴门。茫茫：漫无边际貌。何所开：意即陶渊明《归去来兮辞》的"门虽设而常关"。2神女馆：即神女庙，在巫山县西北。望乡台：在成都，详注见前。3兵戈：指战争时局。人事：指骨肉分散。

杜甫題韋偃壁上畫馬歌詩意圖
韋侯別我有所適知我憐君畫無敵戲拈禿筆掃
驊騮欻見騏驎出東壁一匹齕草一匹嘶坐看千里當霜蹄時
危安得真致此與人同生亦同死

杜鹃行

【题解】

上元二年（761）作。此诗以杜鹃起兴，论人事变化之无常，旧注多以为感明皇失位而作。据《御定全唐诗》载："上元元年（760）七月，唐明皇迁居西内，高力士流巫州，置如仙媛于归州，玉真公主出居玉真观。明皇不怿，因不茹荤，辟谷，浸以成疾。"杜鹃鸟，又称子规。《华阳风俗录》云："鸟有杜鹃者，其大如鹊而羽乌，声哀而吻有血。"《华阳国志·蜀志》载，蜀有王名杜宇，教民务农，后称帝，号为望帝。宰相开明决玉垒山排除水害，望帝遂效法尧舜，禅位于开明，自升西山隐去。蜀人思之，时值二月，杜鹃鸟鸣，以为望帝魂化子规，故蜀人闻杜鹃啼而悲。

【正文】

君不见昔日蜀天子，化作杜鹃似老乌[1]。
寄巢生子不自啄，群鸟至今与哺雏[2]。
虽同君臣有旧礼，骨肉满眼身羁孤。
业工窜伏深树里[3]，四月五月偏号呼。
其声哀痛口流血，所诉何事常区区[4]。
尔岂摧残始发愤，羞带羽翮伤形愚[5]。
苍天变化谁料得，万事反覆何所无。
万事反覆何所无，岂忆当殿群臣趋[6]。

【注释】

1老乌：乌鸦。2寄巢二句：《韵语阳秋》卷一六引《博物志》："杜鹃生子，寄之他巢，百鸟为饲之也。"3窜伏：即躲藏。4区区：思念。5羽翮：翅膀。6当殿：指高居帝位。趋：朝拜。

❖ 戏韦偃为双松图歌

【题解】

上元元年（760）作于草堂。韦偃是当时的名画家，本京兆人，寓居成都。张彦远《历代名画记》称其"工画水，高僧奇士，老松异石，笔力劲健，风格高举"，"咫尺千寻，骈柯钻影，烟霞翳薄，风雨飕飕，轮囷尽偃盖之形，宛转极盘龙之状"。韦偃为杜甫作《双松图》，杜甫为韦画题了这首诗，可谓珠联璧合。全诗开头四句和结尾五句，皆从画的艺术效果着笔，渲染韦画的出神入化。中段八句，描写《双松图》的画面，画的是双松和松下老僧，诗人用诗歌语言再现了松之奇崛和僧之灵异，造成了奇峭的诗境美。结尾四句打趣，盖画松以曲干见奇，而一匹东绢长可两丈，问彼能否作直干之松树，求画的同时，与画家开个小小的玩笑。这就是"戏韦偃"的意思了。

【正文】

天下几人画古松，毕宏已老韦偃少[1]。
绝笔长风起纤末，满堂动色嗟神妙[2]。
两株惨裂苔藓皮，屈铁交错回高枝[3]。
白摧朽骨龙虎死，黑入太阴雷雨垂[4]。

松根胡僧憩寂寞，庞眉皓首无住著[5]。
偏袒右肩露双脚，叶里松子僧前落[6]。
韦侯韦侯数相见，我有一匹好东绢[7]，
重之不减锦绣段。
已令拂拭光凌乱，请公放笔为直干[8]。

【注释】

1毕宏：张彦远《历代名画记》卷十载："毕宏，大历二年（767）为给事中，画松石于左省厅壁，好事者皆诗咏之。改京兆少尹，为左庶子。树石擅名于代，树木改步变古，自宏始也。"2绝笔：犹止笔。纤末：树梢。满堂：满屋宾客。动色：表情激动。3惨裂：指树皮因寒冷干燥而开裂。屈铁：树枝盘曲如铁。4白：指墨色枯淡处。龙虎：指松枝苍劲，如龙盘虎踞。黑：指墨色浓黑处。太阴：指极盛的阴气。5憩寂寞：沉浸在寂静沉思之中。庞眉皓首：眉粗而发白。无住著：佛家语，即无牵挂。6偏袒：佛家礼仪，佛教徒穿袈裟，袒露右肩，以示对尊者的恭敬。参见宋道成《释氏要览·礼数》。松子：即松果。7韦侯：尊称韦偃。东绢：东川梓州盐亭县所产之绢，时人谓之鹅溪绢。8光凌乱：光彩闪耀。放笔：纵笔。直干：挺拔的树干。

❖题壁上韦偃画马歌

【题解】

上元元年（760）作于成都。《全唐诗》题作《题壁画马歌》。朱景玄《唐朝名画录》载："韦偃，京兆人，寓居于蜀。以善画山水竹树人物等，思高格逸。居闲常以越笔点簇鞍马人物、山水云烟，千变万态。"此诗虽是七言八句，却不是律诗，而是用入声韵的一首古诗。一二句说韦偃来草堂与作者道别,兼来还愿(曾经答应过给诗人壁上画马)。三四句说韦偃画的是写意画,借助秃笔画出马毛的质感。五六句描写画面:一匹马低头吃草,一匹马仰首嘶叫。最后两句借物言志,用骏马比作志士,希望他们能够拯救国家于危亡之中,寄托了诗人忧国忧民的感情。

【正文】

韦侯别我有所适,知我怜君画无敌[1]。
戏拈秃笔扫骅骝,歘见骐驎出东壁[2]。
一匹龁草一匹嘶,坐看千里当霜蹄[3]。
时危安得真致此,与人同生亦同死[4]。

【注释】

1 韦侯:尊称韦偃。有所适:将去远处。怜:爱。君:《全唐诗》校:"一作渠。" 2 戏:《全唐诗》校:"一作试。" 扫:挥洒。歘见:忽见。骐驎:良马名。《商君书·画策》:"骐驎,每一日走千里。" 3 坐看:犹眼看。霜蹄:践踏霜雪的马蹄。《庄子·外篇·马蹄》:"马,蹄可以践霜雪,毛可以御风寒。" 4 真致此:真正得到这样一匹马。与人句:即《房兵曹胡马》"真堪托死生"之意。

❖戏题王宰画山水图歌

【题解】

上元元年(760)作于草堂。从"戏题"二字可看出诗中有打趣的成分,表明诗人心情很好。题中原无"王宰"二字,据《全唐诗》注补。《历代名画记》卷十引《唐朝名画录》曰："王宰，蜀中人，多画蜀山，玲珑窊窆，巉嵯巧峭。"前四句写其名家风度。名家应酬求画人，先决条件是不催，把绢幅搁那儿就是。一来求画的人多，哪能说要就要？二来要有兴致才肯命笔。所以要快莫来，不然就暗中教弟子或儿女临摹代笔，自己画押就是，给你一幅赝品——要不然杜甫何以特别强调"真迹"二字呢。中间七句述画中山水，这是一幅绢画，挂在画家自己家中，可知是得意之作。以海上神山命名，可知是想象写意为主。此画山水俱佳，尤善留白（中有云气），从树木与波涛见出狂风之势。诗人所举"巴陵""日本""赤岸"皆泛言崇山峻岭、江河湖海，以助读者之想象。末四句是总评和观感，"尤工远势古莫比"二句，是说王宰在运用透视画法以取得尺幅万里之势方面，有超过古人的独到之处，可见诗人艺术涵养深厚，懂得画理。最后两句打趣道，恨不得把画偷走，即使剪一块水纹回去，亦有收藏价值。所以署"戏题"。

【正文】

十日画一水，五日画一石。

能事不受相促迫[1]，王宰始肯留真迹。

壮哉昆崙方壶图，挂君高堂之素壁[2]。

巴陵洞庭日本东，赤岸水与银河通[3]，

中有云气随飞龙[4]。

舟人渔子入浦溆，山木尽亚洪涛风[5]。

尤工远势古莫比，咫尺应须论万里[6]。

焉得并州快剪刀，翦取吴松半江水[7]。

【注释】

1 能事：所擅长的技能。促迫：督促逼迫。2 方壶：传说中的仙山，在东海。参见《列子·汤问》。素壁：白墙。3 巴陵：山名，在今湖南岳阳市西南，下临洞庭湖。赤岸：地名，传说中与扶桑（日本）相近。4 中有句：语本《庄子·逍遥游》："藐姑射之山，有神人居焉，……乘云气，御飞龙，而游乎四海之外。"形容画中云气流动，极为壮观。5 浦：水边。亚：通"压"，低伏。洪涛风：吹起波涛的大风。6 尤工二句：语出《南史·萧子良传》："于扇上图山水，咫尺之内，便觉万里为遥。"《后画录》称展子虔"亦长远近山水，咫尺千里"。7 并州：今山西太原市。翦：同"剪"。吴松：江名，又作吴淞，在今江苏东南及上海境内。

❖ 北邻

【题解】

上元元年（760）作于草堂。"北邻"指杜甫草堂北面的邻庄，这里"邻"是古代的行政单位，相当于庄或村。唐朝以四家为邻，与今天所称邻居，略有区别。杜诗《过南邻朱山人水亭》有一句"归客村非远"，说明"南邻"与杜甫草堂不属一个村子。若是今天的邻居，是用不着用"野航"来送的。"北邻"也一样。不管怎么说，"远亲不如近邻"，何况"北邻"是一个退居的县令，又爱种竹子，性情随和，对诗人也很亲善，常来草堂串门，叙谈，小酌，彼此成为诗友，真是有缘了。诗人用这首小诗，给"北邻"画了个像。

【正文】

明府岂辞满，藏身方告劳[1]。

青钱买野竹，白帻岸江皋[2]。

爱酒晋山简，能诗何水曹[3]。

时来访老疾，步屧到蓬蒿[4]。

【注释】

1辞满：因任期满而辞职。藏身：退隐。告劳：因劳累而辞官告归。2青钱：即青铜钱。白帻：白色头巾。岸：露出前额，意谓神态疏放。江皋：江岸。3山简：字季伦，西晋名士，曾为青州刺史。何水曹：何逊，南朝梁代诗人，曾任建安王水曹。《梁书》《南史》有传。这两句是说北邻明府与山简、何逊有一比。4时来：常来。老疾：作者自指。步屧：步履。屧是木屐。蓬蒿：蓬草与蒿菜，谦指草堂。

❖ 南邻

【题解】

上元元年（760）作于草堂。"南邻"指草堂南面隔水的邻庄，"锦里先生"即下一首诗提到的朱山人，"山人"指隐居不仕之人。诗写杜甫到朱家作客，谈笑一天之后，主人又送客出门的情景。开篇以"乌角巾"三字给朱先生画像，"园收芋栗"是说园里种了些芋头和栗子树，正到了收获时候；"未全贫"下字之妙，表明不富裕，但不存在温饱问题。颔联写朱先生常请客，表明他厚道；朱先生喜欢喂鸟雀，表明他善良。后四句写送别，雨后浣花溪水上涨，"野航"指溪边只容得下"两三人"的小船，是诗人过渡的交通工具。相送柴门，依依不舍，表明朱先生重感情。诗中白沙、翠竹、昏黄的月光，色泽搭配恰好，真是图画难足了。

【正文】

锦里先生乌角巾，园收芋栗未全贫[1]。
惯看宾客儿童喜，得食阶除鸟雀驯[2]。
秋水才深四五尺，野航恰受两三人[3]。
白沙翠竹江村暮，相送柴门月色新。

【注释】

1 乌角巾：可以折叠的方角黑头巾，为隐士所戴。芋栗：芋头和小米。栗，《全唐诗》作粟。2 宾客：《全唐诗》校："一作门户。"阶除：台阶。3 深：《全唐诗》校："一作添。"航：船。恰受：刚好容纳。

❖过南邻朱山人水亭

【题解】

上元元年（760）作于草堂。诗写杜甫应邀去朱山人家水亭饮宴，及相互往还的情景。首联说彼此居止"相近"（即下文"村非远"），有竹林掩映，相互过从，较为私密（人不见）。颔联写水亭景色，树上缀满了花，活水流进池中。颈联说归路不远，不妨稍晚，一边吃喝一边移席，追逐日影，可谓尽兴。因为朱先生为人不俗，所以杜甫乐与交往。

【正文】

相近竹参差，相过人不知。
幽花欹满树[1]，小水细通池。
归客村非远，残樽席更移。
看君多道气，从此数追随[2]。

【注释】

1欹：倾斜，歪歪倒倒。2道气：仙气。数：多，屡。

❖ 因崔五侍御寄高彭州适一绝

【题解】

作于上元元年（760）秋。因裴冕离开了成都，杜甫家缺粮，快要断顿，远水不解近渴，只能寄望于百里之内的彭州刺史高适了。天宝三载（744）秋，杜甫曾与高适、李白在宋中（今河南商丘市）一带游历，是老交情。虽然眼前地位悬殊，杜甫写诗告贷，一点不把自己当外人。关系在那里摆着，所以不讲客套。这首二十字小诗，代替书简，给一位崔姓的官员转交，"侍御"是唐代对做过殿中侍御史、监察御史者的尊称。

【正文】

百年已过半[1]，秋至转饥寒。
为问彭州牧[2]，何时救急难！

【注释】

1 百年句：杜甫当时四十九岁，"百年过半"是举其成数。2 为问：请问。彭州牧：彭州刺史，指高适。据《礼记·曲礼下》载："九州之长，入天子之国，曰牧。"后称州郡长官为牧。

❖赠蜀僧闾丘师兄

【题解】

上元元年（760）秋作。闾丘为复姓，闾丘师兄未称其名，原注："太常博士（闾丘）均之孙。"《旧唐书·闾丘均传》载："陈子昂卒后，益州成都人闾丘均，亦以文章著称……景龙中，为安氏公主所荐，起家拜太常博士。"闾丘均与杜甫祖父杜审言同事武后，可见闾丘师兄同诗人有很深的世家旧谊。这首诗即从祖辈的世交说起，写到彼此于客路相见相亲的友情。仇兆鳌说："今人作五古长篇，多任意挥洒，不知段落匀称之法。杜诗局阵布置，章法森然，如此篇，首尾中腰各四句提束，前后两段俱十六句铺叙，有毫发不容增减者。"（《杜诗详注》卷九）

【正文】

大师铜梁秀，籍籍名家孙[1]。
呜呼先博士，炳灵精气奔[2]。
惟昔武皇后，临轩御乾坤[3]。
多士尽儒冠，墨客蔼云屯[4]。
当时上紫殿，不独卿相尊[5]。
世传闾丘笔，峻极逾昆仑[6]。

凤藏丹霄暮，龙去白水浑[7]。
青荧雪岭东，碑碣旧制存[8]。
斯文散都邑，高价越玙璠[9]。
晚看作者意，妙绝与谁论[10]。
吾祖诗冠古，同年蒙主恩[11]。
豫章夹日月，岁久空深根[12]。
小子思疏阔，岂能达词门[13]。
穷愁一挥泪，相遇即诸昆[14]。
我住锦官城，兄居祇树园[15]。
地近慰旅愁，往来当丘樊[16]。
天涯歇滞雨[17]，粳稻卧不翻。
漂然薄游倦，始与道侣敦[18]。
景晏步修廊，而无车马喧[19]。
夜阑接软语[20]，落月如金盆。
漠漠世界黑，驱车争夺繁[21]。
惟有摩尼珠[22]，可照浊水源。

【注释】

1大师：对僧人的尊称。铜梁：山名，在今重庆合川区南。2籍籍：形容名声极盛。名家：指闾丘僧的祖父闾丘均。2先博士：指闾丘均。炳灵：显赫的英灵。精气：指人的元气。3惟：《全唐诗》校："一作往。"武皇后：武则天。临轩：皇帝不坐正殿而御前殿，殿前有槛楯如车之轩，故称。4多士：人才众多。语出《诗·大雅·文王》："济济多士。"墨客：即文人。蔼：盛多貌。云屯：如云聚集，言多而盛。5紫殿：汉宫殿名，后指皇帝所居。不独句：指文人墨客亦得到武后的重视。6笔：六朝以来文章有韵称文，无韵称笔。峻极：极高。7凤藏、龙去：喻闾丘均之死。语出北魏段承根《赠李宝诗》："凤戢昆丘，龙潜玄漠。"丹霄暮、白水浑：指朝廷因英才去世而失去光彩。8青荧：明亮貌。雪岭：指岷岭雪山。碑碣句：指梓州牛头山有瑞圣寺碑。9散：流传。玙璠：美玉。10晚：晚辈。杜甫自称。作者：指闾丘均。11吾祖：指杜甫祖父杜审言。冠古：冠绝昔时。同年句：谓闾丘均与杜审言同一年被擢用。12豫章：树名，樟木类。夹日月：言其高大。岁久：去世已久。13小子：杜甫自称。疏阔：迂阔，不切实际。词门：诗门。14诸昆：兄弟。15锦官城：成都别称，详前。祇树园：佛教寺庙的美称。《金刚经注》："须达长者施园，祇陀太子施树，为佛说法之处，故后人名为祇园，亦曰给孤园。"16丘樊：山林，指隐士居处。17滞雨：久雨。18薄游：穷困之旅。倦：厌倦。语见南梁周舍《还田舍诗》："薄游久已倦。"道侣：指闾丘僧，侣一作旅。敦：敦厚。19景晏：即黄昏。修廊：长廊。而无句：语本陶渊明《饮酒》："结庐在人境，而无车马喧。"20软语：佛家语。《华严经》载："菩萨摩诃萨有十种语……柔软语，能使一切众生得安稳。"21漠漠：弥漫貌。世界：佛家语，即宇宙。世为时间，界为空间。黑：黑业，即恶业。争夺：争名夺利。22摩尼：梵语，又作末尼，是珠的总称。可照句：语出《涅槃经》卷九："如摩尼珠，投之浊水，水即为清。"

❖泛溪

【题解】

作于上元元年（760）晚秋。黄昏时分，诗人乘兴在浣花溪泛舟，回到草堂以后作了这首诗。诗中对溪上远景、沿溪所见以及日落返棹等情景作了描写，同时抒发了自己年老体衰，不为世重，及出处矛盾的思想感情。结尾从城里传来的鼓鼙声，来反映平叛战斗还未结束的现实——即使像成都这样的后方，也在练兵备战，诗人也做不到像陶渊明那样回归自然。

【正文】

落景下高堂，进舟泛回溪[1]。
谁谓筑居小，未尽乔木西[2]。
远郊信荒僻[3]，秋色有馀凄。
练练峰上雪，纤纤云表霓[4]。
童戏左右岸，罟弋毕提携[5]。
翻倒荷芰乱，指挥径路迷[6]。
得鱼已割鳞，采藕不洗泥。
人情逐鲜美，物贱事已睽[7]。
吾村霭暝姿，异舍鸡亦栖[8]。
萧条欲何适[9]，出处无可齐。
衣上见新月，霜中登故畦。
浊醪自初熟，东城多鼓鼙[10]。

【注释】

1落景：落日余晖。溪：浣花溪。2筑居：指浣花草堂。乔木：指树干高大的树木。3郊：成都西郊。4练练：洁白貌。峰上雪：西岭顶峰的积雪，杜甫《绝句》："窗含西岭千秋雪。"纤纤：柔美貌。霓：虹的外侧称霓。5童戏句：《全唐诗》校："一云童儿戏左右。"罟：捕鱼工具。弋：捉鸟工具。毕：全，都。6荷：荷花。芰：菱角。指挥：指手画脚。7已：一作迹。睽：违背。8霭暝姿：天色已黑。异舍：邻居。9萧条：寂寥貌。10东城：城市在浣花草堂之东，故称。鼓鼙：军中乐器。鼓：大鼓；鼙：小鼓。

❖ 出郭

【题解】

作于上元元年（760）秋。"出郭"即出城。杜甫进了一趟城，这首诗写他由城里回草堂时一路观感。首联写秋天向晚雾气弥漫，本来高旷的天空显得低矮了。颔联提到成都西郊的盐井——古代四川掘井煮盐，先将卤水从井中抽出来，再用牢盆以柴火熬制，所以诗中说看到"远烟"。晴天空气能见度高时，可以看到西岭雪山。颈联写对时局的忧念，当年史朝义弑其父史思明，继续作乱中原。剑南西川兵马使也绷紧了神经，正在加紧练兵，所以能听到"鼓鼙"之声。尾联写诗人在茫茫夜色中，独归草堂，一路只有树上老鸦的啼声相伴。

【正文】

霜露晚凄凄，高天逐望低。
远烟盐井上，斜景雪峰西。
故国犹兵马，他乡亦鼓鼙[1]。
江城今夜客[2]，还与旧乌啼。

【注释】

1故国：指东都洛阳。此时洛阳被安史叛军再度攻陷。他乡：指成都。因叛军未被剿灭，故蜀地也练兵备战。2江城：指成都，江即锦江。

✤ 散愁二首

【题解】

作于上元元年（760）秋。杜甫打听到一些令人振奋的消息，据说平叛形势大好。在诗中他把破贼还乡的希望寄托在中兴诸将李光弼、王思礼等人身上。而内心深处，也有害怕事与愿违的恐惧。

【正文】

一

久客宜旋旆，兴王未息戈[1]。
蜀星阴见少，江雨夜闻多[2]。
百万传深入，寰区望匪它[3]。
司徒下燕赵[4]，收取旧山河。

二

闻道并州镇，尚书训士齐[5]。
几时通蓟北，当日报关西[6]。
恋阙丹心破，沾衣皓首啼[7]。
老魂招不得，归路恐长迷[8]。

【注释】

1旋旆（pèi）：意思是回师。兴王：复兴帝王之业。2蜀星二句：谓蜀地阴雨天气多，不易见到星月。3百万句：《资治通鉴》卷二二一载：上元元年二月，李光弼破史思明于沁水；三月，破安太清于怀州；四月，破史思明于河阳。望匪它：除了恢复和平，没有其他希望。匪：非。4司徒：指李光弼，至德二载（757）加检校司徒。燕赵：指河北诸州郡。5并州镇：指河东节度使，治所在太原。尚书：指王思礼。乾元二年（759）七月，王思礼以兵部尚书、潞沁节度使兼太原尹，充北京留守。上元元年（760）李光弼徙河阳，王思礼代为河东节度使。见《新唐书·肃宗纪》。训士：训兵，练兵。齐：严整，严格。6通蓟北：谓直捣安史叛军的老巢，收复幽州、蓟州。当日：当天。关西：指长安，以在潼关、函谷关之西故称。7恋阙：眷恋朝廷。皓首：诗人自指。8老魂二句：写诗人担心太平无望，老死他乡，故乡的亲人难以为之招魂。

❖ 建都十二韵

【题解】

作于上元元年（760）秋。当年九月，肃宗采纳荆州刺史吕諲的建议，改置南都于荆州（今湖北省江陵县），革南京（成都）为蜀郡。杜甫反对改荆州为南都，而作此诗。钱谦益曰："此诗因建南都而追思分镇之事也。初，房琯建分镇讨贼之议，肃宗以此恶琯，贬之。后从吕諲请，置南都于荆州。甫闻建都之诏，追惜琯议。'牵裾'以下，自叙移官之事。盖甫之移官以救琯，而琯之得罪以分镇，故牵连及之。是岁七月，上皇移幸西内，九月置南都，革南京为蜀郡。荆州、蜀都，一置一革。甫心痛之，而不敢讼言也。"因此，"计大岂轻论"是全诗关键词。

【正文】

苍生未苏息，胡马半乾坤[1]。

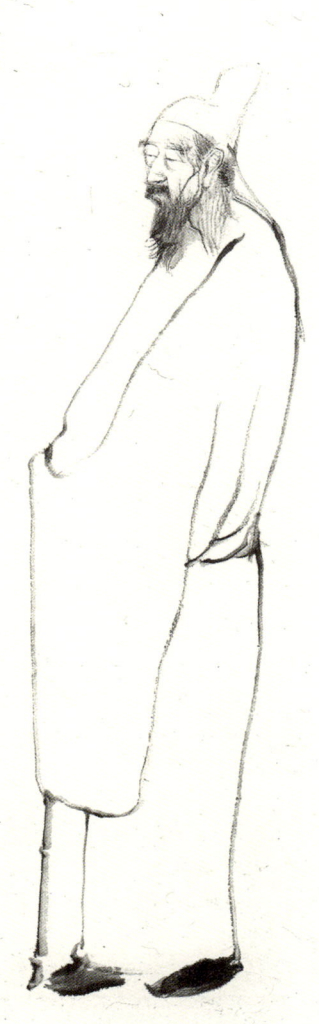

看杜行瞻圖
歲次壬辰冬為杜少陵造像一軀先生

议在云台上，谁扶黄屋尊[2]。
建都分魏阙，下诏辟荆门[3]。
恐失东人望，其如西极存[4]。
时危当雪耻，计大岂轻论[5]。
虽倚三阶正，终愁万国翻[6]。
牵裾恨不死，漏网荷殊恩[7]。
永负汉庭哭，遥怜湘水魂[8]。
穷冬客江剑[9]，随事有田园。
风断青蒲节，霜埋翠竹根。
衣冠空穰穰，关辅久昏昏[10]。
愿枉长安日，光辉照北原[11]。

【注释】

1胡马：指安史叛军。2云台：东汉洛阳南宫台名，代指朝廷。黄屋：帝王乘车黄缯为盖，用作对皇帝的敬称。3魏阙：宫殿前的阙楼。分魏阙指分置宫殿。荆门：荆州有荆门山，唐置荆门县。此代指荆州。辟荆门谓新建国都。4东人：指荆州人，以荆州在长安东南。其如：奈何。西极：此指成都，按成都已于三年前建为南京。5计大：建都之计事关重大。6倚：依赖。三阶正：泰阶平，乃太平之象，《汉书·东方朔传》注引《黄帝泰阶六符经》曰："泰阶者，天之三阶也，上阶为天子，中阶为诸侯、公卿、大夫，下阶为士、庶人。……三阶平则阴阳和，风雨时，社稷神祇咸获其宜，天下大安，是为太平。"翻：翻覆，反叛。7牵裾二句：用典回顾过去上疏援救房琯触怒肃宗之事，《三国志·魏书·辛毗传》载：辛毗曾向魏文帝谏阻移冀州民至河南，"帝不答，起入内，毗随而引其裾，帝遂奋衣不还"。漏网：语本《史记·酷吏列传序》："网漏于吞舟之鱼。"喻己贬谪华州司功事。8负：辜负。汉庭哭：指贾谊。湘水魂：指屈原。9穷冬：指从同谷来成都时的乾元二年（759）年底。江剑：锦江剑门，此指成都。《全唐诗》校："一作剑外。"10衣冠：指朝臣。穰穰：众多。关辅：长安附近的地区。昏昏：指朝政与时局。11愿枉：《全唐诗》校："一作愿驻。"长安日：指帝王或京都，此处喻指唐肃宗。典出《世说新语·夙惠》晋明帝幼语："举目见日，不见长安。"北原：指河北各州郡。

❖奉简高三十五使君

【题解】

作于上元元年（760）秋，时高適从彭州（今属四川省）迁往蜀州（今四川省崇州市）。这是一首热情洋溢的诗，以诗代简呈达对方。"三十五"是高適的行第，"使君"是唐代对刺史的尊称。首联赞美老友的才华，在同时代诗人中名列前茅。颔联上句赞美其作为刺州出行仪仗的威风，下句赞美其非凡的风度。颈联表彼此交情老而弥笃。尾联约定将于晚秋前往其任所拜访。

【正文】

　　当代论才子，如公复几人。
　　骅骝开道路，鹰隼出风尘[1]。
　　行色秋将晚，交情老更亲。
　　天涯喜相见，披豁对吾真[2]。

【注释】

1骅骝：良马。鹰隼：猛禽，喻指高適。2披豁：敞开胸怀，推诚相待。

和裴迪登新津寺寄王侍郎

【题解】

作于上元元年（760）秋。原题下有注：王时牧蜀，英华作奉和裴十四迪新津峙。新津是在岷江干流上的州县当中，离成都最近的一个县。但它的水系和成都不一样，是岷江的外江（干流）流过的地方。诗人这次去新津约了一个朋友，叫裴迪，这人也是王维、王缙兄弟的朋友。王缙时任蜀州（今四川省崇州市）刺史，裴迪依为从事。王缙在朝中做过侍郎，题中按习俗称呼他"王侍郎"。首联写秋天物候，秋天是树叶枯黄的时节，故有"悲秋"之感。颔联是唐诗的名句，上句通过听觉写景，表明寺里的古树很多很高很茂密；下句写看到飞鸟的影子从水面很快飞过——如果仰视，那些鸟儿是飞不过天空的，就不能用"度"字了。颈联上句写彼此的同情，下句扣题面"寄王侍郎"。尾联表明当天诗人没有回成都，就住在新津修觉寺的客房里。全诗写得相当生活化，把作者一次秋游新津的心情，和对友人的怀念，表达得很充分。

【正文】

何恨倚山木[1]，吟诗秋叶黄。
蝉声集古寺，鸟影度寒塘。
风物悲游子，登临忆侍郎[2]。
老夫贪佛日[3]，随意宿僧房。

【注释】

1恨：《全唐诗》校："一作限。"2游子：作者自指，兼指裴迪。侍郎：指王缙。3贪佛：刻意研修佛法。

❖村夜

【题解】

作于上元元年（760）秋。一个雨夜，远处听得到舂杵的声音，窗外看得见近处的灯火（或渔火），茅屋内诗人不能入睡，思乡之心更切，想到动荡的时局，自伤漂泊的身世，怀念分散各处的兄弟，于是写下了这首诗。"村"是浣花村。

【正文】

　　萧萧风色暮，江头人不行[1]。
　　村舂雨外急[2]，邻火夜深明。
　　胡羯何多难[3]，渔樵寄此生。
　　中原有兄弟，万里正含情。

【注释】

1萧萧句：《全唐诗》校："一作风色萧萧暮。"江头：江岸。江指锦江。2村舂：村人的舂米声。3胡羯：指安史叛军。

西郊

【题解】

作于上元元年（760）冬。杜甫关心时事，关心民生疾苦，加之谋生等缘故，经常进城，进行社会交往。首联写从城里返回草堂必经之路，颔联写沿途所见风光，颈联写回草堂后将从集市上购置的书籍和草药及时归架或归囊，尾联说经常门可罗雀，使人变得懒散。王安石说："老杜之'无人觉来往'，下得'觉'字大好。'暝色赴春愁'（皇甫冉《归渡洛水》），下得'赴'字大好。若下见字、起字，即是小儿言语。足见吟诗要一字两字功夫。"（《杜诗详注》卷九引《唐百家诗选》）

【正文】

时出碧鸡坊[1]，西郊向草堂。
市桥官柳细，江路野梅香[2]。
傍架齐书帙，看题检药囊[3]。
无人觉来往[4]，疏懒意何长。

【注释】

1 碧鸡坊：成都街坊名，因汉宣帝时传说益州有金马碧鸡之神而得名，在成都西南。《益州记》云："成都之坊，百有二十，第四曰碧鸡坊。" 2 市桥：在成都西南石牛门外四里，因汉代市场设在桥南而得名。见《华阳国志·蜀志》。官柳：官府所栽的柳树。江路：锦江沿岸的路。3 书帙：书卷。帙是封书的布套。检：《全唐诗》校："一作减。" 4 觉：《全唐诗》校："一作竟，一作与。"

寄杨五桂州谭

【题解】

上元元年（760）冬作于成都。因段参军前往岭南道的桂州就任，故杜甫写了这首诗寄给当时的桂州刺史杨谭。前四句写桂州冬日风光，后四句寄意杨谭，表达思念之情，并寄予美好祝愿。王嗣奭于《杜臆》评曰："通篇气势流走，字句空灵，诗之不缚于律者。"

【正文】

五岭皆炎热，宜人独桂林[1]。
梅花万里外，雪片一冬深。
闻此宽相忆，为邦复好音[2]。
江边送孙楚，远附白头吟[3]。

【注释】

1桂林：今广西桂林市，时杨谭任桂州（即今桂林）刺史。2闻此二句：意即杜甫告诉杨谭：听说你在这样美好的环境中任职，感到十分宽慰；你一定会做出政绩，希望及时给我好消息。宽：宽慰。3江边二句：意即杜甫告诉杨谭：我在江边为段参军送行，并让他带去这首诗。孙楚：晋人，做过参军，借指段参军。《晋书·孙楚传》云："孙楚为石苞参军。初至，长揖曰：'天子命我参卿军事'。"白头吟：本乐府楚调曲名，仅借其字面，指暮年所作。

和裴迪登蜀州东亭送客逢早梅相忆见寄

【题解】

上元元年(760)冬作于草堂。是酬和友人裴迪之作，裴迪原诗已佚。题中东亭，故址在崇州市罨画池公园内，唐时是官府的宴客处。官梅，即官府种植的梅花。裴迪在东亭送别客人，见早梅开放，思念杜甫，作诗相寄。杜甫在草堂看了裴诗很感动，便写了这首酬答之作。前两联感谢故人对自己的思念，后两联抒写诗人自己的情怀。前人认为此诗本非专咏梅花，却句句是梅，句句是咏梅，又全不着痕迹。颈联作流水对，不呆板咏物，明代王世贞誉为古今咏梅第一。

【正文】

　　东阁官梅动诗兴，还如何逊在扬州[1]。
　　此时对雪遥相忆，送客逢春可自由[2]。
　　幸不折来伤岁暮，若为看去乱乡愁[3]。
　　江边一树垂垂发[4]，朝夕催人自白头。

【注释】

1官梅：官府栽种的梅。还如句：梁建安王伟都督扬、南徐二州，辟何逊为记室。逊有《早梅》诗。此句用典喻指裴迪在蜀州咏梅。2可自由：是否有闲情逸致来观赏梅花呢？3幸不句：谓幸而未折梅花寄赠，免我自伤年老。裴诗中大概有不能折梅相寄之说，故有此语。若为：哪堪。4垂垂：渐渐。

❖ 暮登四安寺钟楼寄裴十迪

【题解】

上元二年（761）杜甫居草堂，因成都无可倚仗，只得四下奔走谋食。有时去新津、青城。"四安寺"在蜀州新津县（今成都市新津区）南二里，神秀禅师所建。诗人独自登上四安寺钟楼，不禁怀念起近在蜀州的故人裴迪（行第为十），一种寂寞之情油然而生。作者将自己的心情写到这首诗里寄给故人，前两联写日暮登楼所见，后两联写登楼所感，全篇以诗代简，为故人未能同游，深感遗憾，表现出杜甫对人胸怀之坦诚和杜、裴二人感情之深厚。

【正文】

暮倚高楼对雪峰[1]，僧来不语自鸣钟。
孤城返照红将敛，近市浮烟翠且重[2]。
多病独愁常阒寂，故人相见未从容[3]。
知君苦思缘诗瘦，大向交游万事慵[4]。

【注释】

1 雪峰：杨德周说新津县"有修觉山，其上为宝华山，以峰顶多雪，又名雪峰"。（《杜诗详注》引）2 返照：夕阳，落日。红将敛：红霞将散尽。近市：近处的集市。翠且重：指重重烟雾泛翠。3 多病独愁：作者自指。阒（qù）寂：静寂。故人：指裴迪。未从容：不便。4 交游：朋友。慵：慵懒。

✤寄赠王十将军承俊

【题解】

上元二年（761）作于青城。据诗意王承俊将军当在成都。诗前四句称将军之雄壮，后四句惜其不当大任，而徒怀高义也。这首诗前四句运古风之法于五律，似齐梁间律诗，所以不尽合乎标准五律的平仄格式。

【正文】

将军胆气雄，臂悬两角弓[1]。
缠结青骢马，出入锦城中[2]。
时危未授钺[3]，势屈难为功。
宾客满堂上，何人高义同。

【注释】

1 臂悬句：谓两臂各悬一弓。角弓：饰以兽角之弓。2 缠结：指马身上络头、缰绳之类的饰物。青骢马：毛色青白间杂的马。锦城：成都。3 授钺：古代大将出征，君主授以斧钺，表示授以兵权。

✤奉酬李都督表丈早春作

【题解】

上元二年（761）春作于成都。这是一首唱酬诗，写给一位供职西川节度幕府的表叔（表丈）。"都督"，官名，掌州郡军事，分上中下三等。诗首联写自己读李表丈寄来的《早春》诗而引发了伤春之感。颔联写两重感伤，一是客愁，二是自伤老大。颈联写时序变化，物候更新，稍可自娱。尾联乱离未靖，归期无日。全诗一波三折，极沉郁顿挫之致。

【正文】

力疾坐清晓，来时悲早春[1]。
转添愁伴客，更觉老随人[2]。
红入桃花嫩，青归柳叶新。
望乡应未已，四海尚风尘。

【注释】

1 力疾：扶病强起。来时：《全唐诗》校："一作来诗。" 2 转：反而。客：作者自指。人：《全唐诗》校："一作身。"

题新津北桥楼（得郊字）

【题解】

上元二年（761）春，杜甫暂离成都至新津。新津县令于北桥楼设筵款待杜甫，彼此拈韵作诗，杜甫拈到"郊"字而作此诗。首句把春天点出来了。次句说筵席设在城楼上，地势很高，可以看到树上的鸟巢。三四句承上说屋檐外面能看到树上的花朵，还能看到绿柳的树梢。五句紧扣主人身份，说池塘的水很清，象征新津县治理得很好。六句说看得到远处的炊烟——有炊烟的地方，肯定有饭吃，意味着百姓的温饱不成问题。还有一层意思，就是《孟子》里有君子远庖厨的说法。最后两句说，在剑南西川，最值得观赏的风景，就在新津，这两句等于给新津做广告。

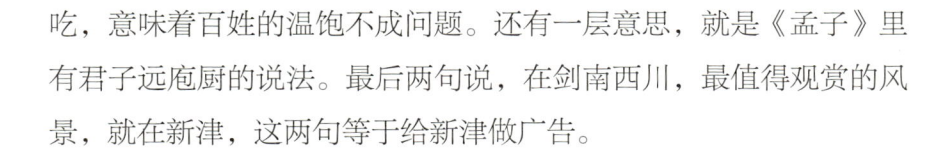

【正文】

望极春城上[1]，开筵近鸟巢。
白花檐外朵，青柳槛前梢[2]。
池水观为政，厨烟觉远庖[3]。
西川供客眼，唯有此江郊。

【注释】

1望极：远眺。2槛：栏杆。梢：指垂下柳梢。3池水：既实写眼前景物，又以池水之清比喻县令为官清廉。远庖：语出《孟子·梁惠王上》："见其生不忍见其死，闻其声不忍食其肉，是以君子远庖厨也。"庖：厨房。

❖游修觉寺

【题解】

作于上元二年（761）春。修觉寺故址在今成都市新津区南修觉山（见《方舆胜览》卷五二）。这首诗是作者初游修觉寺而作。前四句与后四句分两截，遥相照应。首联，景之自外而内者，就一远一近说；次联，记入寺之事；三联，景之自内而外者，就一静一动说；末联，记宿寺之情。诗有神助，非自夸能诗，是云胜境能发诗兴之意。

【正文】

野寺江天豁，山扉花竹幽¹。

诗应有神助，吾得及春游。

径石相萦带，川云自去留。

禅枝宿众鸟²，漂转暮归愁。

【注释】

1豁：开阔。山扉：山门。2禅枝：寺院的树枝。

❖后游

【题解】

上元二年（761）春重游修觉寺作。去年秋天诗人初次去新津游修觉寺有诗，所以这首诗题作《后游》。首联就对仗，紧扣题目的"后游"。颔联更好，上句说主观感觉，新津这地方风光美好，好像是等待我到这个地方来。下句写眼前花正开放，柳正茂密，好像对人提供无私的奉献，把最好的景色奉献给客人。颈联写春天新津江边的景色，不但是非常开阔的，明朗的，而且是有温度的。尾联说悲秋的感觉完全没有了，如果放弃了新津这个地方，哪里还有这样好的地方可去呢？全诗以措语轻快警策，而为人传诵。

【正文】

寺忆新游处¹，桥怜再渡时。

江山如有待²，花柳更无私。

野润烟光薄，沙暄日色迟³。

客愁全为减，舍此复何之⁴。

【注释】

1新：《全唐诗》校："一作曾，一作重。"2有待：有所等待，待人重游。3暄：暖。4之：往。

❖遣意二首

【题解】

作于上元二年（761）春。以"遣意""遣兴""漫兴""漫成"为题的诗，大体上属于闲适诗。诗有泄导人情的作用，王嗣奭说："意有不快，则借目前之景物以遣之。"（《杜臆》卷四）这种解说并不全面，应该补充道：意有所快，亦借目前之景物遣之。这两首诗，分别描写草堂春日雨后和春夜初月的景色，及幽居的生活情事。

【正文】

一

啭枝黄鸟近¹，泛渚白鸥轻。
一径野花落，孤村春水生。
衰年催酿黍，细雨更移橙²。
渐喜交游绝，幽居不用名。

二

檐影微微落，津流脉脉斜³。

野船明细火，宿雁聚圆沙[4]。
云掩初弦月，香传小树花。
邻人有美酒，稚子夜能赊[5]。

【注释】

1 啭（zhuàn）：鸟类婉转啼鸣。黄鸟：即黄鹂。2 酿黍：用糯米酿酒。更：《全唐诗》校："一作夜。"移橙：移栽橙树。3 微微：缓缓。津流：渡口的流水。脉脉：水缓流貌。4 船：《全唐诗》校："一作松。"明细火：映照着细微的渔火。宿雁：栖息的雁。圆：《全唐诗》校："一作寒。"5 赊：赊账。

❖漫成二首

【题解】

上元二年（761）春作于草堂。王嗣奭说："二诗格调疏散，非经营结构而成，故云漫成。"（《杜诗详注》卷十引《杜臆》）杜甫自谓"老去诗篇浑漫与"，随心所欲，即能用极寻常的语言，写出极不寻常的意思。例如"仰面贪看鸟"表现很高的兴趣，间接写出春景之美。而"回头错应人"是生活的一种常态：因为看鸟，所以走神；因为走神，所以"错应人"。听到有人喊杜先生，马上就答应。殊不知别人喊的是另一个杜先生，或者喊的根本不是杜先生，而是傅先生或路先生。这就写出了生活的趣味。诗中作者以陶渊明自况，陶曾自谓"好读书，不求甚解"。为什么不求甚解呢，因为不为考试而读，是为乐趣而读。"读书难字过"，就是读到不认识的字，直接跳过，以免影响阅读的连贯、流畅亦即乐趣。这就

写出了王国维所谓的"人人心中所有,人人笔下所无"。(《人间词话》)

【正文】

一

野日荒荒白,春流泯泯清[1]。
渚蒲随地有[2],村径逐门成。
只作披衣惯,常从漉酒生[3]。
眼前无俗物[4],多病也身轻。

二

江皋已仲春[5],花下复清晨。
仰面贪看鸟,回头错应人。
读书难字过,对酒满壶频[6]。
近识峨眉老,知余懒是真。

【注释】

1荒荒:犹茫茫,无边无际貌。野日荒荒:《全唐诗》校:"一作野月茫茫。"春:《全唐诗》校:"一作江。"泯泯:河水流逝貌。2渚:水边,水中小块陆地。蒲:即菖蒲。3披衣惯:披衣已成习惯,语本陶渊明《移居》:"相思则披衣,言笑无厌时。"从:仿效。漉酒:梁萧统《陶渊明传》:陶渊明嗜酒。"郡将尝候之,值其酿熟,取头上葛巾漉酒,漉毕,还复著之"。4俗物:俗人。5仲春:农历二月。6频:多次,频繁。

❖ 客至

【题解】

上元二年（761）春作于草堂。题下原注："喜崔明府相过。""明府"是县令的称谓。杜甫生母姓崔，来客"崔明府"即其舅父。首联写草堂户外江景；颔联写客至，于流水作对中有互文映带，于殷勤中见深情，是唐诗名句；三联写请吃请喝，表现出生活中常有的客套，洋溢着普遍的人情；尾联写请邻翁共饮，此亦人之常情。清人黄生说此诗"前半见空谷足音之喜，后半见贫家真率之趣"（《杜诗说》）。七律不难于老健，而难于轻松，杜甫在成都期间所写七律，往往轻松且耐味。

【正文】

舍南舍北皆春水，但见群鸥日日来[1]。
花径不曾缘客扫，蓬门今始为君开。
盘飧市远无兼味，樽酒家贫只旧醅[2]。
肯与邻翁相对饮，隔篱呼取尽馀杯[3]。

【注释】

1 舍：指草堂。见：《全唐诗》校："一作有。" 2 市：集市。兼味：重味，指两种以上的菜。旧醅：隔年陈酒，醅是未经过滤的米酒。 3 呼取：唤来，叫来。

白帝城中雲出門 白帝城下雨翻盆 高江急峽雷霆鬬 古木蒼藤日月昏 壬寅深秋蟄居西嶺山中 西風荐用 墨雲翻騰忽電閃雷吟大瀑雨傾盆 一夾之間河水暴瀝 山洪濁浪溯天似萬馬飛奔氣勢呲之美 出峽汪汪過之 大千爰并識

❖江畔独步寻花七绝句

【题解】

上元二年（761）作于草堂。在饱经离乱之后，开始有了安身的处所，诗人为此感到欣慰。春暖花开的时节，他独自沿江畔散步，情随景生，一连成诗七首。这组诗写得非常随便，前人谓之"无意于工"，却饶有兴会。其一从恼花写起，是独步寻花的原因；其二首江滨繁花之多；其三写江上人家的花红白耀眼，应接不暇；其四遥望少城之花，想象花之盛人之乐；其五写黄师塔前的桃花；其六写黄四娘家的花；其七总结赏花、爱花、惜花。组诗写了恼花、怕春、怜花、赏花、惜花等，以及诗人面对春光的复杂情绪。全诗脉络清楚，层次井然，表现了诗人对生活的热爱，和对美好生活的憧憬。

【正文】

一

江上被花恼不彻[1]，无处告诉只颠狂。
走觅南邻爱酒伴，经旬出饮独空床[2]。

二

稠花乱蕊畏江滨，行步欹危实怕春[3]。
诗酒尚堪驱使在，未须料理白头人[4]。

三

江深竹静两三家，多事红花映白花。
报答春光知有处，应须美酒送生涯。

四

东望少城花满烟，百花高楼更可怜[5]。
谁能载酒开金盏[6]，唤取佳人舞绣筵。

五

黄师塔前江水东[7]，春光懒困倚微风。
桃花一簇开无主[8]，可爱深红爱浅红。

六

黄四娘家花满蹊[9]，千朵万朵压枝低。
留连戏蝶时时舞，自在娇莺恰恰啼[10]。

七

不是爱花即肯死[11]，只恐花尽老相催。
繁枝容易纷纷落，嫩叶商量细细开[12]。

【注释】

1 被：表示被动。不彻：不尽。2 南邻：指斛斯融。床：坐具。3 畏：《全唐诗》校："一作裹。"欹危：歪斜貌。实：《全唐诗》校："一作独。" 4 在：唐时口语，相当于"得"字。料理：照料，照顾。白头人：诗人自指。 5 少城：小城，原指锦官城，此处借指成都，见《元和郡县图志》卷三一："少城，在县南一十里，故锦官城也。"可怜：可爱。6 盏：《全唐诗》校：

"一作锁。"7黄师塔：僧人所葬之塔。8无主：指任人赏玩。9蹊：小路。10恰恰：正好。11肯：《全唐诗》校："一作欲，一作索。"12叶：《全唐诗》校："一作蕊。"

✢ 绝句漫兴九首

【题解】

上元二年（761）春作于草堂。作者旅况无聊，乡愁挥之不去，生活也过得相当清苦，不能不有郁闷的感觉，于是即兴写诗来排遣愁闷。浦起龙说："此九首，乃累日散漫而成，汇在一处者。"（《读杜心解》卷六下）诗人于春光中，依次描写莺、燕、桃花、柳絮、荷、凫雏、柔桑、细麦等鸟类、植物及景物，其欣欣向荣的情态，喻示人生不应辜负春光。王嗣奭说："兴之所到，率然而成，故云漫兴，亦竹枝、乐府之变体也。"（《杜臆》卷四）明李东阳亦说："少陵漫兴诸绝句，有古竹枝意，跌宕奇古，超出诗人蹊径。"（《麓堂诗话》）

【正文】

一

眼见客愁愁不醒，无赖春色到江亭[1]。
即遣花开深造次，便觉莺语太丁宁[2]。

二

手种桃李非无主，野老墙低还似家。
恰似春风相欺得[3]，夜来吹折数枝花。

三

熟知茅斋绝低小，江上燕子故来频[4]。
衔泥点污琴书内，更接飞虫打著人。

四

二月已破三月来，渐老逢春能几回。
莫思身外无穷事，且尽生前有限杯[5]。

五

肠断春江欲尽头，杖藜徐步立芳洲[6]。
颠狂柳絮随风去，轻薄桃花逐水流[7]。

六

懒慢无堪不出村[8]，呼儿日在掩柴门。
苍苔浊酒林中静，碧水春风野外昏。

七

糁径杨花铺白毡，点溪荷叶叠青钱[9]。
笋根稚子无人见[10]，沙上凫雏傍母眠。

八

舍西柔桑叶可拈，江畔细麦复纤纤。
人生几何春已夏，不放香醪如蜜甜[11]。

九

隔户杨柳弱袅袅[12]，恰似十五女儿腰。

谁谓朝来不作意[13]，狂风挽断最长条。

【注释】

1无赖：拟人之辞，意为调皮、狡狯、刁蛮等。2造次：鲁莽，轻率。觉：《全唐诗》校："一作教。"丁宁：琐碎。3得：语助词。4熟知：《全唐诗》校："一作孰如。"故：故意。5莫思二句：语本《世说新语·任诞》张翰语："使我有身后名，不如即时一杯酒。"6春江：锦江之春。杖藜：拄着藜杖。藜，一种粗藤，可以为杖。7颠狂、轻薄：皆拟人之辞。8懒慢：懒惰散漫。无堪：不堪。9糁（sǎn）：散落，飘洒。点：点缀。10笋：《全唐》校："一作竹。"11放：使，令。醪：醇酒。12隔户：《全唐诗》校："一作户外。"袅袅：细长柔软的东西随风摆动的样子。13谓：料，知。作意：注意。

❖春夜喜雨

【题解】

上元二年（761）春作于草堂。这是一首咏雨的诗，那雨是春雨、是夜雨，也是好雨。首联说春雨好在及时，来在万物复苏的季节；颔联为流水对，以将春雨人格化，谓其性格低调，若无名英雄；颈联描写锦江春雨之夜的美景，在极暗的背景上，写锦江两三渔火，极富画意；尾联写天明雨霁锦江两岸的春花，"重""红""湿"以三种不同感觉，写出了雨后春花的质感和视觉印象。故浦起龙说，全诗中并无一个"喜"字，而"喜意都从隙缝里迸透"（《读杜心解》卷三）。

【正文】

好雨知时节，当春乃发生。
随风潜入夜[1]，润物细无声。
野径云俱黑，江船火独明。
晓看红湿处，花重锦官城[2]。

【注释】

1潜：悄悄。2花重：花着雨而湿，故加重。锦官城：成都。

❖春水

【题解】

上元二年（761）春作于草堂。前四写春江水涨的情景，后四写渔民的活动及江上水鸟活泼的情态。"写春雨后水涨，能一字不混入雨，能字字切春，断非他手能办。通首生趣盎然，活泼泼地。"（浦起龙《读杜心解》卷三）

【正文】

三月桃花浪，江流复旧痕[1]。
朝来没沙尾[2]，碧色动柴门。
接缕垂芳饵，连筒灌小园[3]。
已添无数鸟，争浴故相喧[4]。

【注释】

1桃花浪：指春天桃花盛开时的溪水。旧痕：指往年汛期在江岸留下的水痕。2没：淹没。沙尾：沙洲之末端。3接缕：加长钓丝。连筒：水车转轮上装有若干竹筒，用于取水。4已添二句：《全唐诗》校："一作不知无数鸟，何意更相喧。"

❖春水生二绝

【题解】

上元二年（761）二月作于草堂。写诗人见春江涨水兴奋而又担心的心情。其一写江面开阔，江上鱼鹰、水鸟显得非常兴奋，诗人却告诫它们要擦亮眼睛，密切关注涨水的势头，免遭不测。其二写涨水的势头太快，令人担心茅屋被淹，想买条船做到避险的准备，却又囊中羞涩，内心只好暗自祈祷。刘须溪说："此与'漫兴'及'江畔寻花'绝句，皆放荡自然，足洗凡陋。"孙季昭评："善以方言谚语点化入诗句中，正不伤雅。"（《杜诗镜铨》卷八引）

【正文】

一

二月六夜春水生，门前小滩浑欲平[1]。
鸂鶒鸬鹚莫漫喜，吾与汝曹俱眼明[2]。

二

一夜水高二尺强，数日不可更禁当[3]。
南市津头有船卖[4]，无钱即买系篱旁。

【注释】

1浑：简直，差不多。欲平：将被水淹没。2鸬鹚：俗名水老鸦，一种捕鱼的水鸟。鸂鶒（xīchì）：水鸟名，又名紫鸳鸯。漫喜：空自欢喜。汝曹：你们，指鸬鹚、鸂鶒。3强：多，余。数日句：意谓如果数日内水涨不止，则草堂会被淹。4津头：渡头，渡口边。

❖江上值水如海势聊短述

【题解】

上元二年（761）春作于成都。时值春江水涨，诗人面对如大海波涛般汹涌的江水，浮想联翩，长话短说，作诗抒发内心感受。开篇即自道创作心得，"不必于江上有涉，而实从江上悟出也"（金圣叹《杜诗解》卷二）。首联写杜甫对"佳句"即惊人之句的追求，自道创作心得，可谓片言据要；颔联自述创作达到随心所欲，无须苦吟的最佳状态；颈联写"江上值水"，增人兴致，正所谓得江山之助；尾联写恨不得唤起古人，共赏佳景，相与唱酬，亦见兴会不浅。王嗣奭说："玩末二句，公盖以陶谢诗为惊人语也，此惟深于诗者知之。"（《杜诗详注》卷十引）

【正文】

为人性僻耽佳句[1]，语不惊人死不休。
老去诗篇浑漫与[2]，春来花鸟莫深愁。
新添水槛供垂钓，故著浮槎替入舟[3]。
焉得思如陶谢手，令渠述作与同游[4]。

【注释】

1性僻：性情孤僻。耽：嗜好，喜爱。2浑：简直。漫与：信手拈来。与，原作兴，《全唐诗》校："一作与。"据改。3故著句：意谓旧置的浮槎可代替船只。故：旧，往昔。著：安置。槎：木筏。4陶谢：陶潜与谢灵运。渠：他们。指陶、谢。述作：指作诗。

❖江亭

【题解】

上元二年（761）作于成都。首联写生活相对安定，故有对景吟诗的雅兴。"坦腹"是一种"魏晋风度"，肢体的放松，表现出思想的旷达和生存状态的闲适。颔联不是单纯的写景，表面上淡然物外，优游观景，骨子里蕴含着诗人欲有所为而不能作为的大苦闷。颈联移情于景，言时不我待，不如随缘自适。尾联作诗排闷，两句一作"江东犹苦战，回首一颦眉"，则流露出诗人忧国忧民的本来面目。

【正文】

坦腹江亭暖[1]，长吟野望时。
水流心不竞，云在意俱迟[2]。
寂寂春将晚，欣欣物自私[3]。
故林归未得，排闷强裁诗[4]。

【注释】

1坦腹：露腹而卧。暖：《全唐诗》校："一作卧。"2竞：逐，竞逐。

迟：缓，舒缓。3自私：自遂其性，各得其所。4故林二句：《全唐诗》校："一作'江东犹苦战，回首一颦眉。'"裁诗：作诗。

❖ 早起

【题解】

上元二年（761）春作于草堂。首联说心情好（幽事颇相关），所以经常早起。颔联看来水已经退了，堤岸需要砌石维修，树枝也要修剪以免遮挡视线（开林出远山）。颈联说江边土丘曲折幽深，缓步登攀可以览胜。尾联说童仆从城中打酒回来，心情就更好了。宋人方回说："杜此等诗，乃晚唐之祖，千锻百炼，似此者极多。尾句别换意，亦晚唐所必然者。"（《杜诗详注》卷十引）

【正文】

春来常早起，幽事颇相关[1]。
帖石防隤岸[2]，开林出远山。
一丘藏曲折，缓步有跻攀[3]。
童仆来城市[4]，瓶中得酒还。

【注释】

1幽事：偷着乐的事。2帖石：砌垒石头。隤（tuí）：颓，坍塌。3藏曲折：深藏于江岸盘曲处。跻攀：登攀。4来城市：从城里回来。

❖落日

【题解】

上元二年（761）春作于草堂。诗人"在草堂中卷帘独酌，忽见落日正照帘钩，因用发兴，遂有此作"（《杜臆》卷四）。颈联写景，历历在目。

【正文】

落日在帘钩，溪边春事幽[1]。
芳菲缘岸圃，樵爨倚滩舟[2]。
啅雀争枝坠[3]，飞虫满院游。
浊醪谁造汝，一酌散千忧[4]。

【注释】

1春事：春色。2缘：沿。岸圃：岸边的园圃。樵爨（cuàn）：柴灶。3啅雀：啄食的鸟雀。4浊醪：浊酒。谁造：谁发明的。汝：你，指浊醪。4一酌句：《全唐诗》校："一作'酌罢散千忧'，一作'一酌罢人忧'。"

❖可惜

【题解】

上元二年（761）暮春作于成都。全诗抒发时不我待，及生不逢辰的感伤。首联见落花而伤逝；颔联承"愿春迟"，谓到此欢娱之地，惜非少壮之时，不复能有为矣；颈联唯借诗酒以宽心遣兴；尾联谓此意唯陶潜能解，而恨予生之晚也。全诗逐联作流水对，运古风之法于五律，有挥洒自如之感。

【正文】

花飞有底急[1]，老去愿春迟。

可惜欢娱地，都非少壮时。

宽心应是酒，遣兴莫过诗。

此意陶潜解[2]，吾生后汝期。

【注释】

1底：何，何事。2此意句：杜甫在此表明他和陶渊明应是心意相通的。申涵光评曰："五六语近浅率，开长庆一派，非盛唐气象也。"（《说杜》）

❖ 独酌

【题解】

上元二年（761）春作于草堂。全诗写暮春独酌的场景，寄托了诗人忘怀得失、自娱自乐的闲情逸致。"仰蜂"二句描写昆虫形态，极为细致生动，深受后人称赏。杨伦曰："大手笔人偏善状此幽微之景。"（《杜诗镜铨》卷八）浦起龙曰："一种幽微之景，悉领之于恬退之情，律体正宗。"（《读杜心解》卷三）

【正文】

步屧深林晚[1]，开樽独酌迟。

仰蜂黏落絮，行蚁上枯梨[2]。
薄劣惭真隐，幽偏得自怡[3]。
本无轩冕意，不是傲当时[4]。

【注释】

1步屦（jù）：步行，散步。屦，麻、葛等制成的单底鞋。2仰蜂：仰身向上的蜂。絮：《全唐诗》校："一作蕊。"行（háng）蚁：排列成行的蚂蚁。3薄劣：才薄艺劣，作者自谦语，亦愤激语。幽偏：幽静偏僻。4轩冕意：出仕做官之志。轩冕，卿大夫的轩车与冕服，代指官位爵禄。傲当时：傲睨当世。

✥徐步

【题解】

上元二年（761）春作于草堂。这首诗写在散步（徐步）中观察景物自得其乐的况味。"且独酌，则无献酬也。徐步，则非奔走也。以故蜂蚁之类，细微之物，皆能见之。若与客对谈，或急趋而过，则何暇致详至是。尝以此问诸舅氏，舅氏曰：《东山》之诗，盖尝言之：'伊威在室，蠨蛸在户。町疃鹿场，熠燿宵行。'此物寻常亦有之，但人独居闲处时，乃见得亲切耳。杜诗之原出于此。"（《杜诗详注》卷十引《懒真子》）

【正文】

整履步青芜，荒庭日欲晡[1]。
芹泥随燕觜，花蕊上蜂须[2]。

把酒从衣湿，吟诗信杖扶[3]。
敢论才见忌，实有醉如愚[4]。

【注释】

1青芜：指庭院中的青草。芜，丛生的草。晡（bū）：日暮。2觜：同"嘴"，特指鸟喙。花蕊：《全唐诗》校："一作蕊粉。"3从：任凭。信：任凭。4敢论二句：意即不敢说自己见忌于世，实在是因为贪杯莫甪。

❖寒食

【题解】

上元二年（761）寒食节作于草堂。通过江村寒食节时的景物和风情，表现了诗人与田父邻家的亲密无间，以及诗人随缘自适的心境。首联描写寒食物候，颔联写江村的自然景物，后四句写江村的人情世态，全诗描绘出江村一种朴素的自然美和人情美。仇兆鳌评："招要则赴，馈问不辞，人情既相亲狎，至于鸡犬忘归，物性亦与之相忘矣。"（《杜诗详注》卷十）

【正文】

寒食江村路[1]，风花高下飞。
汀烟轻冉冉，竹日静晖晖[2]。
田父要皆去，邻家闹不违[3]。
地偏相识尽，鸡犬亦忘归[4]。

【注释】

1路：《全唐诗》校："一作树。"2汀：水边平地。晖晖：晴明貌。3父：《全唐诗》校："一作舍。"要皆去：只要邀请就去。闹不违：不怕闹。4归：《全唐诗》校："一作机。"

❖ 石镜

【题解】

上元二年（761）作于成都。"石镜"为成都古迹，厚五寸径五尺（《太平寰宇记》），系蜀王妃冢之表记，原址在成都北角的武担山。《华阳国志·蜀志》载："武都有一丈夫，化为女子，美而艳，盖山精也。蜀王纳为妃，无几物故。蜀王遣五丁之武都，担土作冢，盖地数亩，高七丈，上有石镜表其门，今成都北角武担是也。"这首诗借咏怀古迹，托物寓讽，仇兆鳌说此诗及《琴台》（详后）"两诗，讥古人之好色也。一则死后犹怜，一则病中尚爱。当时眷恋若此，岂知美人黄土，镜前无色，台畔无声，则痴情皆幻相矣"（《杜诗详注》卷十）。

【正文】

蜀王将此镜，送死置空山。
冥寞怜香骨，提携近玉颜[1]。
众妃无复叹，千骑亦虚还[2]。
独有伤心石，埋轮月宇间。

【注释】

1冥寞：幽远寂寞处，指阴间。提携：谓携石镜以立于墓上。2众妃、千骑：皆指当时的送葬者。

❖琴台

【题解】

上元二年（761）春作于草堂。《史记·司马相如传》载：司马相如，蜀郡成都人，字长卿，以赀为郎，因病免归，而家贫。时卓王孙有女新寡，好音，相如以琴心挑之。文君夜亡奔相如，与俱之临邛。尽卖其车骑，买一酒舍酤酒，而令文君当垆，相如自涤器于市中。晋葛洪《西京杂记》载："长卿素有消渴疾，乃还成都，悦文君之色，遂以发痼疾。乃作《美人赋》，欲以自刺，而终不能改，卒以此疾至死。文君为诔，传于世。"《益部耆旧传》："司马相如宅在州西笮桥，北有琴台。"今成都百花潭公园北有琴台路。

【正文】

茂陵多病后，尚爱卓文君[1]。
酒肆人间世，琴台日暮云[2]。
野花留宝靥，蔓草见罗裙[3]。
归凤求皇意[4]，寥寥不复闻。

【注释】

1茂陵：汉县名，因汉武帝茂陵在此而得名，即今陕西省兴平市地。司马

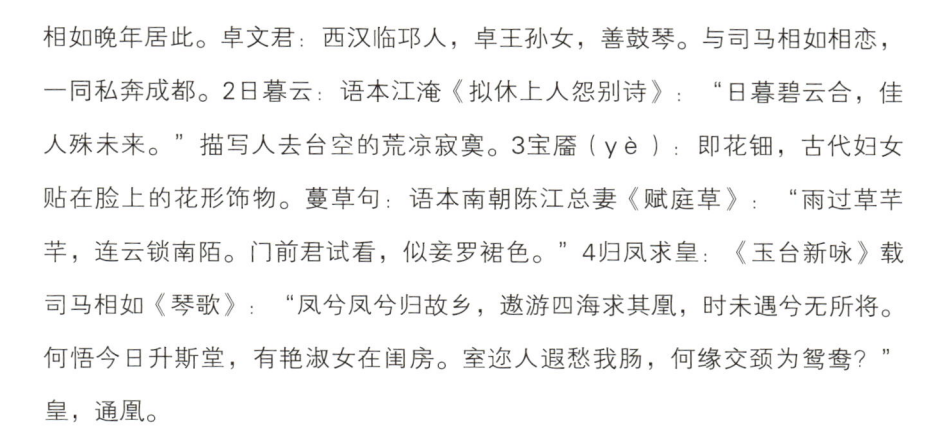

相如晚年居此。卓文君：西汉临邛人，卓王孙女，善鼓琴。与司马相如相恋，一同私奔成都。2日暮云：语本江淹《拟休上人怨别诗》："日暮碧云合，佳人殊未来。"描写人去台空的荒凉寂寞。3宝靥（yè）：即花钿，古代妇女贴在脸上的花形饰物。蔓草句：语本南朝陈江总妻《赋庭草》："雨过草芊芊，连云锁南陌。门前君试看，似妾罗裙色。"4归凤求皇：《玉台新咏》载司马相如《琴歌》："凤兮凤兮归故乡，遨游四海求其凰，时未遇兮无所将。何悟今日升斯堂，有艳淑女在闺房。室迩人遐愁我肠，何缘交颈为鸳鸯？"皇，通凰。

❖水槛遣心二首

【题解】

上元二年（761）春作于草堂。"水槛"指草堂水亭之栏杆。草堂建成，在水亭边添设了栏杆，供垂钓、眺望之用，谓之水槛。面对旖旎风光，诗人心情舒畅，写下了若干歌咏自然景物的小诗。诗中颇有名句，宋人叶梦得云："诗语忌过巧。然缘情体物，自有天然之妙，如老杜'细雨鱼儿出，微风燕子斜'，此十字，殆无一字虚设。细雨着水面为沤，鱼常上浮而淰。若大雨，则伏而不出矣。燕体轻弱，风猛则不胜，惟微风乃受以为势。故又有'轻燕受风斜'之句。"（《石林诗话》）又如"城中十万户"二句，轻松地做成一个对仗，就把远离闹市的愉悦感全部表达出来了。字里行间表现出诗人对和平生活和大自然的热爱。

【正文】

一

去郭轩楹敞，无村眺望赊[1]。
澄江平少岸，幽树晚多花。
细雨鱼儿出，微风燕子斜。
城中十万户，此地两三家[2]。

二

蜀天常夜雨，江槛已朝晴。
叶润林塘密，衣干枕席清。
不堪祗老病[3]，何得尚浮名。
浅把涓涓酒，深凭送此生[4]。

【注释】

1 去郭：远离城郭。赊：远。2 此地：指浣花村。3 祗：只，《全唐诗》校："一作支。"4 涓涓：细流貌。凭：依仗。

❖ 进艇

【题解】

上元二年（761）夏作于草堂。"进艇"即划船，艇是轻便小船。这首诗写杜甫领着全家，在浣花溪上划船，极富生活情趣。然而，在一切欢乐的背后，又潜伏着久客他乡，远离京国的愁闷，看似轻松的笔调中蕴有沉郁深厚的内涵。

【正文】

南京久客耕南亩，北望伤神坐北窗。

昼引老妻乘小艇，晴看稚子浴清江。

俱飞蛱蝶元相逐[2]，并蒂芙蓉本自双。

茗饮蔗浆携所有，瓷罂无谢玉为缸[3]。

【注释】

1南京：指成都。坐：《全唐诗》校："一作卧。" 2蛱蝶：蝴蝶。元：原。3茗饮：茶，茶水。蔗浆：甘蔗汁液。瓷罂：小口大肚的瓷瓶。无谢：不逊色于。

❖少年行二首

【题解】

上元二年（761）夏作于草堂。杜甫居成都，也有一些年轻崇拜者上门。杜甫对他们表示欢迎，希望他们常来坐坐，因为时间流逝太快，说不清将来怎样。"少年行"是乐府杂曲歌辞名。浦起龙说："两首串下，乃自伤衰迟减兴。暗用'今我不乐，日月其除'意。以少年命题，聊尔自劝，非为少年觉悟也。"（《读杜心解》卷六下）

【正文】

一

莫笑田家老瓦盆[1]，自从盛酒长儿孙。

倾银注玉惊人眼，共醉终同卧竹根[2]。

二

巢燕养雏浑去尽[3]，江花结子已无多。
黄衫年少来宜数[4]，不见堂前东逝波。

【注释】

1老：旧。长：《全唐诗》校："一作养。" 2倾银注玉：从银瓶里将酒倒入玉杯中。卧竹根：醉卧竹根旁。3养：《全唐诗》校："一作引。"雏：雏燕。4来宜数：要常来的意思。数（shuò），屡，多次。

❖ 朝雨

【题解】

上元二年（761）秋作于草堂。俗话有"朝雨晚晴"之说，诗人分别用作诗题。这首诗写雨天不能出门，窗外江上雨云在空中流动，各种鸟类都深藏起来，诗人无奈只好在草堂翻书（见下一首）自酌，发思古之幽情。王嗣奭说："不但即景，兼影时事，故引黄绮、巢由，自发避世之意。"（《杜臆》卷四）

【正文】

凉气晓萧萧[1]，江云乱眼飘。
风鸳藏近渚，雨燕集深条[2]。
黄绮终辞汉，巢由不见尧[3]。
草堂樽酒在，幸得过清朝[4]。

【注释】

1萧萧：寒凉貌。2风鸳：风中的鸳鸯。条：树枝。3黄绮：商山四皓中有夏黄公、绮里季，此举二以概四。巢由：杜甫以四皓与巢由自况，言将终老草堂，隐居世外。4朝：《全唐诗》校："一作宵。"

❖ 晚晴

【题解】

这首诗与前一诗为同日所作。首联写雨虽停了，风还较大；颔联写晚晴江上景色宜人；颈联写翻乱的书，尚待归帙，喝干的酒杯，兀自诱人；尾联说经常听到人们说三道四，幸未听到关于自己的怪话。浦起龙说："夕阳拈题。江色又含夕照，映帘又引书帷。只此写景，已藏几许金针。"（《读杜心解》卷三）

【正文】

村晚惊风度，庭幽过雨沾。
夕阳薰细草，江色映疏帘。
书乱谁能帙[1]，杯干可自添。
时闻有余论，未怪老夫潜[2]。

【注释】

1帙：书的布套，此处用如动词，即给书装好布套之意。2有余论：有人说着我。按，杜甫在草堂时与田夫野老相亲近，人们都喜欢与他交往，时有议论。老夫潜：东汉王符性情耿直忤俗，隐居著《潜夫论》。事见《后汉书》本传。这里诗人以王符自比。

❖ 江涨

【题解】

上元二年（761）作于草堂。因锦江发大水，草堂外一片汪洋，景观有异于平常。作者触景生情，浮想联翩，联想到多年漂泊，好不容易在成都得到安居，内心颇不平静。末句"吾道付沧洲"作欣慰语读可，作感慨语读亦可。书中有同题诗一首（见前文）。

【正文】

江发蛮夷涨[1]，山添雨雪流。
大声吹地转，高浪蹴天浮[2]。
鱼鳖为人得，蛟龙不自谋。
轻帆好去便，吾道付沧洲[3]。

【注释】

1 江发：江指锦江，发指涨水。蛮夷：蛮夷之地。按锦江上游岷江，乃羌藏聚居之地。2 蹴天：滔天。蹴：践踏。3 便：方便。吾道：本人奉行之道，语出《论语》。付：《全唐诗》校："一作老。"沧洲：滨水的地方，古称隐者居处。因江涨故云。

❖ 高楠

【题解】

上元二年(761)秋作于草堂。当年草堂外浣花溪畔有一棵树龄两百年的大楠树,是个地标式的存在,也是草堂选址的理由之一。首联写楠树蔚为风景,颔联说楠树荫蔽着药圃及草堂,颈联写落照微风中楠树下特别宜人,尾联说如果酒醉后特别困倦,卧上片时感觉尤爽。诗中运用比喻、衬托等手法,通过对这棵树的喜爱,表现了诗人生活的惬意。

【正文】

楠树色冥冥,江边一盖青[1]。
近根开药圃,接叶制茅亭[2]。
落景阴犹合,微风韵可听[3]。
寻常绝醉困,卧此片时醒[4]。

【注释】

1 楠:常绿乔木,生于南方,高者十余丈,巨者数十围,木质坚密芳香。冥冥:苍翠貌。江边:浣花溪旁。一盖:树冠如同车盖,故称。2 近根二句:是说树下开垦了一个药圃,草堂也建在树边。3 落景:夕阳。阴犹合:谓树荫还宜人。韵可听:谓风吹楠树之声和谐悦耳。4 绝:特别。醒:清醒,念平声。

❖恶树

【题解】

上元二年（761）作于草堂。"恶树"指滋生快而又挡事、需要经常剪除的杂木。这首诗借题发挥，以恶树隐喻社会上邪恶势力，容易滋长，而很难消除，表现了诗人除恶务尽的主观愿望，和力不能及的无奈。可与"新松恨不高千尺，恶竹应须斩万竿"（《将赴草堂途中有作先寄严郑公五首》）参读。

【正文】

独绕虚斋径，常持小斧柯[1]。
幽阴成颇杂，恶木剪还多[2]。
枸杞因吾有[3]，鸡栖奈汝何。
方知不材者，生长漫婆娑[4]。

【注释】

1 虚斋：空斋，指草堂。斧柯：斧头。柯指斧柄。2 剪：砍伐。3 枸杞：木名，夏秋开淡紫色花，结实形如枣核，果实与根皮可入药。因吾有：为我而生，意谓为我所需。4 不材者：无用的恶木。婆娑：枝叶茂盛貌。

❖ 一室

【题解】

上元二年（761）作于草堂。"一室"指草堂。首联写草堂远离故乡，徒增思念；颔联写闻塞笛、见江船不禁神伤；颈联说在成都一住几年，经常生病；尾联说想来我也应与王粲一样，因"委身适荆蛮"，而在成都留下自己的遗迹。由此可见，诗人并无扎根成都的想法，从《成都府》到此诗，是一以贯之的。

【正文】

一室他乡远[1]，空林暮景悬。
正愁闻塞笛，独立见江船。
巴蜀来多病，荆蛮去几年[2]。
应同王粲宅，留井岘山前[3]。

【注释】

1 他乡：指成都。远：《全唐诗》校："一作老。"2 荆蛮：本指东汉末年的荆州，治所在今湖北襄阳市。意指托身他乡即成都，语本王粲《七哀诗》："复弃中国去，委身适荆蛮。"3 王粲：字仲宣，东汉诗人，建安七子之一。岘山，襄阳山名。《襄沔记》："王粲宅，在襄阳县西二十里岘山坡下，宅前有井，人呼为仲宣井。"（《杜诗详注》卷十引）

❖ 所思二首

【题解】

这两首诗作于上元二年（761），但非同时所作，因其题材类似，故合而析之。杜甫在成都因得到谪居台州的故人郑虔和谪居荆州的崔漪的消息，而写了这两首诗，反映了诗人与郑、崔二人的深厚友谊和惦念之情。这二人的共同特点，都是遭遇不偶，同时是酒徒。王嗣奭说："官虽谪，酒常开，便见司马胸次，或醒或眠，颠狂落拓，真得酒中趣者。"（曹树铭《杜臆增校》卷四）

【正文】

一

郑老身仍窜[1]，台州信所传。
为农山涧曲，卧病海云边。
世已疏儒素[2]，人犹乞酒钱。
徒劳望牛斗，无计剸龙泉[3]。

二

苦忆荆州醉司马，谪官樽俎定常开[4]。
九江日落醒何处，一柱观头眠几回[5]？
可怜怀抱向人尽，欲问平安无使来[6]。
故凭锦水将双泪，好过瞿塘滟滪堆[7]。

【注释】

1郑老：郑虔（691—759），郑州荥泽县人，约在景云元年（710）进士及第，曾任广文馆博士、著作郎等。在安史之乱中，因陷伪而获贬台州。台州，治所在临海（今属浙江）。窜：放逐。2儒素：儒者的品德操行。3劚（zhú）：掘。龙泉：宝剑名，喻被埋没的人才。4荆州：治所在今湖北江陵县。醉司马：常酩酊大醉的司马，指崔漪。天宝十五载（756）为朔方节度判官，以迎立肃宗之功，迁吏部郎中、中书舍人，又迁吏部侍郎。至德二载（757），以带酒容入朝，贬为右庶子。漪贬荆州司马事，各书失载。樽俎：盛酒食的器具，樽以盛酒，俎以盛肉。5九江：此指荆州。一柱观：南朝宋临川王刘义庆镇守江陵时，于罗公洲（今湖北松滋市东）建观，观甚大而唯有一柱，故称。见《渚宫故事》。6使：信使。7凭：托。锦水：即锦江。将：带。瞿塘滟滪堆：瞿塘，即瞿塘峡，在重庆市奉节县东，为长江三峡之首，此处江中有巨石名滟滪堆，突兀而出，江流湍急。

❖闻斛斯六官未归

【题解】

上元二年（761）作于草堂。斛斯六，杜甫在草堂的南邻酒友，复姓斛斯，名融，字子明，行六。官，世俗对男子的尊称。《唐史拾遗》称其人"尤工碑铭，四方以金帛求其文，岁不减十万"（《杜臆》引）。斛斯融性嗜酒，得钱即饮，不顾家室。这首诗对其进行善意规劝，嘱其早作归计，以免穷愁潦倒。

【正文】

故人南郡去，去索作碑钱[1]。

本卖文为活，翻令室倒悬[2]。
荆扉深蔓草，土锉冷疏烟[3]。
老罢休无赖，归来省醉眠[4]。

【注释】

1南郡：指江陵（今湖北荆州市）。索：索讨。2室倒悬：即室如悬磬，形容极度贫困，一无所有。3土锉：瓦锅。4老罢：年老则万事皆罢。休无赖：斛斯融得钱即饮，不顾家室，近似少年无赖，故云。省：去除。

❖赴青城县出成都寄陶王二少尹

【题解】

作于上元二年（761）秋。青城县，唐属蜀州（今四川省崇州市），因县内有青城山而得名，县治在今四川都江堰市。少尹，府尹的副职。唐制，少尹设员二名。

【正文】

老耻妻孥笑[1]，贫嗟出入劳。
客情投异县，诗态忆吾曹[2]。
东郭沧江合，西山白雪高[3]。
文章差底病，回首兴滔滔[4]。

【注释】

1老耻句：《全唐诗》校："一作'老被樊笼役'。"2异县：指青城县。态：情兴。吾曹：我辈，你我。3东郭：指成都东城。沧江合：指府河、南河二水相汇于成都东南。3西山：岷山，亦称雪岭。4文章句：意谓诗文的毛病出在何处，自己如此颠沛流离，难道是文章不如人吗。回首：回望。

❖野望因过常少仙

【题解】

上元二年（761）秋作于青城县。在青城县，杜甫拜访了一位朋友，"常少仙"即常征君，杜甫另有《别常征君》等诗，"征君"是指学行并高而不出仕的隐者。"诗云'入村'，又云'幽人'，恐是青城隐者。少仙或其名字，非尉也。"（《读杜心解》卷三）首联写两人并辔郊游，颔联描绘青城风光，山景静幽，岷江经鱼嘴分流而来；颈联写游累了，主人引入村中小坐喝茶，品尝栗子；尾联写天色晚了，常少仙还在殷勤留客。全诗风物人情俱美，读之感觉亲切。

【正文】

野桥齐度马[1]，秋望转悠哉。
竹覆青城合，江从灌口来[2]。
入村樵径引，尝果栗皱开[3]。
落尽高天日，幽人未遣回[4]。

【注释】

1野桥：宋范成大《吴船录》载，青城县城外有绳桥，长二十丈，以十二根巨排连而成。齐度马：指与常少仙一起骑马走过。2灌口：在今四川都江堰市西北。3村：指常少仙居住的山村。樵径：山路。栗皱：栗子的带刺外壳。

4幽人：隐士，指常少仙。未遣回：不让客人回家，指常少仙热情留客。

❖ 丈人山

【题解】

上元二年（761）作于青城县。"丈人山"在今四川都江堰市西南约15公里，为青城山诸峰之一，今名丈人峰。《太平御览》卷四四引《玉匮经》载：黄帝封青城山为五岳丈人，"为第五大洞宝仙九室之天。对郡之西北，在岷山之南，群峰掩映，互相连接，灵仙所宅，祥异则多"。诗一二句说，到青城山作客，唾地的不文明行为自然改了，足见其境之洁净。三四句写登山的缘由。五六句写丈人山风景绝胜之处。最后两句写其境可以颐养天年，使人不禁产生归隐的念头。

【正文】

自为青城客，不唾青城地[1]。
为爱丈人山，丹梯近幽意[2]。
丈人祠西佳气浓，缘云拟住最高峰[3]。
扫除白发黄精在，君看他时冰雪容[4]。

【注释】

1不唾：敬语，犹不玷污。《玉台新咏》卷二录曹植《代刘勋妻王氏杂诗》："千里不唾井，况乃昔所奉。"2丹梯：登山的石阶。喻得道成仙之路。3丈人祠：又作丈人观、建福宫，相传晋代所建。佳气：吉祥的瑞气。缘云：缘云而上。4黄精：百合科草本植物，根茎可入药，据说吃后可使白发转黑。冰雪容：指仙人的容貌。《庄子·逍遥游》："藐姑射之山，有神人居焉，肌肤若冰雪，绰约若处子。"

✤寄杜位

【题解】

上元二年（761）秋作于青城县。杜位是作者的从弟，李林甫的女婿，天宝十一载（752）因李林甫故贬谪新州，至此已十年，才离岭南新州贬所。作者听到消息，作此诗以慰之，并梦想有朝之一日能重逢于长安。卢世㴅说："字字排空，却字字蹠实，妙不可名状。"（《杜诗详注》卷十引）

【正文】

近闻宽法离新州，想见怀归尚百忧[1]。
逐客虽皆万里去，悲君已是十年流[2]。
干戈况复尘随眼，鬓发还应雪满头。
玉垒题书心绪乱，何时更得曲江游[3]。

【注释】

1宽法：法律宽缓。此指上元二年九月壬寅大赦。新州：州治在今广东新兴县。想见：想象。怀归：犹谓思归。杜位从新州回故乡襄阳，尚未到家，故云。2十年流：杜位从天宝十一载（752）贬谪新州至此已满十年。流，流放。3玉垒：山名，在今四川都江堰市西北，指杜甫当时所在地。题书：此指赋诗。曲江游：指昔游，按杜甫在长安时有《杜位宅守岁》诗记其事。

❖ 送裴五赴东川

【题解】

上元二年（761）秋由青城县返回草堂后，作于成都。"东川"指唐肃宗于潼川（今四川三台县）所置东川节度使。浦起龙说："裴与公同为北人。其在蜀当亦无官而流寓，故作同病相怜之语。"（《读杜心解》卷三）

【正文】

故人亦流落[1]，高义动乾坤。
何日通燕塞，相看老蜀门[2]。
东行应暂别，北望苦销魂[3]。
凛凛悲秋意[4]，非君谁与论。

【注释】

1 故人：指裴五。2 燕塞：泛指幽燕地区，时为史思明的巢穴。蜀门：即剑门。代指蜀地。3 销魂：愁苦悲伤之状，江淹《别赋》："黯然销魂者，唯别而已矣。"4 凛凛：寒冷貌。宋玉《九辩》："窃独悲此凛秋。"

❖ 送韩十四江东觐省

【题解】

上元二年（761）秋作于成都。韩十四（名不详）可能是杜甫

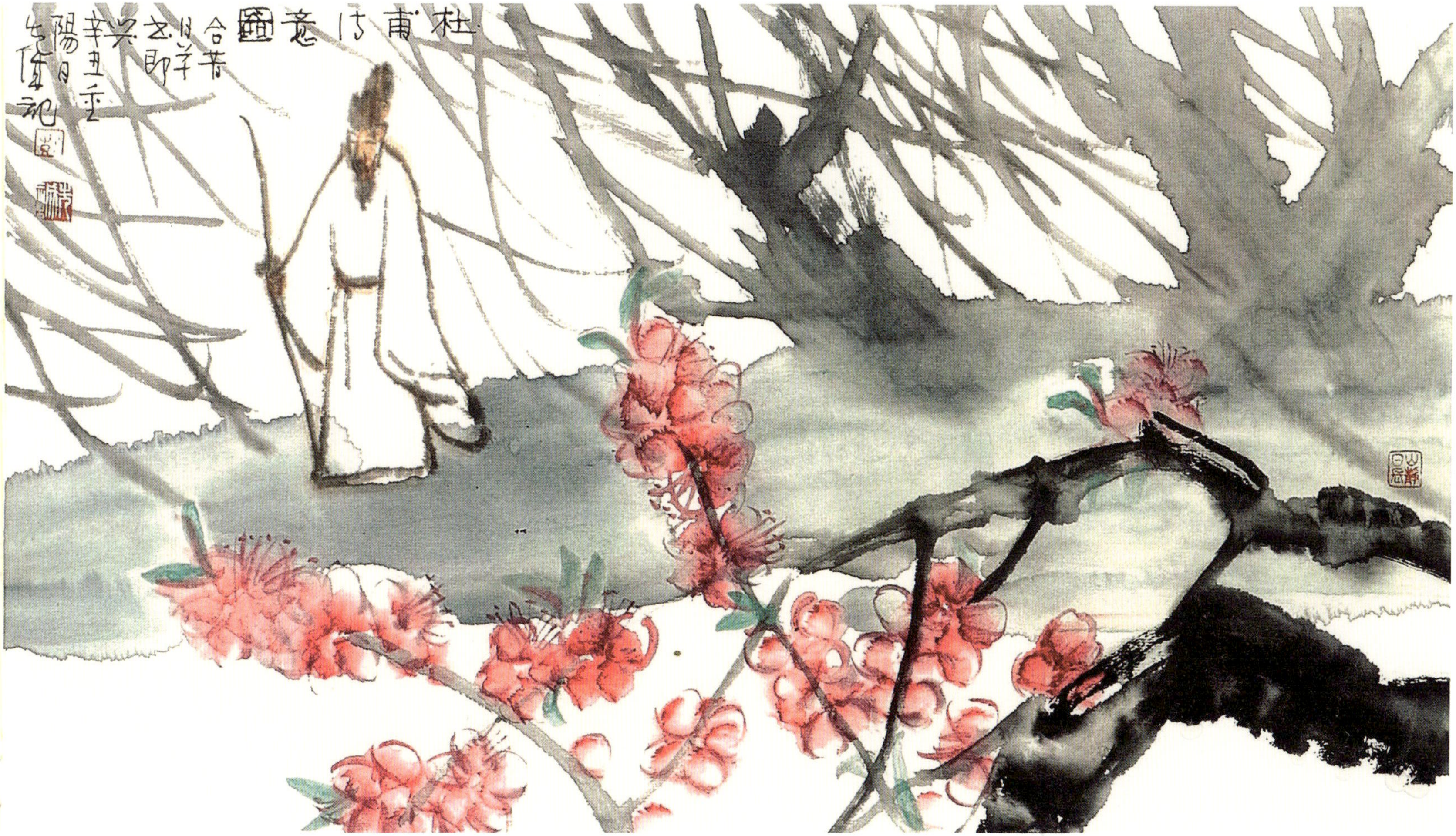
杜甫诗意圖

同乡，其父母此时当避乱江东。这首诗为送别之作。首联扣住题意"觐省"（探望父母），感叹古代老莱子彩衣娱亲这样的美谈，在战乱时代已经很难找到。颔联紧承"万事非"而来，因送友人探亲，不由勾起诗人对骨肉同胞的怀念。颈联描写分手时诗人的遐想和怅惘。尾联说分手不宜过多伤感，应各自努力，珍重前程，语未了又转道，只怕不能实现同返故乡的愿望。朱瀚评："气韵淋漓，满纸犹湿。"（《杜诗详注》卷十引）

【正文】

兵戈不见老莱衣[1]，叹息人间万事非。
我已无家寻弟妹，君今何处访庭闱[2]。
黄牛峡静滩声转，白马江寒树影稀[3]。
此别应须各努力，故乡犹恐未同归。

【注释】

1老莱衣：老莱子彩衣娱亲事，典出《列女传》。2庭闱：借指父母，语本《文选·束晳〈补亡诗·南陔〉》："眷恋庭闱，心不遑安。"注："庭闱，亲之所居。"3黄牛峡：在今湖北宜昌市西。《水经注·江水》引谣："朝发黄牛，暮宿黄牛。朝朝暮暮，黄牛如故。"白马江：水名，在今四川崇州市东北五公里。见《大明一统志·四川成都府》。

❖楠树为风雨所拔叹

【题解】

上元二年（761）秋作于成都。由于一场雷雨狂风，草堂旁边的那棵相传有二百年树龄的大楠树被风连根拔起。当初草堂选址，是考虑到倚傍楠树的这一因素的，杜甫也常吟诗于树下。这一突然到来的巨大变故，对诗人的打击可想而知。这在杜甫心中掀起巨大波澜，故作此诗发为一叹。蒋弱六说："写楠树耳，不觉写出一篇《离骚》、两道《出师表》。"（《杜诗镜铨》卷八引）

【正文】

倚江楠树草堂前[1]，故老相传二百年。
诛茅卜居总为此，五月仿佛闻寒蝉[2]。
东南飘风动地至[3]，江翻石走流云气。
干排雷雨犹力争[4]，根断泉源岂天意。
沧波老树性所爱，浦上童童一青盖[5]。
野客频留惧雪霜，行人不过听竽籁[6]。
虎倒龙颠委榛棘，泪痕血点垂胸臆[7]。
我有新诗何处吟，草堂自此无颜色[8]。

【注释】

1 倚江：傍浣花溪。楠树：见前注。2 诛茅：剪除杂草。《楚辞·卜居》："宁诛锄草茅以力耕乎。"寒蝉：亦名寒蜩，似蝉而小，深秋日暮乃鸣。3 飘风：暴风。4 干：树身。排：推开。5 浦：水边。童童：树叶下垂貌。6 野客：泛指过往行人。不过：不走开。竽：笙类乐器。籁：箫类乐器。7 虎倒龙颠：写楠树仆倒之状。委：委弃。榛棘：灌木丛。泪痕血点：以拟人手法写楠树。8 无颜色：黯然失色。

❖茅屋为秋风所破歌

【题解】

上元二年（761）八月作于成都。这个秋天草堂遭遇暴风雨的袭击，屋漏把诗人搞得十分狼狈。在那个狼狈的夜晚，他想到普天下与他一样和比他处境更糟的人，想得很多很多，从而留下了这一名篇。诗的前十八句叙事，写茅屋为秋风所破的白天及当晚，诗人遭遇的种种狼狈。结尾五句抒怀，表露了诗人民胞物与、爱及天下的博大襟怀。特别是它出现在前一部分所展示的具体的生活背景上，建筑在切肤之痛上，就显得格外真切动人。全诗句式参差，奇偶错综，出入变化，挥洒收放，皆以激情所致，非圣于诗者不能也。浦起龙说："楠树篇（《楠树为风雨所拔叹》）竣整，茅屋篇（《茅屋为秋风所破歌》）奇矞，彼从拔后追美其功而惜之，此从破后究极其苦而矫之，不可轩轾。"（《读杜心解》卷二）

【正文】

八月秋高风怒号，卷我屋上三重茅。
茅飞度江洒江郊，高者挂罥长林梢[1]，
下者飘转沉塘坳[2]。
南村群童欺我老无力，忍能对面为盗贼，
公然抱茅入竹去，唇焦口燥呼不得[3]，
归来倚杖自叹息。
俄顷风定云墨色，秋天漠漠向昏黑。
布衾多年冷似铁，娇儿恶卧踏里裂[4]。

床头屋漏无干处[5]，雨脚如麻未断绝。
自经丧乱少睡眠，长夜沾湿何由彻[6]。
安得广厦千万间，大庇天下寒士俱欢颜[7]，
风雨不动安如山。
呜呼何时眼前突兀见此屋，吾庐独破受冻死亦足[8]。

【注释】

1挂罥（juàn）：悬挂。长林梢：高大的树梢。2塘坳：池塘深处。3呼不得：喝止不住。4恶卧：睡相不好。踏里裂：把被里蹬破。5头：原作"床"，《全唐诗》校云："一作头。"据改。6丧乱：指安史之乱。彻：天亮。7寒士：受冻的人。8突兀：高耸貌。见：同"现"。吾庐：指草堂。

✤石犀行

【题解】

上元二年（761）八月作于成都。"石犀"乃用石头雕刻的犀牛，为成都古迹。《华阳国志·蜀志》载："（李冰）作石犀五头以厌水精，穿石犀溪于江南，命曰犀牛里。后转置犀牛二头，一在府中市桥门，今所谓石牛门是也；一在渊中。"古人作石犀以镇洪水。对于这种"厌胜法"，作者是不相信的，作者借当年秋天灌县（今都江堰市）发生的水灾说事："今年灌口损户口，此事或恐为神羞。"并认为要战胜水灾必须"终藉堤防出众力"，而"鬼怪何得参人谋？"全诗忧愤深广，表现了杜甫关心民生疾苦的人本思想和朴素的唯物主义世界观。全诗语言风格沉郁顿挫，能得汉魏风骨之神髓，无论是在思想还是艺术上皆有较高成就。

【正文】

君不见秦时蜀太守，刻石立作三犀牛[1]。
自古虽有厌胜法[2]，天生江水向东流。
蜀人矜夸一千载，泛溢不近张仪楼[3]。
今年灌口损户口，此事或恐为神羞[4]。
终藉堤防出众力，高拥木石当清秋[5]。
先王作法皆正道，鬼怪何得参人谋[6]。
嗟尔三犀不经济，缺讹只与长川逝[7]。
但见元气常调和，自免洪涛恣凋瘵[8]。
安得壮士提天纲，再平水土犀奔茫[9]。

【注释】

1蜀太守：李冰。《水经注·江水一》载："秦昭王使李冰为蜀守。"三：《全唐诗》校："当作五。"按："三"当为杜甫实见之数。2厌胜：指以咒语或其他迷信方法制胜。3矜夸：夸耀。泛溢：江水泛滥成灾。张仪楼：在秦代成都少城宣明门上。《华阳国志》载："张仪筑成都城，屡颓不立，忽有大龟行旋走，巫言依龟行处筑之，遂得坚立。城西南楼，百有余尺，名张仪楼，临山瞰江。"4灌口：地名，在今四川成都都江堰。《元和郡县志》载："灌口山，在彭州导江县北二十六里，文翁穿湔江溉灌，故以灌口名山。"损户口：水灾死人。神羞：神亦感羞愧。5终藉：最终依靠。拥：堆积。当清秋：当于秋凉水落时。6作法：指修筑堤防。鬼怪：指厌胜之法。7不经济：不能经国济民。缺讹：《华阳国志》所载为五犀牛，杜甫所见为三犀牛，故缺讹两头。缺，损其数；讹，易其处。长川逝：随流水而去。8恣：任意。凋瘵（zhài）：伤病。9安得句：《杜臆》释曰："壮士，谓才相；天纲，谓国柄。"奔茫：逃得无影无踪。

❖逢唐兴刘主簿弟

【题解】

上元二年（761）作于蓬溪。为与一位刘姓主簿重逢而作。"唐兴"县名，"（属）遂州……天宝元年（742）更唐兴曰蓬溪"（《新唐书·地理志》），此循旧名。"主簿"为县令的佐吏，掌文书簿籍、监印等事。这首诗记叙了诗人与刘主簿的知交离合，自叹平生羁旅漂泊，最后有相邀刘主簿同下吴会之意。这年杜甫生活特别艰苦，所以心不在蜀。

【正文】

分手开元末，连年绝尺书。
江山且相见，戎马未安居。
剑外官人冷，关中驿骑疏[1]。
轻舟下吴会[2]，主簿意何如。

【注释】

1官人：唐代称州县官吏为官人。此指刘主簿。冷：困顿失志。驿骑：驿使。2吴会：秦会稽郡，东汉分为吴郡、会稽二郡，合称吴会，指吴越之地。

❖ 敬简王明府

【题解】

上元二年（761）秋作于从蓬溪返回成都后。"王明府"当指王潜，陈贻焮《杜甫评传》说："唐代的唐兴县，即今四川蓬溪县。老杜曾为唐兴县宰王潜作《客馆记》，称赞王潜薄于自奉而崇修宾馆，方便来使。""老杜至唐兴，适重建宾馆落成，因而为之作记，这也是很自然的事。愚意以为：唐时为人作碑作记当有报酬，老杜在唐兴盘桓数日，稍得润笔和周济，不久即回成都，而《敬简王明府》则是回成都后以诗代简，望王宰慷慨仗义，'破格加惠'（杨伦语），以济寓中匮乏。"

【正文】

叶县郎官宰，周南太史公[1]。
神仙才有数，流落意无穷[2]。
骥病思偏秣，鹰愁怕苦笼[3]。
看君用高义，耻与万人同[4]。

【注释】

1叶县句：用东汉王乔任叶县令事，以王乔喻指王明府。周南句：《史记·太史公自序》载：汉武帝元封元年封泰山，"太史公（司马谈）留滞周南，不得与从事，故发愤且卒"。杜甫以太史公滞留周南自喻其客居成都。2数：道术。流落：指作者漂泊。3骥病句：为"骥病偏思秣"的倒装。骥：骏马，作者自喻。秣：马饲料。鹰愁句：为"鹰愁苦怕笼"的倒装。鹰：作者自喻。4用高义：慷慨仗义。万人：指漠视交情、不重义气的众人。

❖重简王明府

【题解】

上元二年（761）冬作于成都。诗人写了前诗后，大概未得到王潜的反应，于是在冬天又写了这首诗，向其告贷。

【正文】

甲子西南异[1]，冬来只薄寒。
江云何夜尽，蜀雨几时干。
行李须相问，穷愁岂有宽[2]。
君听鸿雁响，恐致稻粱难[3]。

【注释】

1甲子：此指时序、气候。西南：指蜀地。2行李：使者。宽：宽解。3鸿雁：作者自喻。致：获得。

❖百忧集行

【题解】

上元二年（761）作于成都。诗题取自王筠《行路难》："百忧俱集断人肠。"这首诗前四句回忆自己少年时代的幸福生活，中间四句写裴冕走后生活的困顿，结尾四句写孩子们饿饭的惨相，起结对比，力透纸背。清何焯《义门读书记》引方回语："公之来成都，以裴冕为地主。……冕去，而为崔光远之客。光远骄纵特甚，公不得已折节事之，故曰'强将笑语供主人'，而光远绝无周恤之意，故四壁萧条，妻子冻馁如此，又不敢明言，故以少健、衰老起兴，而中间微露其意，亦可悲矣。"

【正文】

忆年十五心尚孩，健如黄犊走复来[1]。

庭前八月梨枣熟，一日上树能千回。

即今倏忽已五十，坐卧只多少行立[2]。

强将笑语供主人[3]，悲见生涯百忧集。

入门依旧四壁空，老妻睹我颜色同[4]。

痴儿未知父子礼，叫怒索饭啼门东[5]。

【注释】

1年：《全唐诗》校："一作昔。"心尚孩：童心未泯。黄犊：小黄牛。走复来：跑来跑去。2即今：到如今。坐卧句：极言疲倦，即俗话说站着就想坐着，坐着就想躺着。3强：勉强，硬装出来。主人：曾经告贷的主人，主要指剑南西川节度使崔光远。4颜色同：同是愁容满面。5索饭：要吃饭。门东：古代厨房之门在东。

✤徐卿二子歌

【题解】

上元二年（761）作于成都。"徐卿"，时徐知道为西川兵马使、成都少尹,杜甫初至成都,有《诣徐卿觅果栽》诗,当即此人。杜甫在成都,颇得徐之接济,便写了这首诗夸赞徐的两个儿子,也属人之常情。前四句夸二子出生时,皆有吉梦追随,当是出自主人自述。中四句夸大儿长相好,小儿饭量大,虽是找话说,却也形象生动。最后四句预言二子前程远大,不可限量。申涵光批评道:"此等题,虽老杜亦不能佳。今人刻诗集,生子祝寿,套数满纸,岂不可厌!"(《杜诗详注》卷十引)不过在唐代,诗歌本来就有社会应酬的功能,这种诗自有其认识价值。

【正文】
　　君不见徐卿二子生绝奇,感应吉梦相追随[1]。
　　孔子释氏亲抱送,并是天上麒麟儿[2]。
　　大儿九龄色清澈[3],秋水为神玉为骨。
　　小儿五岁气食牛[4],满堂宾客皆回头。
　　吾知徐公百不忧,积善衮衮生公侯[5]。
　　丈夫生儿有如此二雏者,名位岂肯卑微休[6]。

【注释】
　　1感应:以精诚感动神明,而神明应之,为感应。《诗经·小雅·斯干》:"吉梦维何,维熊维罴。"相追随:言随吉梦而来。2麒麟儿:典出《陈书·徐陵传》,据说徐陵母臧氏尝梦五色云化而为凤,集左肩上,已而诞徐陵。时宝志上人有道,摩其顶曰:"天上石麒麟也。"3色清澈:面色清秀俊雅。4气食牛:《尸子》卷下:"虎豹之驹,虽未成文,已有食牛之气。"5积善:积德行善。《易经·坤卦》曰:"积善之家,必有馀庆。"衮衮:多貌。6名位:声名地位。卑微休:自甘卑微。

❖戏作花卿歌

【题解】

上元二年（761）作于成都。是年，"梓州刺史段子璋反，袭东川节度使李奂于绵州，自称梁王，改元。成都尹崔光远率将花惊定（一作'花敬定'）攻拔之，斩子璋，得复位"。（《旧唐书·肃宗纪》）"花卿"即花惊定，西川节度使崔光远的部将，曾平定段子璋之乱，恃功骄横，大掠东川。事见《旧唐书·崔光远传》及《高適传》。诗中赞美花惊定的勇猛功高，最后两句说天子应该派往平叛最前线，即东都洛阳，消灭安史残部。口气放肆，故题"戏作"。

【正文】

成都猛将有花卿，学语小儿知姓名[1]。
用如快鹘风火生，见贼唯多身始轻[2]。
绵州副使著柘黄，我卿扫除即日平[3]。
子璋髑髅血模糊，手提掷还崔大夫[4]。
李侯重有此节度[5]，人道我卿绝世无。
既称绝世无，天子何不唤取守京都[6]！

【注释】

1学语句：典出《南史·桓康传》：桓康，勇果骁悍。江南人畏之，以其名怖小儿。2鹘：又名隼，猛禽。风火生：语出《南史·曹景宗传》："我昔在乡里，骑快马如龙，箭如饿鸱叫，平泽中逐獐，渴饮其血，饥食其脯，觉耳后生风,鼻头出火。"见贼唯多:即大敌当前。身始轻:斗志愈盛。《后汉书·光武帝纪》:"刘将军平生见小敌怯,今见大敌勇。"3绵州副使:指段子璋。绵州治所在今四川绵阳市东。著柘黄:指僭用天子服色。以柘木汁所染成的赤黄色,隋唐以来为帝王服色。我卿:即花卿。4璋:原作"章",《全唐诗》校云:"一作璋",据改。崔大夫:崔光远。5李侯:东川节度使李奂。6京都:原作"东都",而诸本俱作"京都",时史朝义杀其父史思明而自立,盘踞东都。

❖ 赠花卿

【题解】

上元二年(761)作于成都。杨慎说:"花卿在蜀,颇僭用天子礼乐,子美作此讥之,而意在言外,最得诗人之旨。"(《升庵诗话》)而黄生已言其非。或将它作为纯然赞美成都音乐的美妙来读。一二句写成都吹拉弹唱的地方很多,可见社会和平安定。三四句将乐曲比着天上仙乐,是对乐曲的极度赞美,上句说天下,下句正应说人间,意思又是衔接的,所以为妙。仇兆鳌《杜诗详注》评:"此诗,风华流丽,顿挫抑扬,虽太白、少伯无以过之。"高步瀛《唐宋诗举要》评:"杜子美以涵天负地之才,区区四句之作,未能尽其所长。有时遁为瘦硬牙权,别饶风韵。宋之江西派往往祖之。然观'锦城丝管'之篇,'岐王宅里'之咏,较之太白、龙标,殊无愧色。"

【正文】

锦城丝管日纷纷,半入江风半入云[1]。

此曲只应天上有[2],人间能得几回闻。

【注释】

1锦城:成都别称,以汉置锦官城得名。丝管:弦乐与管乐。半入句:是说乐声清越,随风飘扬于锦江,直上云霄。2天上:喻指皇宫。安史之乱中,梨园弟子流落民间,使宫中乐曲流传世间。花卿席上所奏,当为此种乐曲,故云"只应天上有"。

❖赠虞十五司马

【题解】

上元二年(761)至宝应年间(762—763)作于成都。"司马"乃州郡佐吏。虞十五司马是唐初名臣虞世南之玄孙,时为成都司马,因其邀饮,杜甫便写了这首诗赠他。诗中记叙了虞氏家学渊源,和彼此的交情。《杜诗镜铨》评:"气象轩翥,词格老成,好德怀贤,风人之雅致。"

【正文】

远师虞秘监,今喜识玄孙[1]。
形像丹青逼,家声器宇存[2]。
凄凉怜笔势,浩荡问词源[3]。
爽气金天豁,清谈玉露繁[4]。
伫鸣南岳凤,欲化北溟鲲[5]。
交态知浮俗,儒流不异门[6]。
过逢联客位,日夜倒芳尊[7]。

沙岸风吹叶，云江月上轩[8]。
百年嗟已半，四座敢辞喧[9]。
书籍终相与，青山隔故园[10]。

【注释】

1 虞秘监：虞世南（558—638），字伯施，唐初越州余姚（今属浙江）人。官至秘书监，封永兴县公。有《北堂书钞》等。玄孙：曾孙之子。亦泛指远孙。2 形像：相貌。丹青逼：意谓酷似其高祖虞世南的画像。家声：家族的声誉。器宇：风度。3 笔势：书法的气势。浩荡：旷远貌。词源：滔滔不绝的文辞。4 爽气：豪迈的气概。金天、玉露：秋日的天空和风露。5 南岳凤：刘桢《赠从弟》："凤凰集南岳，徘徊孤竹根。"北溟鲲：传说中北海的大鱼，见《庄子·逍遥游》。6 浮俗：浮薄的世俗。儒流句：谓自己与虞司马皆出于儒门世家。7 芳尊：美酒。8 轩：窗。9 百年句：指上元二年（761），作者五十岁。敢：岂敢。10 书籍句：用王粲事。汉献帝西迁，王粲徙长安，左中郎将蔡邕见而奇之，闻粲在门，倒屣迎之，谓宾客曰："此王公孙也，有异才，吾不如也。吾家书籍文章，尽当与之。"事见《三国志·魏书·王粲传》。

❖病柏

【题解】

上元二年（761）秋作于成都。这是一首寓言诗，写哪怕是常青的柏树，一旦病老，也会遭受鸱鸮和虫蚁的骚扰，恰如世间人才不免老死沟壑，而不材者往往窃居高位。李西涯评："此伤房次律（房琯）之词。中兴名相，中外所仰，一旦竟为贺兰进明所坏

也。"杨伦也说:"托兴深远,语意沉郁,不袭汉魏之迹,而能得其神髓。"(《杜诗镜铨》卷八)

【正文】

有柏生崇冈,童童状车盖[1]。
偃蹙龙虎姿,主当风云会[2]。
神明依正直,故老多再拜[3]。
岂知千年根,中路颜色坏[4]。
出非不得地,蟠据亦高大[5]。
岁寒忽无凭,日夜柯叶改[6]。
丹凤领九雏[7],哀鸣翔其外。
鸱鸮志意满,养子穿穴内[8]。
客从何乡来,伫立久吁怪[9]。
静求元精理,浩荡难倚赖[10]。

【注释】

1崇冈:高山。童童:树荫下垂貌。《三国志·蜀书·先主传》:"舍东南角篱上有桑树生,高五丈馀,遥望见童童如小车盖。"2偃蹙:高耸貌。会:际会。语本《后汉书·耿纯传》:"大王以龙虎之姿,遭风云之时。"3故老:阅历丰富的老人。4中路:半路上。5蟠据:盘结据守。6岁寒:隆冬。无凭:无依无靠。凭,《全唐诗》校:"一作用。"6柯叶:枝干与树叶。7九雏:相传凤凰产九子。汉乐府《陇西行》:"凤凰鸣啾啾,一母将九雏。"8鸱鸮:鸟名,与猫头鹰同科,旧说为恶鸟。穴:《全唐诗》校:"一作窟。"9客:杜甫自称。伫立:久立。10元精:天地之精气。《全唐诗》校:"一作无根。"浩荡:犹言渺茫。

❖ 病橘

【题解】

上元二年（761）秋作于成都。这是一首讽刺诗，讽刺统治者以口腹之欲，强迫百姓进贡土特产，希望唐肃宗能停止贡橘之事。杨伦说："此首伤贡献之劳民也。时或尚食颇贵远物，以口腹之故病民，故因病橘而讽朝廷罢贡也。"（《杜诗镜铨》卷八）叶梦得《石林诗话》评曰："自汉魏以来，诗人用意深远，不失古风，惟此公为然，不但语言之工也。"

【正文】

群橘少生意，虽多亦奚为[1]。
惜哉结实小，酸涩如棠梨[2]。
剖之尽蠹虫，采掇爽其宜[3]。
纷然不适口[4]，岂只存其皮。
萧萧半死叶，未忍别故枝[5]。
玄冬霜雪积，况乃回风吹[6]。
尝闻蓬莱殿，罗列潇湘姿[7]。
此物岁不稔，玉食失光辉[8]。
寇盗尚凭陵，当君减膳时[9]。
汝病是天意，吾愁罪有司[10]。
忆昔南海使，奔腾献荔支[11]。
百马死山谷，到今耆旧悲[12]。

【注释】

1群：《全唐诗》校："一作伊。"生意：生机。奚为：何用。2小：《全唐诗》校："一作少。"棠梨：即野梨，味酸涩，微带甜。3采掇：摘采。爽：失。4纷然：繁多貌。适口：可口。5未忍：《全唐诗》校："一作匆匆。"6玄冬：玄为黑色。古时五行之说，以黑色配北方，以北方配冬，故称冬为玄冬。回风：旋风。7蓬莱殿：汉宫殿名。唐长安大明宫亦称蓬莱宫。潇湘姿：指橘子。潇湘，二水名，在今湖南省境内，以产橘著称。8稔：熟，丰收。玉食：帝王御馔，因其精美，故称。9寇盗：指安史叛军。凭陵：横行，侵凌。君：指肃宗。减膳：古代帝王每逢灾荒或天象变异时，常素食或减少饭菜种类，饭时不奏乐，称减膳、撤乐，以示自责。10汝：指橘。有司：古代设官分职，事各有专司，故称有司。11南海：郡名，唐属岭南道，治所在今广东广州市。荔支：又作荔枝，南方佳果。南海献荔支事，最早见于《后汉书·和帝纪》载：和帝时，南海献龙眼荔支，以快马驰送，死者继路。唐玄宗时，因杨贵妃嗜荔支而责供更甚。见《唐国史补》卷上。12百马：极言马多。耆旧：年高而久负声望者。

❖枯棕

【题解】

上元二年（761）秋作于成都。"棕"即棕榈，常绿乔木，棕毛可制刷子、绳索，入水不烂。前八句写棕榈树本与松柏一样经冬不凋，但因割剥过量，竟比蒲柳更早地衰谢。中八句承接上文，说明棕榈树早枯的原因在于时代战乱不休，棕皮也成了军用物资而被掠夺殆尽。最后四句由感叹枯棕进一步引出对人民物空财尽、难以为生的苦难的同情。浦起龙说："《枯棕》，比而赋也。军兴赋繁，为民请命焉。"（《读杜心解》卷一）通篇以物喻人，个性鲜明，寓意深刻。

【正文】

蜀门多棕榈，高者十八九[1]。
其皮割剥甚，虽众亦易朽[2]。
徒布如云叶，青青岁寒后[3]。
交横集斧斤，凋丧先蒲柳[4]。
伤时苦军乏，一物官尽取[5]。
嗟尔江汉人，生成复何有[6]。
有同枯棕木，使我沉叹久。
死者即已休，生者何自守[7]。
啾啾黄雀啅，侧见寒蓬走[8]。
念尔形影干，摧残没藜莠[9]。

【注释】

1 蜀门：剑门，泛指蜀中。十八九：十有八九。2 皮：即棕毛。甚：过度。朽：腐烂。3 布：《全唐诗》校："一作有。"如云叶：棕树有叶无枝，状如蒲葵。岁寒后：化用《论语·子罕》："岁寒，然后知松柏之后凋也。"4 交横：纵横交加。斤：伐木用的砍刀。蒲柳：又名水杨，是秋天较早落叶的树木。《世说新语·言语》："蒲柳之姿，望秋先落。"5 军乏：军用缺乏。一物：指棕皮。《南齐书·高帝纪》："时军容寡缺，乃编棕皮为马具。"6 嗟：可叹。江汉人：蜀人，江指岷江，汉指西汉水，即嘉陵江。生成：地里生的和人工制成的。7 何自守：何以保住自己的生命。8 啾啾：细小的吟鸣声。啅（zhào）：鸟雀噪声。寒蓬走：形容棕皮为鸟雀所啄，如蓬草在寒风中飞扬。9 尔：指棕树。干：干枯。藜莠：荒草，藜为鹤顶草，莠为狗尾巴草。

❖枯楠

【题解】

上元二年（761）秋作于成都。这是一首咏物诗，楠为常绿高大乔木，是建筑良材，亦可用于造船。全诗借咏枯楠以抒怀。以枯楠譬喻材大而不见用，以致虫蚁争集，雷霆摧残，反而不如水榆成长容易能承载金露盘。王嗣奭说："此为当时任相者发，栋梁之具，不遇良工，而截水中之榆以承露盘，安能胜其任乎？"（《杜臆》卷四）

【正文】

　　楩楠枯峥嵘，乡党皆莫记[1]。
　　不知几百岁，惨惨无生意[2]。
　　上枝摩皇天，下根蟠厚地[3]。
　　巨围雷霆坼[4]，万孔虫蚁萃。
　　冻雨落流胶，冲风夺佳气[5]。
　　白鹄遂不来，天鸡为愁思[6]。
　　犹含栋梁具，无复霄汉志[7]。
　　良工古昔少，识者出涕泪。
　　种榆水中央[8]，成长何容易。
　　截承金露盘，袅袅不自畏[9]。

【注释】

1梗楠：本为二树，皆树身高大，前人常连用。此指楠树。峥嵘：高大貌。乡党：即乡里。据《礼记·曲礼上》郑玄注：五族为党，五州为乡。2惨惨：暗淡失色貌。生意：生机。3厚地：大地。4巨围：巨大的树身。坼：裂。5冻雨：《尔雅·释天》郭璞注："今江东呼夏月暴雨为冻雨。"流胶：流出的树胶。冲风：暴风。佳气：指楠木的香味。6白鹄：鸟名，似雁而大。天鸡：鸟名，状如鸡，蜀地所产。7栋梁：房屋的大梁。具：才具。霄汉：《全唐诗》校："一作云霄。"8榆：树名，落叶乔木。9载承：犹托载。金露盘：汉武帝所造。见《汉书·郊祀志》注引《三辅故事》。袅袅：柔弱貌。

✤不见

【题解】

上元二年（761）作。原注："近无李白消息。"天宝四载（745）秋，杜甫与李白曾共游齐鲁，相别于兖州，其后未尝谋面。安史之乱中，李白因附永王璘而系狱浔阳，乾元元年（758）长流夜郎，后遇赦东归，漂泊于浔阳、金陵等地。杜甫得知消息，每每写诗惦记，不断打探消息。因为消息中断，所以写下此诗。首联突兀而起，写对李白的想念和同情；颔联承上"佯狂"，写李白在案发后遭遇的舆论压力和诗人的态度；颈联承上"怜才"，写诗人对诗人李白的认识和推崇；尾联总结全诗，是对李白的祝愿。后世有联语曰："狂到世人皆欲杀，醉来天子不能呼。"以概括李白风貌，便是隳括此诗及《饮中八仙歌》而成。

【正文】

不见李生久,佯狂真可哀[1]。
世人皆欲杀,吾意独怜才。
敏捷诗千首,飘零酒一杯。
匡山读书处[2],头白好归来。

【注释】

1佯狂:装疯,愤世嫉俗之态。2匡山:位于蜀之彰明(今四川江油市)。李白早年曾读书于此。

❖草堂即事

【题解】

上元二年(761)冬十一月作于草堂。诗人因逢建子月而抒发自己寥落不偶、穷愁潦倒的感喟。浦起龙说:"全注一愁字,为建子月也。想此日朝班上贺,新象蔚然,而我则'雪江''风竹',村老羁栖,宛似'鱼依''雁聚'之凄然矣。左省趋陪,不堪回首。此愁非酒曷消乎!"(《读杜心解》卷三)

【正文】

荒村建子月,独树老夫家[1]。
雾里江船渡[2],风前径竹斜。
寒鱼依密藻,宿鹭起圆沙[3]。
蜀酒禁愁得,无钱何处赊[4]。

【注释】

1建子月：即十一月。《新唐书·肃宗纪》载：上元二年九月壬寅制："以十一月为岁首，月以斗所建辰为名。"树：树立。2雾：《全唐诗》校："一作雪。"江：指锦江。3寒鱼二句：冬天的鱼，依附于密藻；露宿的鸿雁，聚集在圆形沙丘上。兼有自喻之义。4禁愁得：可以消愁。赊：赊账。

❖ 徐九少尹见过

【题解】

上元二年（761）冬作于草堂。"徐九少尹"即徐知道，行九，此时为成都少尹。少尹是府尹的副职。据高适《贺斩逆贼徐知道表》："逆贼前成都少尹兼侍御史、伪称成都尹兼侍御史中丞、剑南节度使徐知道，中官携养，莫知姓族。"可知至少在上元二年底至宝应元年（762）七月之间，徐知道为成都少尹，为严武下属。杜甫初到成都，徐即与相识，且多有接济。这次徐登门草堂，亦非空着手来，杜甫便作了这首诗以表谢忱。浦起龙说："少尹有周急之谊，故感而颂之。来在冬月，故期以花发再过也。"（《读杜心解》卷三）

【正文】

晚景孤村僻，行军数骑来[1]。
交新徒有喜[2]，礼厚愧无才。
赏静怜云竹，忘归步月台。
何当看花蕊，欲发照江梅。

【注释】

1晚景：夕阳。行军：官名，唐兵马元帅府有行军长史、行军司马之官。徐氏以成都少尹兼行军长史。2交新：初交。

❖ 范二员外邈吴十侍御郁特枉驾阙展待聊寄此作

【题解】

上元二年（761）作于草堂。友人范邈员外、吴郁侍御到草堂拜访杜甫。杜甫偶出，不及接见（"阙展待"即没有会晤与款待），后来写了这首诗深致歉意，并欢迎对方再来。首联写二友相寻不遇，颔联写二友之来使草堂蓬荜生辉，颈联写草堂平时难得接待佳客，尾联希望对方能够再度光临。

【正文】

暂往比邻去，空闻二妙归[1]。
幽栖诚简略，衰白已光辉[2]。
野外贫家远，村中好客稀。
论文或不愧，肯重款柴扉[3]。

【注释】

1比邻：邻居。二妙：《晋书·卫瓘传》："咸宁初，征拜尚书郎……瓘学问渊博，明习文艺，与尚书郎敦煌索靖俱善草书，时人号为一台二妙。"喻指范邈和吴郁。2诚：确实。简略：简慢，疏于礼节。衰白：作者自指。已光辉：已使草堂蓬荜生辉。3论文二句：意即如果配与论文，贵客可否再次光临。款：扣。柴扉：柴门。

❖ 王十七侍御抡许携酒至草堂奉寄此诗便请邀高三十五使君同到

【题解】

上元二年（761）冬作于草堂。提到两位故交贵人，一位"王十七侍御"即王抡，时为御史，新任彭州刺史；一位"高三十五使君"即高适，时为蜀州刺史。因为王抡屡次许愿说要携酒来访草堂，诗人便作了这首诗奉寄，并邀请时任蜀州刺史的故人高适（因事适在成都）同来草堂。朱瀚说："作诗代书，促侍御践约，并邀高来同饮，真率如话，而矩度谨严，仍有惜墨如金之意。"（《杜诗解意》卷一）

【正文】

老夫卧稳朝慵起，白屋寒多暖始开[1]。
江鹳巧当幽径浴[2]，邻鸡还过短墙来。
绣衣屡许携家酝，皂盖能忘折野梅[3]。
戏假霜威促山简，须成一醉习池回[4]。

【注释】

1 慵：懒。白屋：白茅盖的屋，指贫居。2 鹳：水鸟，形似鹤。《全唐诗》校："一作鹤。"巧当：正好对着。3 绣衣：指王抡。皂盖：指高适，《后汉书·舆服志上》："中二千石、二千石皆皂盖，朱两轓。"4 假：借。霜威：御史之威，此指王抡。《通典》卷二四："御史为风霜之任，弹纠不法，百僚震恐，官之雄峻，莫之比焉。"山简：晋竹林七贤之一，曾任青州刺史，借指高適。习池：即习家池，山简旧游之地，借指草堂。

❖ 王竟携酒高亦同过（共用寒字）

【题解】

上元二年（761）冬作于草堂。前诗寄出后，王抡果携酒至草堂，高適亦同时前来，彼此拈韵作诗，共用寒字。题中"王"即王抡，"高"即高適。首联说地僻客人稀，颔联说难得两位贵人同时到门，颈联客套话类似"盘餐市远无兼味"《客至》，尾联就故人戏谑语而戏谑之，表现出彼此间不拘形迹的亲密关系。

【正文】

卧病荒郊远，通行小径难。
故人能领客[1]，携酒重相看。
自愧无鲑菜，空烦卸马鞍[2]。
移樽劝山简，头白恐风寒[3]。

【注释】

1故人：指王抡。客：指高適。2鲑（xié）菜：鱼菜，鲑是鱼菜的总称。卸马鞍：指光临草堂。3移樽：移杯，举杯。山简：借指高適。头白句：戏称高適年老，劝其醉饮以御寒。按高適年长杜甫十岁。原注："高每云：'汝年几小，且不必小于我。'故此句戏之。"

❖陪李七司马皂江上观造竹桥即日成往来之人免冬寒入水聊题短作简李公二首

【题解】

上元二年（761）冬作于蜀州（今四川省崇州市）。"李七"时任蜀州司马，名字不详。"皂江"水名，经蜀州江源镇至新津旧称皂江，今称金马河，以下今称南河。杜甫陪李司马在蜀州新津县观看皂江上架设竹桥，竹桥在很短时间内架成，使得来往行人免于在冬季蹚水过河受寒。举行落成典礼后，写成这两首诗。诗中歌颂架桥方便交通，为惠民之举，表现了诗人一贯秉持儒家仁政爱民的思想感情。语言流利畅达，信手拈来，喜悦之情，溢于言表。

【正文】

一

伐竹为桥结构同，褰裳不涉往来通[1]。
天寒白鹤归华表，日落青龙见水中[2]。
顾我老非题柱客，知君才是济川功[3]。
合欢却笑千年事，驱石何时到海东[4]。

二

把烛成桥夜，回舟坐客时[5]。
天高云去尽，江迥月来迟[6]。
衰谢多扶病，招邀屡有期[7]。
异方乘此兴[8]，乐罢不无悲。

【注释】

1结构同：指竹桥的建造方式与木桥一样。褰裳：撩起下裳，指涉水。2归：栖止。华表：指刻有花纹的桥柱。青龙：竹桥倒影水中，犹如青龙横卧。题柱：用司马相如事。济川：渡河。《古文尚书·说命》："若济巨川，用汝作舟楫。"4合欢：指桥建成后聚众欢饮。驱石：传说秦始皇作石桥，欲过海观日出处。有神人能驱石下海，石去不速，神辄鞭之，石皆流血。事见《艺文类聚》卷七九引《三齐略记》。5成桥：《全唐诗》校："一作桥成。"坐客：《全唐诗》校："一作客坐。"6迥：远。7衰谢：衰老。扶病：本指以拐杖支持病体，后遂称带病行动为扶病。招邀：邀请，邀约。8异方：他乡，指蜀州。

❖李司马桥了承高使君自成都回

【题解】

上元二年（761）冬作于蜀州，与前二首写作时间相同。在观李司马桥落成时，时任蜀州刺史的高适自成都回到蜀州，杜甫与之相见甚欢，故作此诗以记其事。后二句用典，《后汉书·郭伋传》："乃调伋为并州牧……始至行部，到河西美稷，有童儿数百，各骑竹马，道次迎拜。伋问：'儿曹何自远来？'对曰：'闻使君到，喜，故来奉迎。'"此处以郭喻指高适，可见作者兴会不浅。

【正文】

向来江上手纷纷[1]，三日成功事出群。
已传童子骑青竹，总拟桥东待使君[2]。

【注释】

1向来：不久前，过去。手纷纷：造桥能手众多。2传：传闻，听说。总拟：早就准备。

❖少年行

【题解】

宝应元年（762）作于成都。《少年行》本乐府古题，属杂曲歌辞，出于《结客少年场行》。古辞多咏少年都是轻生重义，慷慨立功。杜甫此诗却另辟蹊径，可能是写亲身遭遇。仇兆鳌说："此摹少年意气，色色逼真。下马坐床，指瓶索酒，有旁若无人之状，其写生之妙，尤在'不通姓氏'一句。"（《杜诗详注》卷十）胡夏客所说："此盖贵介子弟，恃其家世，而恣情放荡者。既非才流，又非侠士，徒供少陵诗料，留千古一噱耳。"（《杜诗详注》卷十引）

【正文】

马上谁家薄媚郎，临阶下马坐人床[1]。
不通姓字粗豪甚[2]，指点银瓶索酒尝。

【注释】

1薄媚：姿态淡雅，《全唐诗》校："一作白面。"床：即胡床、交床，一种可以折叠的坐具。2豪：《全唐诗》校："一作疏。"

魏十四侍御就弊庐相别

【题解】

宝应元年（762）作于成都。"侍御"是唐人对殿中侍御史、监察御史的称呼。魏十四侍御到草堂相访，以资相赠并告别。杜甫便作了这首诗送他。首联写魏侍御来草堂，颔联写馈赠并论文，颈联想像魏别后情景，尾联嘱魏别后不要忘记书信往来。依依惜别之情，则见于言外。

【正文】

有客骑骢马，江边问草堂[1]。
远寻留药价，惜别到文场[2]。
入幕旌旗动，归轩锦绣香[3]。
时应念衰疾，书疏及沧浪[4]。

【注释】

1 客：指魏十四侍御。骢马：本指青白色相间的马，这里指侍御所乘。后汉桓典拜侍御史，常乘骢马，京师畏惮，见《后汉书·桓荣传》附《桓典传》。江：指浣花溪。2 留药价：留下买药的钱。到文场：谓谈诗作诗。3 入幕：魏十四当时可能在四川节度使幕府，而带监察御史或殿中侍御史之衔。归轩：归车。锦绣：谓绣衣。4 衰疾：老病之人，作者自称。书疏：书信，信札。沧浪：指草堂所在之地浣花溪。

❖ 赠别何邕

【题解】

宝应元年（762）春作于成都。何邕是利州绵谷县县尉，杜甫经营草堂时，曾向他要过桤树苗，有诗见前。如今何邕奉调长安，杜甫便作了这首诗为他送别。首联称赞何邕够朋友，颔联言其奉调长安官职卑微，颈联慨叹从此天各一方，尾联为朋友能回故乡感到欣慰。字里行间，是满满的人情味。

【正文】

生死论交地[1]，何由见一人。
悲君随燕雀，薄宦走风尘[2]。
绵谷元通汉，沱江不向秦[3]。
五陵花满眼，传语故乡春[4]。

【注释】

1生死句：见《史记·汲郑列传》："一死一生，乃知交情。" 2燕雀：此处偏指燕。时为春天，燕子北飞；何邕亦北上长安，故云。薄宦：微官。3绵谷：唐县名，在今四川广元市，有河名潜水（即今嘉陵江上游的支流燕子河），其水上合于沔阳之汉水，沔阳东北为长安，故云"元通汉"。沱江：即今四川岷江的支流郫江，流经成都。此句意谓作者自己仍滞留蜀地，不能回京。4五陵：汉唐皆有五陵，这里泛指京都。汉代五陵为高祖长陵、惠帝安陵、景帝阳陵、武帝茂陵、昭帝平陵；唐代五陵为高祖献陵、太宗昭陵、高宗乾陵、中宗定陵、睿宗桥陵。传语：犹云寄语。故乡：何邕可能是京兆人，故称。

✤绝句

【题解】

宝应元年(762)春作于成都。蜀中风俗,以二月二为踏青节。这首诗写杜甫出门江畔踏青,因当时有西山吐蕃之警,成都戒严,旌旗在望,鼓角相闻,使人在和平生活中,听到战争的脚步声,不免绷紧了神经。

【正文】

江边踏青罢[1],回首见旌旗。
风起春城暮[2],高楼鼓角悲。

【注释】

1江:指锦江。踏青:春日到郊外游玩。2春城:指成都。

✤赠别郑炼赴襄阳

【题解】

宝应元年(762)春作于草堂。当时天下并不太平,据《新唐书·代宗纪》载:是年正月,史朝义攻陷营州;二月,羌、浑、奴刺等寇梁州,河东、河中的官军自乱。故谓"戎马交驰"。郑炼以朝廷使臣出使蜀地,赴襄阳是罢官归养,杜甫作此诗送别。首联写时局动荡,身体欠安;颔联写郑炼有诗道别,读之神伤;颈联写人将天各一方；尾联寄意，希望对方还乡后有所遇合。人在乱离中送别，情绪不免低落。

【正文】

戎马交驰际，柴门老病身[1]。
把君诗过日，念此别惊神[2]。
地阔峨眉晚，天高岘首春[3]。
为于耆旧内，试觅姓庞人[4]。

【注释】

1戎马：兵马，指战争。老病身：作者自指。2日：《全唐诗》校："一作目。"念此句：《全唐诗》校："一作念别意惊神。"3岘首：山名，即岘山，在襄阳东南。4姓庞人：指庞德公，东汉襄阳隐士。

❖重赠郑錬

【题解】

宝应元年（762）春作于草堂，时间紧接前诗之后。这首诗一二句赞美郑錬两袖清风，罢官归里身无长物。三四句意为值此告别官场之时，权贵中有谁对你心存感激之情呢。言外有代鸣不平之意。

【正文】

郑子将行罢使臣，囊无一物献尊亲[1]。
江山路远羁离日，裘马谁为感激人[2]。

养拙蓬蒿为所栖，那江通神如浪地遁空。今虞澈惜穷辙考无由，兄妹未冀戈戟与人事田首。一些家杜甫先生愁国难之书。

【注释】

1使臣：指郑錬。囊无一物：身无长物，意即清廉。2羁离：在羁旅之中离别。裘马：指衣轻裘、乘肥马的达官贵人。感激：感发激动。

❖广州段功曹到得杨五长史谭书功曹却归聊寄此诗

【题解】

宝应元年（762）作于梓州（今四川省三台）。"功曹"为官名，即司功参军，掌管考查记录官吏功劳。段功曹从广州带来故人杨谭的一封信，杨谭在上元元年（760）为桂州刺史时，杜甫曾有《寄杨五桂州谭》诗。这首诗是段功曹返回广州时，杜甫托他带给杨谭的应酬诗。"长史"是州郡属官，当为杨谭在广州的职称。

【正文】

卫青开幕府，杨仆将楼船[1]。
汉节梅花外，春城海水边[2]。
铜梁书远及，珠浦使将旋[3]。
贫病他乡老[4]，烦君万里传。

【注释】

1卫青：西汉名将，武帝拜大将军于幕下府中，因号幕府。借指岭南节度使。杨仆：汉时主爵都尉杨仆为楼船将军。此指杨谭。2梅花外：指广州，因其在梅岭之外，故称。春城：指广州。海：指南海。3铜梁：山名。在合州（今重庆市合川区）南。此指诗人所在之地。珠浦：广州之西合浦县出珠，此以代指广州。4贫病：诗人自指。

❖送段功曹归广州

【题解】

宝应元年（762）作于梓州，是杜甫写给段功曹的送别诗，与前诗为同时所作。诗中想象段功曹回广州长途跋涉的辛苦，并对他经常托人捎带岭南的特产（丹砂、白葛之类）到成都的情义，表达了自己的感激之情。

【正文】

南海春天外，功曹几月程[1]。
峡云笼树小，湖日落船明[2]。
交趾丹砂重，韶州白葛轻[3]。
幸君因旅客，时寄锦官城[4]。

【注释】

1程：《全唐诗》校："一作行。"2落：《全唐诗》校："一作荡。"3交趾：指岭南地区，汉置交趾郡。其地盛产丹砂。韶州：治所在曲江（今韶关市西南），位于广州东北。4旅：《全唐诗》校："一作估。"锦官城：成都的别称。

❖ 江头五咏

【题解】

宝应元年（762）作。这五首诗都是咏物体诗，遇景入咏，托物言志。顾宸说："丁香，立晚节也；丽春，守坚操也；栀子，适幽性也；鸂鶒，遗留滞也；花鸭，戒多言也。此虽咏物，实自咏耳。"（《杜诗详注》卷十引）咏物之妙，全在借题发挥，把自己放进去；写人生，却又从自个儿跳出来。例如《花鸭》"黑白太分明""作意莫先鸣"，便与杜甫任左拾遗时，直言极谏，得罪皇帝的经历相关。作者戏说花鸭，实是揶揄人生，嘲讽官场，既释放个人的负面情绪，也完成了对现实人生的一次针砭。

【正文】

丁香

丁香体柔弱，乱结枝犹垫[1]。
细叶带浮毛，疏花披素艳。
深栽小斋后，庶近幽人占[2]。
晚堕兰麝中[3]，休怀粉身念。

丽春

百草竞春华，丽春应最胜[4]。
少须好颜色[5]，多漫枝条剩。
纷纷桃李枝，处处总能移[6]。
如何贵此重，却怕有人知[7]。

栀子

栀子比众木，人间诚未多。
于身色有用，与道气伤和。
红取风霜实，青看雨露柯。
无情移得汝，贵在映江波[8]。

鸂鶒

故使笼宽织，须知动损毛。
看云莫怅望，失水任呼号。
六翮曾经剪，孤飞卒未高[9]。
且无鹰隼虑，留滞莫辞劳。

花鸭

花鸭无泥滓，阶前每缓行。
羽毛知独立，黑白太分明。
不觉群心妒，休牵众眼惊。
稻粱沾汝在[10]，作意莫先鸣。

【注释】

1垫：下坠。2近：《全唐诗》校："一作使。"3兰麝：兰草和麝香。4丽春：罂粟花的别种，花色艳丽，故名丽春。5好颜色：《全唐诗》校："一作颜色好。"6纷纷二句：言桃李随移随活。7如何句：谓丽春品性独特，不可移栽，所以尤为可贵。8贵在句：意出谢朓《咏墙北栀子诗》："有美当阶树，霜露未能移。还思照绿水，君家无曲池。"9六翮：鸟类双翅中的正羽。亦指双翅。卒：同"猝"，忽然。10沾：沾溉。

畏人

【题解】

宝应元年（762）春作于成都。杜甫在草堂也有郁闷的时候，比如当他长时间未出门，又没有人来访之时。这首诗就表现出诗人情绪低落，很想念故乡的感觉。首联写花鸟亦不能娱人，颔联写三年中在锦江边上看过许多落日，颈联写独处草堂非常孤单，尾联说无心待客其实是无人登门。当人发现自己成为多余的人，内心自然会产生厌世的想法，须用诗来释放一下负面情绪。

【正文】

早花随处发，春鸟异方啼[1]。
万里清江上，三年落日低[2]。
畏人成小筑，褊性合幽栖[3]。
门径从榛草，无心待马蹄[4]。

【注释】

1 异方：异乡，指成都。2 三年：指从乾元二年（759）至宝应元年（762）年。3 褊性：指器量狭隘。4 待：《全唐诗》校："一作走。"

❖屏迹三首

【题解】

此三首诗中,前二首于宝应元年(762)春末夏初作于成都,后一首有说于永泰元年(765)作于成都。这三首诗与前诗近似,表现了诗人衰年甘愿屏迹独处的思想感情。实际上是诗人远离朝廷和政治,草堂无人问津,消息闭塞,潜意识里充满了不安和孤独感,不经意就表现于诗。一旦严武出现在诗人的生活中,这种烦闷的情绪就会得到适当的缓解。

【正文】

一

用拙存吾道,幽居近物情。
桑麻深雨露,燕雀半生成。
村鼓时时急,渔舟个个轻。
杖藜从白首,心迹喜双清[1]。

二

晚起家何事,无营地转幽。
竹光团野色,舍影漾江流[2]。
失学从儿懒[3],长贫任妇愁。
百年浑得醉[4],一月不梳头。

三

衰颜甘屏迹，幽事供高卧。
鸟下竹根行，龟开萍叶过。
年荒酒价乏，日并园蔬课[5]。
犹酌甘泉歌[6]，歌长击樽破。

【注释】

1杖藜：拄杖而行。心迹句：谓思想行为俱无尘俗之气。2团：《全唐诗》校："一作围。"舍：《全唐诗》校："一作山。"3从：听任，任凭。4浑：皆。5酒价乏：犹云缺酒钱。课：此谓计算卖菜的收入。6犹酌句：《全唐诗》校："一作'独酌酣且歌'，一作'独酌酌甘泉'。"

✤野望

【题解】

宝应元年（762）作于成都。写诗人跨马出郊时感伤时局，怀念诸弟的心情。首联写野望时所见西山和锦江景色；颔联由野望联想到兄弟的离散和孤身浪迹天涯；颈联抒写迟暮多病不能报效国家之感；尾联点出野望的方式和深沉的忧虑。朱鹤龄说："按史：是时分剑南为两节度，而西山三城列戍，百姓疲于调役，高適尝上疏论之，不纳。公诗当为此作，故有人事萧条之叹。"（《杜诗详注》卷十）

【正文】

西山白雪三城戍[1]，南浦清江万里桥。

海内风尘诸弟隔,天涯涕泪一身遥。

唯将迟暮供多病,未有涓埃答圣朝[2]。

跨马出郊时极目,不堪人事日萧条[3]。

【注释】

1 西山:岷山,亦称雪岭,为全蜀屏障,终年积雪。三城戍:指松(今四川松潘县)、维(故城在今四川理县西)、保(故城在理县新保关西北)三州针对吐蕃的卫戍。"城"一作"奇",据《新唐书·地理志六》载,彭州导江县有三奇戍。2 涓埃:滴水与轻尘。此喻微小之贡献。3 极目:放眼远望。日:《全唐诗》校:"一作自。"

❖奉酬严公寄题野亭之作

【题解】

宝应元年(762)作于草堂。上年十二月,朝廷下诏合剑南东西川为一道,故人严武任成都尹兼御史大夫镇蜀。严武到任后有《寄题杜拾遗锦江野亭》见寄,诗曰:"漫向江头把钓竿,懒眠沙草爱风湍。莫倚善题鹦鹉赋,何须不著鵕鸃冠。腹中书籍幽时晒,时后医方静处看。兴发会能驰骏马,终当直到使君滩。"第四句有劝杜甫出来做官的意思。杜甫就写了这首诗相酬答,诗中表明已无意为官,但欢迎故人光临,款叙友情。

【正文】

拾遗曾奏数行书[1],懒性从来水竹居。

奉引滥骑沙苑马[2],幽栖真钓锦江鱼。

谢安不倦登临费，阮籍焉知礼法疏[3]。
枉沐旌麾出城府，草茅无径欲教锄[4]。

【注释】

1拾遗：杜甫自称。2奉引：导引车驾，乃拾遗之职事。沙苑：地名，在陕西大荔南。其地宜于牧牲畜，唐代于此置沙苑监。3谢安句：典出《晋书·谢安传》，据载，安于东山营墅甚盛，子侄游集，肴膳亦屡费百金。阮籍：三国魏名士，为"竹林七贤"之一。蔑视礼法，放任不羁。事见《晋书》本传。4枉沐：《全唐诗》校："一作何日。"旌麾：帅旗，代指严武。无：《全唐诗》校："一作荒。"

严中丞枉驾见过

【题解】

宝应元年（762）作于草堂。严武真的说来就来了——这首诗就记述了严武到草堂做客的情况。"中丞"即御史中丞，是严武在朝的兼职。诗中既感谢严武的屈尊（枉驾）见访，又借张翰弃官、管宁避世等典故，表明自己决心归隐之志。这次聚会气氛融洽，进一步增进了双方的感情，此后杜甫也常常得到严武在生活上给予的接济，对其能在草堂安稳地居住下去，起到了重要作用。

【正文】

元戎小队出郊坰，问柳寻花到野亭[1]。
川合东西瞻使节，地分南北任流萍[2]。
扁舟不独如张翰，皂帽还应似管宁[3]。

寂寞江天云雾里，何人道有少微星[4]。

【注释】

1元戎：主帅，指严武。坰：遥远的郊野。野亭：指草堂。2川合东西：至德二载（757），唐政府分剑南为东、西川，各置节度。上元二年（761）十二月，严武代崔光远镇蜀，时敕兼摄两川。地分句：是说自己从长安漂泊成都。3张翰：字季鹰，晋吴郡人，因思故乡而弃官。见《晋书·张翰传》。皂帽：《三国志·魏书·管宁传》载：东汉末，天下大乱，管宁避居辽东，"常著皂帽"。4少微星：指少微四星，在太微西，一名处士星。此乃杜甫自指。

❖遭田父泥饮美严中丞

【题解】

宝应元年（762）春作。这首诗写杜甫不期而遇老农，老农可能知道了他与严武的关系，执意留他喝酒，在对饮过程中老农极力赞扬严武的善政——老农的大儿子本是军中弓弩手，因为严武裁员的缘故，已回家务农，解决了这家人需要劳动力的大问题。杜甫前此写过《说旱》一文呈与严武，就有这样的建议。机缘巧合，这一天主客聊得特别高兴。诗也写得极为生动感人，把老农的性格刻画得栩栩如生。郝敬说："此诗情景意象，妙解入神。口所不能传者，宛转笔端，如虚谷答响，字字停匀。野老留客，与田家朴直之致，无不生动。昔人称其为诗史，正使班马记事，未必如此亲切。千百世下，读者无不绝倒。"（《杜诗详注》卷十一引）

【正文】

　　步屟随春风，村村自花柳[1]。
　　田翁逼社日，邀我尝春酒[2]。
　　酒酣夸新尹，畜眼未见有[3]。
　　回头指大男，渠是弓弩手[4]。
　　名在飞骑籍，长番岁时久[5]。
　　前日放营农，辛苦救衰朽[6]。
　　差科死则已[7]，誓不举家走。
　　今年大作社，拾遗能住否[8]。
　　叫妇开大瓶[9]，盆中为吾取。
　　感此气扬扬，须知风化首[10]。
　　语多虽杂乱，说尹终在口。
　　朝来偶然出，自卯将及酉[11]。
　　久客惜人情，如何拒邻叟[12]。
　　高声索果栗，欲起时被肘[13]。
　　指挥过无礼[14]，未觉村野丑。
　　月出遮我留，仍嗔问升斗[15]。

【注释】

　　1屟（xiè）：鞋。步屟即步行。花柳：花红柳绿。2田翁：即田父。逼：临近。社日：古时乡村祭土地神的节日，每年两次。春社在春分前后，秋社在秋分前后。参见《岁时广记·二社日》。春酒：为春社所准备的酒。3酒酣：酒兴正浓时。新尹：严武于去年十二月任成都尹，新上任，故称。畜眼：长了眼睛。畜同"蓄"。4大男：大儿子。渠：他。弓弩手：军中掌弓箭的射手。5飞骑：兵种一，善骑马射箭。参见《新唐书·兵志》。籍：名籍。长番：长期服役，不轮番更替。6放营农：从军队中放归家乡务农。衰朽：犹言老朽。

田父自指。7差科：徭役赋税。死则已：到死为止。举家：全家。走：离开家乡。8大作社：大办社日。拾遗：称杜甫。9大瓶：大酒瓶。10气扬扬：洋洋得意貌。风化：风俗教化。首：首要。11卯：早上六时前后。酉：傍晚六时前后。12惜：珍惜。邻叟：指田父。13被肘：拉住胳膊不放。14指挥：指手画脚，指田父强留客人。15遮我留：拦住我不放。嗔：嗔怪。问升斗：问喝了多少酒。按古人饮酒以升斗计量。

❖奉和严中丞西城晚眺十韵

【题解】

宝应元年（762）春作。杜甫与成都府尹严武接上头后，时有诗歌唱和。这首诗是对严武《西城晚眺十韵》（原诗已佚）的酬和之作。诗体是五言排律，题作若干"韵"，诗即若干联。"十韵"即二十句。"西城"指成都西门城楼。这首诗中，杜甫对严武的将略和文才进行了歌颂，并勉励他留心边事，精忠报国。

【正文】

汲黯匡君切，廉颇出将频[1]。

直词才不世，雄略动如神。

政简移风速，诗清立意新。

层城临暇景，绝域望馀春。

旗尾蛟龙会，楼头燕雀驯。

地平江动蜀，天阔树浮秦。

帝念深分阃，军须远算缗[2]。

花罗封蛱蝶，瑞锦送麒麟[3]。

辞第输高义,观图忆古人[4]。

征南多兴绪[5],事业闇相亲。

【注释】

1汲黯二句:以汲黯、廉颇喻严武。廉颇为战国时代赵国的良将,汲黯为汉武帝时大中大夫,数切谏。其事各见《史记》《汉书》本传。2分阃:指出任将帅或封疆大吏。远算缗(mín):谓不事科敛。《汉书·武帝纪》载,元狩四年(前119),初算缗钱。有储钱者,计其缗贯而税之。缗,穿钱用的丝绳。3蛱蝶、麒麟:此处指织在罗锦上的绮纹。4辞第句:用西汉名将霍去病事。去病抗击匈奴有功,武帝为之建造府第,去病辞谢曰:"匈奴未灭,无以家为。"见《史记·卫将军骠骑列传》。古人:指古代圣贤。5征南:晋武帝时,杜预镇守荆州。太康元年(280),率兵平吴,以功晋爵当阳县侯,卒赠征南大将军。事见《晋书·杜预列传》。

❖中丞严公雨中垂寄见忆一绝奉答二绝

【题解】

宝应元年(762)春作。严武在雨中寄赠杜甫一首七言绝句(原作已佚),杜甫作了这两首七绝相酬答。"垂寄"指上施于下,为尊者对己之词。杜甫在诗中表达了对严武关心的感谢,并问他天晴后肯不肯来草堂钓鱼,"我"一定撑持病体尽心相陪。当雨过天晴,雨水把江边的白沙和路上的青石板都洗得干干净净,"我"将从竹林中砍出一条路来,迎接元戎小队人马的到来。

【正文】

一

雨映行官辱赠诗，元戎肯赴野人期[1]。
江边老病虽无力，强拟晴天理钓丝。

二

何日雨晴云出溪，白沙青石洗无泥。
只须伐竹开荒径，倚杖穿花听马嘶[2]。

【注释】

1元戎：主帅，此指严武。野人：杜甫自谓。2马嘶：《全唐诗》校："一作鸟啼。"

❖谢严中丞送青城山道士乳酒一瓶

【题解】

作于宝应元年（762）。青城山在四川都江堰市西南，道家以此山为第五洞天。青城山道士赠送府尹严武乳酒，严武特地给杜甫送来一瓶，杜甫写了这首诗相答谢。一二句说这乳酒是从青城山高处送来的，故人得到这么好的酒竟然没有忘记与我分享。快马送酒的军人还没有离开，"我"已经迫不及待洗盏开瓶品尝了一口。

【正文】

山瓶乳酒下青云，气味浓香幸见分[1]。
鸣鞭走送怜渔父，洗盏开尝对马军[2]。

【注释】

1下青云：指酒是从青城山送下来的。幸：有幸。2渔父：杜甫自称。

❖三绝句

【题解】

宝应元年（762）春作。共三首，每首各咏一物，分别是楸花、鸂鶒、春笋。其一说楸花盛极将衰，不忍看它雨打凋零，宁可沉醉不见为净。其二说溪边鸂鶒怕人，一见就飞，如今发现主人无伤，于是频频飞来。其三说雨后春笋长势太快，很快就会阻断交通，这样也好，免了迎接客人的麻烦。三诗俱风趣。杨慎评："楸树三绝句，格调既高，风致又韵，真可一空唐人。"（《杜诗详注》卷十一引）杨伦也说："三首一片无赖意思，有托而言，字字令人心醉。"（《杜诗镜铨》卷九）

【正文】

一

楸树馨香倚钓矶，斩新花蕊未应飞[1]。
不如醉里风吹尽，可忍醒时雨打稀[2]。

二

门外鸂鶒去不来，沙头忽见眼相猜。
自今已后知人意[3]，一日须来一百回。

三

无数春笋满林生,柴门密掩断人行。
会须上番看成竹,客至从嗔不出迎[4]。

【注释】

1 钓矶:钓台。斩新:崭新。2 可忍:哪忍。3 已后:以后。4 会须:应须。上番:轮番。从嗔:任其嗔怪。

❖戏为六绝句

【题解】

上元二年至宝应二年(761—762)作于成都。仇兆鳌说:"此为后生讥诮前贤而作,语多跌宕讽刺,故云戏也。"(《杜诗详注》卷十一)而杜甫不欲自是,故题为"戏为"。当时诗学界颇有"好古者遗近,务华者去实"(元稹)之风气,鄙薄庾信、四杰,否定齐梁以来之文学创作,此六绝句即为纠正时弊而发。前三首批评"后生"对庾信、四杰等前贤的讥讽,对前贤给予正确评价。后三首则是杜甫以自己的学习与创作体会,现身说法教诲后生。组诗反映了杜甫的诗学理念,开绝句论诗之先河。

【正文】

一

庾信文章老更成[1],凌云健笔意纵横。
今人嗤点流传赋,不觉前贤畏后生[2]。

二

王杨卢骆当时体,轻薄为文哂未休[3]。
尔曹身与名俱灭,不废江河万古流[4]。

三

纵使卢王操翰墨,劣于汉魏近风骚[5]。
龙文虎脊皆君驭,历块过都见尔曹[6]。

四

才力应难跨数公[7],凡今谁是出群雄。
或看翡翠兰苕上,未掣鲸鱼碧海中[8]。

五

不薄今人爱古人,清词丽句必为邻[9]。
窃攀屈宋宜方驾[10],恐与齐梁作后尘。

六

未及前贤更勿疑,递相祖述复先谁[11]。
别裁伪体亲风雅,转益多师是汝师[12]。

【注释】

1庾信:北朝辞赋家、诗人。2嗤点:嗤笑指点。前贤:指庾信。畏后生:《论语·子罕》:"后生可畏,焉知来者之不如今也。"3王杨卢骆:指初唐四杰,即王勃、杨炯、卢照邻、骆宾王,武则天时代诗人。轻薄:指轻薄之人。哂:笑。4尔曹:尔辈。一种不客气的称呼。此指哂笑者。不废:无损。江河:喻四杰。5纵使二句:意谓即使四杰的作品不及汉魏之接近《国风》《离骚》。6龙文、虎脊：皆为名马，此以喻四杰。君：君王。历块过都：指越过一个国都就像越过一块土块一般。语出王褒《圣主得贤臣颂》。7数公：指庾信及四杰。8翡翠：鸟名。兰苕：香草。语出郭璞《游仙诗》："翡翠戏兰苕。"挈：牵引。鲸鱼碧海：比喻气势宏大、内容深广的作品。9必为邻：离不开。10屈宋：指屈原、宋玉。方驾：并驾齐驱。11递相祖述：谓前贤各有师承，如宗支之代嬗。先谁：以谁为先。12别裁：区别，裁汰。伪体：指内容与风雅传统相悖的诗作。风雅：指《诗经》中的十五国风和《大雅》《小雅》。汝：指前诗中的"尔曹"辈。

❖戏赠友二首

【题解】

宝应二年（762）四月作于草堂。骑马是一种有风险的运动，特别是骑未驯服的马和劣马，除非你是高手。杜甫的两位朋友，一位是焦姓的校书郎，一位是王姓的司直（太子的属官），就看轻了骑术，结果都出了事故，一个把门齿摔折了，一个左臂骨折。幸勿大碍，平时彼此有玩笑开，诗人就写了这两首诗调侃他们。胡夏客说："焦校书、王司直，一为乘生驹而堕，一为乘驽骀而堕，天下事之难料如此。公于此有深感焉，非仅戏笔而已也。"（《杜诗详注》卷十一引）正是"善戏谑兮，不为虐兮"。（《诗·卫风·淇奥》）

【正文】

一

元年建巳月，郎有焦校书[1]。

自誇足膂力，能骑生马驹[2]。
一朝被马踏，唇裂版齿无[3]。
壮心不肯已，欲得东擒胡[4]。

二

元年建巳月，官有王司直[5]。
马惊折左臂，骨折面如墨[6]。
驽骀漫深泥[7]，何不避雨色。
劝君休叹恨，未必不为福[8]。

【注释】

1 元年：宝应元年，复以正月为岁首。建巳月：农历四月。校书：官名，即校书郎，负责校勘典籍。参见《通典·职官八》。2 膂力：体力。生马驹：未驯服的马驹。3 版齿：门牙。4 不肯已：句出曹操《步出夏门行》："烈士暮年，壮心不已。"胡：指安史叛军。时安史叛军尚盘踞东都洛阳，故云"东擒胡"。5 司直：官名，为太子官属，主管检举东宫官僚和卫队。参见《通典·职官十二》。6 面如墨：脸青面黑。7 驽骀：劣马。8 劝君二句：即塞翁失马，安知祸福意。参见《淮南子·人间训》。

❖野人送朱樱

【题解】

宝应元年（762）夏作于成都。时逢果农以新鲜樱桃相赠，杜甫就写了这首诗记事。首联说成都的樱桃每到春天也同北方一样自然地垂下鲜红的果实，果农以"满"篮鲜果"相赠"，实在使人满意。颔联说"我"数次把樱桃从篮中移置盘内生恐伤损，并产生偌多樱桃为何大小竟这样相同的疑问。颈联追忆任左拾遗时在宫中蒙受恩赐，擎持樱桃归家的情景。尾联把当年"赐沾"与"此日尝新"结合起来，引出天涯流落之感。全诗用今昔对比手法，表达了诗人对供职门下省时的生活细节的深情忆念。这就从内容上增添了生活层面和感情的厚度。

【正文】

西蜀樱桃也自红，野人相赠满筠笼[1]。
数回细写愁仍破，万颗匀圆讶许同[2]。
忆昨赐沾门下省，退朝擎出大明宫[3]。
金盘玉箸无消息，此日尝新任转蓬[4]。

【注释】

1野人：乡野之人。筠笼：竹笼。2写：移置。愁仍破：担心樱桃仍会碰破。讶：惊讶。许同：如此相同。3赐沾：承恩得到御赐的樱桃。门下省：杜甫任左拾遗时隶属门下省。4金盘玉箸：指昔年御赐樱桃时所用的金盘玉筷。转蓬：飘转的蓬草。喻漂泊不定。

❖严公仲夏枉驾草堂兼携酒馔（得寒字）

【题解】

宝应元年（762）五月作于草堂。严武亲往草堂看望杜甫，特意带来了"行厨"，解决吃饭的问题。席间分韵作诗，杜甫分到"寒"字，遂作此诗。首联写眼前事，竹里行厨的情景；颔联说严武之来，不干公事（不谈聘请任职的事），纯属私谊，杜甫很感谢他的大度，感谢他的理解；颈联写景，由于刚下过暴雨，浣花溪涨水，所以"江深"，草堂这天很是凉快；尾联写因为涨水，这天渔民的收获特别大，坐在水槛看渔船打鱼，等于看新鲜，看稀奇，所以时间打发得很快。此诗四五句失粘，为折腰格，这并非有意为之，而是现场写作，诗一旦写成，发觉失粘也不用改了。

【正文】

竹里行厨洗玉盘，花边立马簇金鞍[1]。
非关使者征求急，自识将军礼数宽[2]。
百年地辟柴门迥[3]，五月江深草阁寒。
看弄渔舟移白日，老农何有罄交欢[4]。

【注释】

1簇：簇拥，众人护卫。2使者：指严武。征求：征聘，召用。将军：亦指严武。3辟：《全唐诗》校："一作僻。"4老农：杜甫自称。罄：尽。

❖严公厅宴同咏蜀道画图（得空字）

【题解】

宝应元年（762）作于成都。杜甫在草堂接待严武，严武也在节度幕府之府厅宴请杜甫，主客在宴厅里观赏蜀道山川的壁画或手卷，然后拈韵作诗。杜甫拈到一个"空"字，便写下这首吟咏西川形势的五律。首联表明严武宴请的主客就是杜甫，因为"公馆静"，地图应该在墙上；颔联表明，地图是西川形势图，特别举出边界地名"剑阁""松州";颈联写地图上看到的山川分布;尾联赞美主人好客,当日宾主兴会不浅。刘须溪说:"开阖古今,渺在言外,画不足言矣。"(《杜诗镜铨》卷九引)

【正文】

日临公馆静,画列地图雄[1]。
剑阁星桥北,松州雪岭东[2]。
华夷山不断[3],吴蜀水相通。
兴与烟霞会,清樽幸不空[4]。

【注释】

1列:《全唐诗》校:"一作满。"2剑阁:见《剑门》诗注。星桥:即七星桥,在成都。相传"李冰造七桥,上应七星",故称。见《华阳国志·蜀志》。松州:州名。唐武德元年(618)置,治所在嘉诚(今四川松潘县)。雪岭:即雪山,一名西山,在松州嘉诚县东。3夷:此指吐蕃。4清樽句:据《后汉书·孔融传》载:孔融好客,"宾客日盈其门,常叹曰:'座上客恒满,樽中酒不空,吾无忧矣'"。

❖大雨

【题解】

宝应元年(762)夏作于草堂。杜甫当年有《说旱》一文曰:"今蜀自十月不雨,月旅建卯,非雩之时,奈久旱何?……谷者百姓之本,百役是出,况冬麦黄枯,秦种不入,公诚能暂辍诸务,亲问囚徒,除合死者之外,下笔尽放,使囹圄一空,必甘雨大降。"

这首诗写久旱而雨，雨后景象，农人喜雨之状，历历如在目前。诗人所喜乃甘霖普降，泽被万物，充分体现了杜甫民胞物与的情怀。

【正文】

西蜀冬不雪，春农尚嗷嗷[1]。
上天回哀眷，朱夏云郁陶[2]。
执热乃沸鼎，纤绤成缊袍[3]。
风雷飒万里，霈泽施蓬蒿[4]。
敢辞茅苇漏，已喜黍豆高。
三日无行人，二江声怒号[5]。
流恶邑里清，矧兹远江皋[6]。
荒庭步鹳鹤，隐几望波涛[7]。
沉疴聚药饵，顿忘所进劳[8]。
则知润物功，可以贷不毛[9]。
阴色静陇亩，劝耕自官曹[10]。
四邻耒耜出，何必吾家操[11]。

【注释】

1西蜀：即今四川省，因在京师之西，故称。嗷嗷：形容众声嘈杂。2哀眷：怜悯。朱夏：盛夏。郁陶：形容阴云积聚。3沸鼎：指盛满开水的鼎。犹言汤锅。纤绤句：穿得再薄都感到热。绤：轻薄的葛布衣服。缊袍：夹衬的袍子。4霈泽：大雨。5二江：指成都市的郫江和流江，一说指岷江的内江和外江。6流恶：指垢秽被急流荡涤而去。邑里：街里。矧：何况。7隐几：倚着几案。8沉疴二句：言雨凉神爽，可不烦进药。沉疴：重病。药饵：药物。9润物：滋润万物。贷：施。不毛：草木不生之地。10陇亩：田地。劝耕：勉励农耕。官曹：官府。11耒耜：农具统称。操：操持。

❖ 溪涨

【题解】

宝应元年（762）夏秋间作于草堂。诗讲诗人进了一趟城，归途遇到雨后涨水，阻断了回草堂的路，只得在外留宿。这哪有回家住宿那样内心安稳呢？此种心情，与久行在外的异客思念家乡的情绪，是一个道理。诗人夜不能寐，遂写下这首诗记事。

【正文】

当时浣花桥[1]，溪水才尺馀。
白石明可把，水中有行车[2]。
秋夏忽泛溢，岂惟入吾庐[3]。
蛟龙亦狼狈，况是鳖与鱼。
兹晨已半落，归路跬步疏[4]。
马嘶未敢动，前有深填淤[5]。
青青屋东麻，散乱床上书。
不意远山雨，夜来复何如。
我游都市间，晚憩必村墟[6]。
乃知久行客，终日思其居。

【注释】

1浣花桥：浣花溪上的桥。2白石明可把：指水清浅，可见水底白石。水中有行车：指水浅车马可涉水而过。3吾庐：指草堂。4跬步：古代的半步，即今天的一步。疏：稀少。《杜诗详注》曰："跬步疏，人迹稀也。"5填淤：淤泥。6都市：指成都。村墟：指草堂。

❖ 大麦行

【题解】

宝应二年（762）作于成都。当年党项羌攻梁州（今陕西汉中），吐蕃陷成州（今甘肃成县）、渭州（治所在今甘肃陇西东南），麦熟而为羌胡所收割，唐军兵员少而战线长，复疲于奔命，不能保护。杜甫便写下了这首谣体的七言古诗（《全唐诗》编入"杂歌谣辞"），表达了诗人对乱世百姓和普通士兵的深切同情。

【正文】

大麦干枯小麦黄，妇女行泣夫走藏[1]。
东至集壁西梁洋，问谁腰镰胡与羌[2]。
岂无蜀兵三千人，部领辛苦江山长[3]。
安得如鸟有羽翅，托身白云还故乡[4]。

【注释】

1大麦二句：语本汉桓帝时童谣："小麦青青大麦枯，谁当获者妇与姑，丈夫何在西击胡。"行泣：边走边哭。走藏：逃奔。2集、壁、梁、洋：唐代四州名，皆隶属山南西道。集，今四川南江县。壁，今四川通江县。梁，今陕西勉县北褒城镇。洋，今陕西洋县。腰镰：腰间插着镰刀。3部领：统辖率领。4安得二句：指蜀兵而言。

✦奉送严公入朝十韵

【题解】

宝应元年（762）七月作。当年四月，玄宗、肃宗相继驾崩，代宗即位。七月，严武召还，充二圣山陵桥道使，标志着杜甫在成都受严武关照而得到的安逸日子即将过去，杜甫在蜀中的生活将翻开新的一页。这首诗是杜甫送严武还朝之作。这首诗回顾故人功绩，表明个人心迹，最后以风义相期。浦起龙说此诗："离别之情，留滞之感，责难（鞭策）之义，无处不到。"（《读杜心解》卷五）

【正文】

鼎湖瞻望远，象阙宪章新[1]。
四海犹多难，中原忆旧臣。
与时安反侧，自昔有经纶[2]。
感激张天步，从容静塞尘[3]。
南图回羽翮，北极捧星辰[4]。
漏鼓还思昼[5]，宫莺罢啭春。
空留玉帐术[6]，愁杀锦城人。
阁道通丹地，江潭隐白蘋[7]。
此生那老蜀，不死会归秦[8]。
公若登台辅[9]，临危莫爱身。

【注释】

1 鼎湖：指帝王陵寝。《史记·孝武本纪》："黄帝采首山铜，铸鼎于荆山下。鼎既成，有龙垂胡髯下迎黄帝。黄帝上骑，群臣后宫从上者七十余人，龙乃上去。……故后世因名其处曰鼎湖。"象阙：皇宫的阀门，指朝廷。宪章新：指代宗即位。2 反侧：反复无常之人。《后汉书·光武帝纪上》："令反侧子自安。"经纶：喻筹划治理国家大事。3 张天步：犹张国运。指收复京师。静塞尘：指镇蜀。严武于上元二年（761）出任成都尹兼剑南节度使。4 南图：即图南。《庄子·逍遥游》："鹏之徙于南冥也，水击三千里，抟扶摇而上者九万里……而后乃今将图南。"北极：北极星，象征君主。语出《论语·为政》："为政以德，譬如北辰，居其所而众星共（拱）之。"5 漏鼓：指计时的漏刻与报时的钟鼓。6 玉帐术：统率军队之术。7 丹地：指皇宫。宫中以丹涂地，故称。白蘋：水草名，俗称田字草。8 那：岂。会：定。秦：指长安。9 台辅：三公宰相之职。

【附录】

酬别杜二

严武

独逢尧典日，再睹汉官时。未效风霜劲，空惭雨露私。夜钟清万户，曙漏拂千旗。并向殊庭谒，俱承别馆追。斗城怜旧路，涡水惜归期。峰树还相伴，江云更对垂。试回沧海棹，莫妒敬亭诗。祇是书应寄，无忘酒共持。但令心事在，未肯鬓毛衰。最怅巴山里，清猿醒梦思。

❖ 送严侍郎到绵州同登杜使君江楼宴（得心字）

【题解】

宝应元年（762）夏作于绵州。严武奉召还朝，杜甫送至绵州同赴杜使君江楼宴时所作。全诗先点明江楼宴会送严侍郎，再记述登临晚景，最后叙述宴会情事。"严侍郎"即严武，杨伦说："新旧史俱称武迁黄门侍郎在赴召之后，亦与公诗不合，恐史有误。"（《杜诗镜铨》卷九）绵州即今四川省绵阳市，"杜使君"即时任绵州刺史杜济，杜甫族孙。

【正文】

野兴每难尽，江楼延赏心[1]。
归朝送使节，落景惜登临[2]。
稍稍烟集渚[3]，微微风动襟。
重船依浅濑[4]，轻鸟度层阴。
槛峻背幽谷，窗虚交茂林。
灯光散远近，月彩静高深。
城拥朝来客，天横醉后参[5]。
穷途衰谢意[6]，苦调短长吟。
此会共能几，诸孙贤至今[7]。
不劳朱户闭，自待白河沈[8]。

【注释】

1 江楼：在绵州城东隅，涪江之滨。见《方舆胜览》卷五四。延赏心：谓引人心赏。2落景：落日。3稍稍：渐渐。4濑：流得很急的水。5参：参星，二十八宿之一。天横参，则夜已深。古乐府："月没参横，北斗阑干。" 6穷途句：杜甫自谓。7诸孙：指杜济。8朱户闭：《汉书·游侠传》载：陈遵，字孟公，嗜酒好客，"每大饮，宾客满堂，辄关门，取客车辖投井中，虽有急，终不得去"。白河：银河。沈：通"沉"。

❖奉济驿重送严公四韵

【题解】

宝应元年（762）夏作。因前此已写《送严侍郎到绵州同登杜使君江楼宴（得心字）》诗，故此称"重送"。杜甫在绵州送别严武之作，竟送到了离州治三十里处的奉济驿，情义何其深厚也。然而这只是分手日的送别之程。往回看，这次送别，杜甫是从成都送出的，未出成都时，有《奉送严公入朝十韵》诗；送了近二百里到达绵州，又有《送严侍郎到绵州同登杜使君江楼宴（得心字）》诗。故杜甫奉济驿之作，曰"重送"；首句言"远送"，是真远矣。黄生曰："上半叙送别，已觉声嘶喉哽。下半说到别后情事，彼此悬绝，真欲放声大哭。送别诗至此，使人不忍再读。"（《杜诗详注》卷十一）

【正文】

远送从此别，青山空复情。

几时杯重把，昨夜月同行。

列郡讴歌惜，三朝出入荣[1]。

江村独归处，寂寞养残生。

【注释】

1 列郡：指东西川诸郡。讴歌惜：指蜀人思慕之情。三朝：谓玄宗、肃宗、代宗三朝。

❖送梓州李使君之任

【题解】

宝应元年（762）七月作。"李使君"当为李峘，时赴任梓州（今四川三台县）刺史，杜甫写诗相送，是其送严武还朝途中的一个插曲。当时，李峘由涪江顺流而下梓州任所，而陈子昂故里射洪更在梓州的下游，想必是李使君到任后必去的地方，故结尾提到。另，王维有《送梓州李使君》乃唐诗五律名篇，当赠同一人。

【正文】

籍甚黄丞相[1]，能名自颖川。
近看除刺史，还喜得吾贤。
五马何时到，双鱼会早传[2]。
老思筇竹杖[3]，冬要锦衾眠。
不作临岐恨，惟听举最先[4]。
火云挥汗日，山驿醒心泉。
遇害陈公殒，于今蜀道怜。
君行射洪县，为我一潸然[5]。

【注释】

1 籍甚：名声甚大。黄丞相：指黄霸，西汉人，少学律令，以宽和著名。

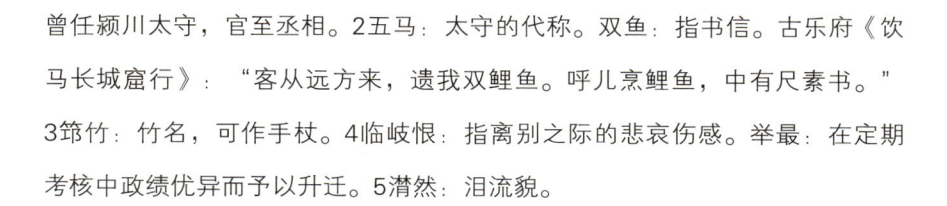

曾任颍川太守，官至丞相。2五马：太守的代称。双鱼：指书信。古乐府《饮马长城窟行》："客从远方来，遗我双鲤鱼。呼儿烹鲤鱼，中有尺素书。"3筇竹：竹名，可作手杖。4临岐恨：指离别之际的悲哀伤感。举最：在定期考核中政绩优异而予以升迁。5潸然：泪流貌。

【附录】

送梓州李使君
王维

万壑树参天，千山响杜鹃。山中一夜雨，树杪百重泉。汉女输橦布，巴人讼芋田。文翁翻教授，不敢倚先贤。

❖观打鱼歌

【题解】

宝应元年（762）作于绵州。绵州刺史杜济是杜甫的从侄孙，设宴招待杜甫。这设宴的地方，也就是观渔的所在。诗写打鱼，前八句写现打现卖，后八句写现做，现吃，写得活灵活现。杨伦评："体物既精，命意复远，一饱之后，仍归萧瑟，数语可当一篇戒杀文。"（《杜诗镜铨》）

【正文】

绵州江水之东津，鲂鱼鱍鱍色胜银[1]。
渔人漾舟沈大网，截江一拥数百鳞[2]。
众鱼常才尽却弃，赤鲤腾出如有神[3]。
潜龙无声老蛟怒[4]，回风飒飒吹沙尘。

饔子左右挥双刀，脍飞金盘白雪高[5]。
徐州秃尾不足忆，汉阴槎头远遁逃[6]。
鲂鱼肥美知第一，既饱欢娱亦萧瑟。
君不见朝来割素鬐[7]，咫尺波涛永相失。

【注释】

1 绵州：治所在今四川绵阳市。江水：指涪江，今称绵阳河。源出四川绵竹县北。津：渡口。因渡口在绵州城东，故称"东津"。鲂鱼：又名鳊鱼，体宽而薄，肥恬而少力，细鳞如银，味极鲜美。鱍鱍：鱼甩尾跃起貌。2 漾舟：摇船。数百鳞：数百条。3 赤鲤：红尾鲤鱼，相传为仙人坐骑。参见汉刘向《列仙传》卷上。4 潜龙句：言物伤其类。5 饔子：厨师。脍飞：极言鱼片之薄。白雪：形容鱼肉白嫩如雪。6 徐州：治所在今江苏徐州市。秃尾：鱼名。汉阴：汉水之南，地指今湖北襄阳一带。槎头：鱼名，即槎头鳊，缩头弓背，大腹色青，味极鲜美，为汉水中名产。远遁逃：意为不可相比，逊色太远。7 割素鬐：即杀鱼。鬐，鱼脊鳍。

❖又观打鱼

【题解】

宝应元年（762）作于绵州，与前一篇为同时所作。宋刘克庄评："两篇末句皆不忍暴殄之意，公诗深得风人之旨。"

【正文】

苍江鱼子清晨集[1]，设网提纲万鱼急。
能者操舟疾若风，撑突波涛挺叉入。

为人性僻耽佳句，语不惊人死不休。老去诗篇浑漫与，春来花鸟莫深愁。新添水槛供垂钓，故着浮槎替入舟。焉得思如陶谢手，令渠述作与同游。

杜甫 江上值水如海势聊短述

乙巳年周曦之书

小鱼脱漏不可记,半死半生犹戢戢[2]。
大鱼伤损皆垂头,屈强泥沙有时立[3]。
东津观鱼已再来,主人罢鲙还倾杯。
日暮蛟龙改窟穴,山根鳣鲔随云雷[4]。
干戈兵革斗未止[5],凤凰麒麟安在哉。
吾徒胡为纵此乐,暴殄天物圣所哀[6]。

【注释】

1苍江:指涪江。2戢戢:聚集貌。3屈强:即倔强,不顺从。泥沙:《全唐诗》校:"一作沙头。"立:鱼跃起时头向上,故云。4鳣(zhān):大鱼,即鲟鳇鱼,长者两三丈,无鳞,背有骨甲,色灰白,鼻有长须。鲔(wěi):即鲟鱼,似鳣而背上无甲,色青碧,长者丈余。相传鳣鲔居山洞而能变化,故有"山根""云雷"之句。参见《文选·张衡〈东京赋〉》及薛综注。5干戈句:指安史之乱和吐蕃犯边。《全唐诗》校:"一作干戈格斗尚未已。"6暴殄天物:任意残害天生万物。语出《尚书·武成》。

❖越王楼歌

【题解】

宝应元年(762)初至绵州时作。《绵州图经》载:"越王台,在州城外西北。有台高百尺,上有楼,下瞰州城。唐高宗显庆中,太宗子越王贞为绵州刺史作。"这首诗咏怀古迹,属七言短古,前四句咏越王楼,后四句转韵写登楼而吊古。王嗣奭说:"照映城郭,此楼助州府之气象。长江落日,山水又增高楼之景色。真属奇观胜览。然前王不能长享此楼,而留为今人玩赏,则知千秋万

古，其情尽然。"(《杜臆》)

【正文】

绵州州府何磊落，显庆年中越王作[1]。
孤城西北起高楼，碧瓦朱甍照城郭[2]。
楼下长江百丈清[3]，山头落日半轮明。
君王旧迹今人赏，转见千秋万古情[4]。

【注释】

1磊落：高大貌。显庆（656—661）唐高宗李治的年号。越王：唐太宗第八子李贞，封越王。按新旧《唐书》均不载李贞刺绵州，唯昭陵碑林《太子少保豫州刺史越王贞墓志》云"授绵州刺史"，与此诗可补史缺。2甍：屋脊。3长江：指涪江。4君王二句：按史载越王为豫州刺史时，曾起兵反对武则天，旋即败亡。

❖海棕行

【题解】

宝应元年（762）作于绵州。这首诗咏绵州公馆靠近涪江边上的一棵海棕。海棕是一种古老的树种，原产于西亚和北非，属于引进树种。这首诗属七言短古，首联写海棕挺拔独立，颔联写树形粗壮奇特，颈联写其孤立不偶，尾联写其移动不得、识者稀少。诗人在咏珍稀树木的同时，把自己的人生体验放进去，此之谓物我同情。

【正文】

左绵公馆清江濆,海棕一株高入云[1]。
龙鳞犀甲相错落,苍棱白皮十抱文[2]。
自是众木乱纷纷,海棕焉知身出群。
移栽北辰不可得[3],时有西域胡僧识。

【注释】

1左绵:绵州在成都之左(东),故称。公馆:官府所造的馆舍。清江:涪江。濆:沿河的高地。海棕:树木名,又称无漏子、海枣、波斯枣。参见宋宗祁《益部方物略记·海棕》。2龙鳞犀甲:形容海棕树皮之状。文:纹理。3北辰:北极星。借指皇宫。

❖姜楚公画角鹰歌

【题解】

宝应元年(762)作于绵州。这是一首咏画兼咏物的七言短古诗。杜甫喜欢咏画马、画鹰。诗首联写画中角鹰的飒爽英姿,颔联写鹰画得栩栩如生,颈联慨叹此画鲜为人知,尾联借寄语燕雀写画鹰不能成真,慨诗人早年宏大理想之落空。前六句是写画,后二想象飞动,不为画拘,与杜甫早期作品《画鹰》写法如出一辙。

【正文】

楚公画鹰鹰戴角,杀气森森到幽朔[1]。
观者贪愁掣臂飞[2],画师不是无心学。
此鹰写真在左绵,却嗟真骨遂虚传[3]。

梁间燕雀休惊怕，亦未抟空上九天[4]。

【注释】

1楚公：姜皎，唐代画师，两《唐书》有传，事又见《历代名画记》卷九。鹰戴角：头上有毛角的鹰。杀气：凶猛的气势。幽朔：指北方边远地区。2贪愁：贪其善飞，愁其飞去。《全唐诗》校："一作徒惊。"掣臂飞：抓住臂衣而欲腾飞。3写真：指画。真骨：真鹰。虚传：虚有其名。4抟空：向高空盘旋飞翔。

【附录】

画鹰
杜甫

素练风霜起，苍鹰画作殊。攫身思狡兔，侧目似愁胡。绦旋光堪擿，轩楹势可呼。何当击凡鸟，毛血洒平芜。

❖东津送韦讽摄阆州录事

【题解】

宝应元年（762）作于绵州。"东津"是绵州城东涪江渡口。韦讽是成都人，诗为其代理阆州录事参军（州郡佐吏，掌文书、纠察、监印等事）而作。这首五言律诗首联写阆州山水，羡慕韦讽去对了地方；颔联写宴别情景；颈联临别赠言；尾联活用典故亦谐亦庄。全诗信手拈来，却耐人寻味。

【正文】

闻说江山好，怜君吏隐兼[1]。

宠行舟远泛，怯别酒频添[2]。
推荐非承乏，操持必去嫌[3]。
他时如按县，不得慢陶潜[4]。

【注释】

1江山好：按阆州三面是江，一面是山。怜：爱慕。吏隐：居官与隐逸。2宠行：赠诗文送别，以壮行色。怯：《全唐诗》校："一作惜。"3承乏：谓继承空缺的职位。操持：操守。去嫌：避免嫌疑。4按县：巡察县政。慢陶潜：怠慢陶潜。活用陶潜不为五斗米折腰的故事，见《晋书·陶潜传》。

❖光禄坂行

【题解】

宝应元年（762）作于梓州。朝廷召还严武，以高适为成都尹，成都少尹兼御史徐知道擅自将严武官衔统统加到自己头上，自称成都尹、御史中丞、剑南节度使，并派兵北断剑阁，阻止朝廷发兵入蜀平叛。同时西取邛南、内附羌夷，虚张声势，共同叛乱。杜甫《剑门》的预警："至今英雄人，高视见霸王。并吞与割据，极力不相让。……恐此复偶然，临风默惆怅"，不幸应验。严武回朝受阻，直到九月才到达长安。杜甫为避乱，不得已自绵州入梓州（今四川省三台县）依靠刺史李峘。"光禄坂"在今四川中江县广福镇东南十余里。这是一首七言短古的纪行诗，首联写黄昏时分人行乱山中所见，颔联写所闻渲染气氛，颈联写途中惊恐之状，尾联怀念开元之治，不胜今昔之慨。

【正文】

山行落日下绝壁，西望千山万山赤[1]。
树枝有鸟乱鸣时，暝色无人独归客[2]。
马惊不忧深谷坠，草动只怕长弓射[3]。
安得更似开元中，道路即今多拥隔[4]。

【注释】

1 万山：《全唐诗》校："一作万水。" 2 鸣：《全唐诗》校："一作楼。" 暝色：夜色。独归客：杜甫自称。3 马惊、草动：状途中之惊恐。按，时蜀有徐知道之乱，山贼多乘险抢劫。4 开元：唐玄宗年号。《旧唐书·玄宗纪》载：开元间，"天下又安，虽行万里不持兵刃"。拥隔：阻塞。

❖苦战行

【题解】

宝应元年（762）为伤阵亡将军而作。按，去年（761）段子璋反，陷遂州、绵州。马将军领兵讨伐，苦战阵亡。杜甫曾在成都为马送行，谁知竟成永诀。今行至去年战地，亦即马将军捐躯之地，不禁悲从中来，不能自已，乃作七言短古一首存念。

【正文】

苦战身死马将军，自云伏波之子孙[1]。
干戈未定失壮士，使我叹恨伤精魂。
去年江南讨狂贼，临江把臂难再得[2]。
别时孤云今不飞，时独看云泪横臆[3]。

【注释】

1马将军：其名不详，杜甫在成都的相识。伏波：后汉光武帝时马援拜伏波将军。事见《后汉书·马援传》。2江南：《全唐诗》校："一作南行。"狂贼：指段子璋。江：指成都锦江。把臂：握住手臂，犹握别。诗忆段子璋反，杜甫在成都，与马将军临江握别。3臆：胸。

去秋行

【题解】

宝应元年（762）作，写作缘起与前诗《苦战行》同，两诗宜合读。

【正文】

去秋涪江木落时[1]，臂枪走马谁家儿。
到今不知白骨处，部曲有去皆无归[2]。
遂州城中汉节在，遂州城外巴人稀[3]。
战场冤魂每夜哭，空令野营猛士悲。

【注释】

1涪江：水名，源出今四川省松潘县雪宝顶，至今重庆市合川区入嘉陵江。2部曲：古时军队的编制单位。此指军队。3遂州：今四川遂宁市。汉节：汉天子所授的符节。此即指上首的马将军，受命领兵救遂州，而战死城外。巴人：巴蜀百姓。

❖ 入奏行赠西山检察使窦侍御

【题解】

宝应元年（762）作。"入奏"指入朝奏事。唐史诸书无"检察使"。浦起龙《读杜心解》谓："此必非常设之官，时西川有备蕃军务，特命检察，即谓之检察使耳。""侍御"，唐代殿中侍御史、监察御史皆称侍御，见赵璘《因话录》。钱谦益曰："明皇自蜀还，于绵、益二州各置一节度，百姓劳敝。高適为蜀州刺史，请罢东川以一剑南。甫为王进论巴蜀情形表，亦与適合。此行入奏疑谓此。"（《杜诗笺注》）

【正文】

窦侍御，骥之子，凤之雏[1]。
年未三十忠义俱，骨鲠绝代无[2]。
炯如一段清冰出万壑，置在迎风寒露之玉壶[3]。
蔗浆归厨金碗冻，洗涤烦热足以宁君躯[4]。
政用疏通合典则，戚联豪贵耽文儒[5]。
兵革未息人未苏，天子亦念西南隅[6]。
吐蕃凭陵气颇粗，窦氏检察应时须[7]。
运粮绳桥壮士喜，斩木火井穷猿呼[8]。
八州刺史思一战，三城守边却可图[9]。
此行入奏计未小，密奉圣旨恩宜殊。
绣衣春当霄汉立，䌽服日向庭闱趋[10]。
省郎京尹必俯拾，江花未落还成都[11]。

肯访浣花老翁无[12]。

为君酤酒满眼酤，与奴白饭马青刍[13]。

【注释】

1骥子、凤雏，皆比喻年轻而优异的人才。北齐时，人称裴景鸾为"骥子"，见《北史·裴延俊传》。西晋陆云幼时，人称"凤雏"，见《晋书》本传。2骨鲠：喻正直。《史记·陈丞相世家》："彼项王骨鲠之臣。"3迎风寒露：汉二馆名。玉壶：玉制的壶，喻高洁。鲍照《代白头吟》："清如玉壶冰。"4蔗浆：甘蔗汁。金碗：天子所用的碗。君：指代宗李豫。5典则：典章法则。戚联豪贵：指与大家贵族联姻为亲戚。唐高祖、睿宗皇后为窦氏，窦侍御与其同族。6兵革未息：指安史之乱未平。西南隅：西南边境。指蜀地。7凭陵：侵凌，进逼。应时须：《全唐诗》校："一作才能俱。"8绳桥：竹索桥。火井：即天然气井，用以煮盐。9八州：据《旧唐书·地理志》载："剑南节度使，西抗吐蕃，南抚蛮獠，统团结营及松、维、蓬、恭、雅、黎、姚、悉等八州兵马。"三城：指松、维、保三城。即今四川松潘县、理县、理县新保关。10春当：《全唐诗》校："一作飘飘。"霄汉：喻朝廷。綵服：用老莱子綵服娱亲典。庭闱：父母所居，后指父母。11省郎：尚书省的郎官。京尹：指成都尹。时成都号南京，故亦称京尹。俯拾：俯身拾取，喻容易得到。《全唐诗》校："一作相付。"12江花未落：此处指夏去秋来之际。江花，指荷花。肯访浣花句：《全唐诗》校："一作公来肯访浣花老。"浣花老翁：杜甫自称。13酤：买酒。蜀人以竹筒盛酒，筒上有穿绳洞眼，以便手提。满眼酤，言酒满到洞眼处。《全唐诗》校："二句一云携酒肯访浣花老，为君著衫捋髭须。"

❖ 相逢歌赠严二别驾

【题解】

宝应元年（762）作于梓州。题一作《严别驾相逢歌》，一作《相从行赠严别驾》。"别驾"官名，州刺史的佐吏，因汉时随刺史出巡时另乘一车，故称别驾。"严二别驾"宴请杜甫，杜甫便作了这首歌行赠送他。前四句叙时逢兵变，滞留梓州；中十二句写宴会情景，及主人的豪纵；后四句赞美严二别驾待己之厚。全诗是一首友谊的赞歌。

【正文】

我行入东川[1]，十步一回首。
成都乱罢气萧飒[2]，浣花草堂亦何有。
梓中豪俊大者谁，本州从事知名久[3]。
把臂开尊饮我酒[4]，酒酣击剑蛟龙吼。
乌帽拂尘青骡粟，紫衣将炙绯衣走[5]。
铜盘烧蜡光吐日，夜如何其初促膝[6]。
黄昏始扣主人门，谁谓俄顷胶在漆[7]。
万事尽付形骸外[8]，百年未见欢娱毕。
神倾意豁真佳士[9]，久客多忧今愈疾。
高视乾坤又可愁，一躯交态同悠悠[10]。
垂老遇君未恨晚，似君须向古人求[11]。

【注释】

1东川：地区名，唐肃宗于梓州置剑南东川节度使，治所在今四川三台县。2成都乱罢：指唐肃宗宝应元年秋七月，剑南兵马使徐知道反。八月，知道为其将李忠厚所杀，于是剑南悉平。3梓中：即梓州。从事：别驾古称从事。4把臂：握人手臂，表示亲密。5青骡粟：以粟喂青骡。指待客之厚。紫衣、绯衣：指席间侍奉者。炙：烤肉。6铜盘：蜡烛台。夜如何其：即夜已到何时。《诗·小雅·庭燎》："夜如何其，夜未央。"促膝：古人席地或据榻相对近坐时，膝与膝挨近。7胶在漆：胶投入漆中即融为一体，喻宾主相得。8形骸：指人的形体、躯壳。9佳士：美士，德才兼备的士人。10交态：指友情的深浅程度。11恨晚：恨相知晚。古人：古代贤人。

❖题玄武禅师屋壁

【题解】

宝应元年（762）作于梓州。杜甫游梓州玄武山（在今四川省中江县境，又名大雄山）某寺庙，观顾恺之壁画，应禅师之请，在屋壁上题下了这首五律。

【正文】

何年顾虎头，满壁画瀛州[1]。
赤日石林气，青天江海流[2]。
锡飞常近鹤，杯度不惊鸥[3]。
似得庐山路，真随惠远游[4]。

【注释】

1 顾虎头：东晋画家顾恺之，字长康，小字虎头。瀛：《全唐诗》校："一作沧。" 2 海：《全唐诗》校："一作水。" 3 锡飞句：据《高僧传》载：舒州潜山最奇，而山麓尤胜，志公与白鹤道人欲之。武帝使各以物识其地，得者居之。道人以鹤，志公以锡杖。鹤先飞，至麓将止，忽闻空中锡飞声，锡遂卓于山麓，志公乃筑室于此。杯度：据《高僧传》载："杯度者，不知姓名，常乘木杯度水，因而为目。" 4 惠远：亦作慧远，东晋人。居庐山东林寺三十余年，结白莲社，净土宗推尊为初祖。事见《高僧传》卷六。

❖悲秋

【题解】

宝应元年（762）秋作于梓州。当时，成都草堂回不去，而"群盗尚纵横"局面的肇事者不是别人，正是往日接济过杜甫的西川兵马使徐知道。诗人收到妻子从成都寄来的信，信中肯定说到衣食问题，情何以堪。于是漂泊之感油然而生，所以他又想携家东归洛阳了。

【正文】

凉风动万里，群盗尚纵横[1]。
家远传书日[2]，秋来为客情。
愁窥高鸟过，老逐众人行。
始欲投三峡，何由见两京[3]。

【注释】

1群盗句：时安史之乱未平，蜀有徐知道之乱。2家远句：指诗人收到妻子从草堂来的信。3投三峡：谓出三峡，归故乡。两京：长安与洛阳。

❖客夜

【题解】

宝应元年（762）秋作于梓州，写作背景与前诗相同。这是一首五律，首联写失眠，颔联写中夜起坐所见所闻，颈联说到家中衣食堪忧，尾联"老妻书数纸，应悉未归情"是说作诗的由头。

【正文】

客睡何曾著，秋天不肯明。

卷帘残月影，高枕远江声[1]。

计拙无衣食，途穷仗友生[2]。

老妻书数纸，应悉未归情[3]。

【注释】

1江：指涪江。2友生：朋友。3悉：知道。

❖客亭

【题解】

宝应元年（762年）秋作于避兵乱往梓州途中。诗首联点明季节物候，颔联写早行涪江所见江景，颈联以反语诉说心中哀怨，尾联以"蓬草"自喻。全诗以写景开篇，以抒情作结，感时伤世，兼自伤不偶。

【正文】

秋窗犹曙色，落木更天风。
日出寒山外，江流宿雾中。
圣朝无弃物[1]，老病已成翁。
多少残生事[2]，飘零似转蓬。

【注释】

1圣朝：指唐王朝。2残生事：残年生活。

❖奉赠射洪李四丈（明甫）

【题解】

宝应元年（762）八月作于射洪（即今四川射洪县）。当时，徐知道为其部将李忠厚所杀，高适得以平定成都。这首诗是写给射洪县一位长者李明甫的，看来李明甫待杜甫不错，所以一开始即有"爱屋及乌"的话头。诗中说到去蜀东归的愿望，但没有提到高适镇蜀之事。流露出微妙的信息。

【正文】

丈人屋上乌，人好乌亦好[1]。
人生意气豁[2]，不在相逢早。

南京乱初定，所向邑枯槁[3]。
游子无根株，茅斋付秋草[4]。
东征下月峡，挂席穷海岛[5]。
万里须十金[6]，妻孥未相保。
苍茫风尘际，蹭蹬骐驎老[7]。
志士怀感伤，心胸已倾倒[8]。

【注释】

1 丈人二句：典出《尚书大传·大战篇》："爱人者，兼其屋上之乌。"2 豁：豁达，大度。3 南京：指成都。安史乱中，玄宗奔蜀。肃宗至德二年（757），升成都为府，因地在长安南，置南京。上元元年（760）罢京。参见《新唐书·地理志》。乱初定：指西川兵马使徐知道之乱已平。枯槁：困苦，贫穷。4 游子：杜甫自称。茅斋：指草堂。5 东征：东行。月峡：即明月峡，在今四川巴县境。峡首南岸壁高四十丈，其壁有圆孔，形若满月，因以为名。参见《太平寰宇记》。挂席：即扬帆。海岛：海上仙岛。6 十金：用扬雄事。《汉书·扬雄传》："家产不过十金。"7 蹭蹬：困顿失意貌。骐驎：良马名。此为自喻。8 志士：节操高尚的人。此指李明甫。倾倒：佩服，心折。

❖ 秋尽

【题解】

宝应元年（762）九月作于梓州。杜甫居梓州，孑然一身，依靠刺史李峘生活。眼看秋天将尽，思念成都草堂的妻儿，心中充满忧伤。首联怀念草堂，颔联写暂居梓州，颈联写兵变尚未平息，尾联写秋尽看不到希望，一片悲感苍凉，无可奈何之意，见于言外。

【正文】

秋尽东行且未回，茅斋寄在少城隈[1]。
篱边老却陶潜菊，江上徒逢袁绍杯[2]。
雪岭独看西日落，剑门犹阻北人来[3]。
不辞万里长为客，怀抱何时得好开[4]。

【注释】

1 东行且未回：谓东至梓州而未还成都。茅斋：即草堂。少城：成都旧府城的西城。2 陶潜菊：陶渊明爱菊，其《饮酒》诗中有"采菊东篱下"之语。袁绍杯：借指依托李岵。东汉末，大将军袁绍总兵冀州，遣使召郑玄，大会宾客。玄最后至，乃延升上座，饮酒一斛。事见《后汉书·郑玄传》。3 雪岭：西岭雪山。剑门句：指徐知道此时兵据剑阁。北人：指朝廷命官。4 得好开：《全唐诗》校："一作好一开。"

❖戏题寄上汉中王三首

【题解】

宝应元年（762）作于梓州。"汉中王"指李瑀，宁王宪第六子，初封陇西郡公，从明皇幸蜀，至汉中，因封汉中王。据《新唐书》载："肃宗诏收群臣马助战，瑀与魏少游持不可。帝怒，贬蓬州刺史。"题下原注："时王在梓州，初至断酒不饮，篇有戏述，汉中王瑀，宁王宪之子。"

【正文】

一

西汉亲王子，成都老客星[1]。
百年双白鬓，一别五秋萤[2]。
忍断杯中物，祇看座右铭[3]。
不能随皂盖[4]，自醉逐浮萍。

二

策杖时能出，王门异昔游[5]。
已知嗟不起[6]，未许醉相留。
蜀酒浓无敌，江鱼美可求。
终思一酩酊，净扫雁池头[7]。

三

群盗无归路，衰颜会远方[8]。
尚怜诗警策，犹记酒颠狂[9]。
鲁卫弥尊重，徐陈略丧亡[10]。
空馀枚叟在[11]，应念早升堂。

【注释】

1西汉句：指李瑀。成都句：杜甫自指。2一别句：杜甫自乾元元年（758）出为华州司功而与李瑀离别，至此为五年。3杯中物：指酒。座右铭：东汉崔瑗作，中有"慎言节饮食"之语。即题注所谓"断酒不饮"事。4皂盖：黑色的车盖，汉代太守所用。5策杖：扶杖而行。王门句：叹汉中王之昔盛今衰。6不起：谓病重。7酩酊：大醉貌。雁池：汉梁孝王筑兔园，园中有雁池。见《西京杂记》卷二。8群盗：指史朝义、徐知道等。无归路：言己不能归乡。会远方：指与汉中王相遇于梓州。9记：《全唐诗》校："一作忆。"10鲁卫句：开元十四年（726）十一月，明皇幸宁王宅，与诸王宴，赋诗曰："鲁卫情尤重，亲贤尚转多。"徐陈句：事见曹丕《与吴质书》："昔年疾疫，亲故多罹其灾。徐、陈、应、刘，一时俱逝。"11枚叟：即西汉枚乘，曾为梁孝王门客。此杜甫自喻。

❖玩月呈汉中王

【题解】

宝应元年（762）作于梓州中秋。这是一首五律，首联写梓州中秋夜见月；颔联分写彼此，上句写杜甫在梓州赏月，下句写汉中王由涪江北上，将还汉中；颈联即"隔千里兮共明月"（谢庄《月赋》）之意；尾联谓安得淮南术以化解兵凶——时值徐知道兵变期间。友情与时事并见于诗。

【正文】

夜深露气清，江月满江城[1]。
浮客转危坐[2]，归舟应独行。
关山同一照，乌鹊自多惊[3]。
欲得淮王术，风吹晕已生[4]。

【注释】

1江：谓涪江。江城：指梓州城。2浮客：没有当地户籍的外地人。此为作者自谓。3乌鹊句：曹操《短歌行》："月明星稀，乌鹊南飞。绕树三匝，何枝可依？"4淮王术：典出《淮南子·览冥训》："画芦灰而月运阙。"许慎注曰："有军事相围守则月运出也。以芦草灰随牖下月光中令环画，阙其一面，则月运亦阙于上也。"月运，即月晕，气象变化时月亮周围的大圆环，俗称风圈。晕：通运。

❖冬到金华山观因得故拾遗陈公学堂遗迹

【题解】

宝应元年（762）十一月作于射洪。射洪金华山玉京观有陈子昂读书堂，今称陈子昂读书台。陈子昂字伯玉，射洪人，一生与武则天时代相始终，少年时代曾驰侠使气，一旦省悟，折节读书，数年间博览经史，尤善属文。睿宗文明元年（684）登进士第，官麟台正字，后升右拾遗，直言敢谏。三十八岁辞职还乡，后被武三思指使县令段简迫害致死。陈子昂不满齐梁诗风，首倡"风雅兴寄""汉魏风骨"，被唐人奉为一代文宗。这首诗是杜甫瞻仰陈子昂故里遗址时所作。

【正文】

涪右众山内，金华紫崔嵬[1]。
上有蔚蓝天，垂光抱琼台[2]。
系舟接绝壁，杖策穷萦回[3]。
四顾俯层巅，澹然川谷开[4]。
雪岭日色死[5]，霜鸿有馀哀。
焚香玉女跪，雾里仙人来[6]。
陈公读书堂，石柱仄青苔[7]。
悲风为我起，激烈伤雄才[8]。

【注释】

1涪右:涪江之西。金华:山名,在今四川射洪县西北金华镇。2琼台:玉饰的楼台,泛指华丽的楼台。3萦回:旋绕转折。4澹然:豁然开朗。5雪岭:指悬岩。《太平寰宇记》记梓州射洪县:"悬岩,在县南十五里,远望悬崖皎如白雪。"6玉女:指金华观中焚香女子。仙人:指来山访道者。7仄:通"侧",倾斜。8激烈:高亢激昂。雄才:指陈子昂。

❖陈拾遗故宅

【题解】

宝应元年(762)十一月作于射洪,与前诗为同时所作。原注:"宅在射洪县东七里东武山下。"按,"东武山"应作武东山,因在武水(即涪水)之东得名。杜甫于安史之乱中,在肃宗行在曾拜左拾遗,与陈子昂同官。故白居易有诗云:"杜甫陈子昂,才名括天地。"(《初授拾遗》)这首诗对陈子昂的忠义为官及其对唐代文化做出的贡献,作了充分肯定,认为他英名与作品会永垂不朽。

【正文】

拾遗平昔居[1],大屋尚修椽。
悠扬荒山日,惨澹故园烟[2]。
位下曷足伤[3],所贵者圣贤。
有才继骚雅,哲匠不比肩[4]。
公生扬马后[5],名与日月悬。
同游英俊人[6],多秉辅佐权。

彦昭超玉价,郭振起通泉。

到今素壁滑,洒翰银钩连[7]。

盛事会一时,此堂岂千年[8]。

终古立忠义,感遇有遗编[9]。

【注释】

1拾遗句:指陈子昂故居。平昔:往日。2悠扬:日落貌。惨澹:凄凉的景色。3位下:陈子昂官终右拾遗,从八品上,官卑位下。4骚雅:指《离骚》与《诗经》。哲匠:明智而富有才华者。5扬马:指汉代大文学家扬雄和司马相如。扬马皆为蜀人,故以比子昂。6英俊人:即下文的彦昭和郭元振。7银钩:形容书法笔姿之遒劲。连:言赵、郭皆有留题在壁。8此堂句:言此堂不能存一千年,而子昂之名却能流传不朽。9感遇:指陈子昂代表作《感遇》诗。

❖谒文公上方

【题解】

宝应元年(762)作于梓州。"文公"乃僧人,"上方"指佛寺。这首诗前八句记佛寺景象,从遥望寺前,近至山门,入寺之路,直造寺中一路写来。猛虎卧庭,比其法力神通。中八句赞文公道法——登堂俯视,烟尘即在目前,文公说法之外,久不下接尘世矣;施金者至,而禅心不动,外忘物也;中无所翳,而虚明常在,定生慧也。后十二句叙来谒之意作收,上六作悔语,下六作悟语。

【正文】

野寺隐乔木，山僧高下居[1]。
石门日色异，绛气横扶疏[2]。
窈窕入风磴，长芦纷卷舒[3]。
庭前猛虎卧[4]，遂得文公庐。
俯视万家邑，烟尘对阶除[5]。
吾师雨花外[6]，不下十年馀。
长者自布金，禅龛只晏如[7]。
大珠脱玷翳，白月当空虚[8]。
甫也南北人，芜蔓少耘锄[9]。
久遭诗酒污，何事忝簪裾[10]。
王侯与蝼蚁，同尽随丘墟[11]。
愿闻第一义，回向心地初[12]。
金篦刮眼膜，价重百车渠[13]。
无生有汲引，兹理傥吹嘘[14]。

【注释】

1高下居：指院舍依山而建，有的在高处，有的在低处。2绛气：赤霞之气。扶疏：树木繁茂纷披貌。3窈窕：深邃貌。风磴：指石阶凌风。卷舒：风动枝叶貌。4猛虎卧：梁慧皎《高僧传》卷六载：释慧远居庐山西林寺，屋中常有虎。句意赞文公法力通神。5万家邑：指梓州城。烟尘：炊烟。阶除：台阶。6雨花：唐道宣《续高僧传》卷五载：释法云讲《法华经》，忽感天花状如飞雪，满空而下，延于堂内，升空不坠。7长者句：典出佛教故事《祇园布施》：给孤独长者欲买祇陀太子之园以建精舍，太子戏言布金遍地乃卖。长者乃倾家布金，遂立精舍，献给如来。禅龛：佛龛。晏如：安然。8脱玷翳：言其晶莹无瑕。白月：印度历法，以月的盈缺立黑白之名。月盈至满为白月,月亏至晦为黑月。参见《大唐西域记》卷二。空虚:天空。9南北人:漂泊不定的人。《礼记·檀弓上》:"孔子曰:今丘也,东西南北之人也。"芜蔓:指心性荒秽。10忝:羞辱,有愧于。簪裾:官宦服饰。11随丘墟:指化作泥土。12第一义:佛教指最上最深的妙理。《大乘义章》卷一:"第一义者,亦名真谛,第一是其显胜之目,所以名义。"心地:佛教认为,三界唯心,心如滋生万物的大地,能随缘生一切诸法,故称心地。参见《大乘本生心地观经》卷八。13金篦:治眼病用的手术器械,形似箭镞。眼膜:眼中蔽障。《涅槃经》卷八:"如目盲人为治目,故造诣良医,是时良医即以金决其眼膜。"车渠:玉石之类。魏文帝曹丕《车渠椀赋序》:"车渠,玉属也。"14无生:佛教谓万物的实体无生无灭。《楞严经》长水疏卷八:"真如实相,名无生法。"汲引:引进。兹理:佛理。吹嘘:宣扬。

寄高适

【题解】

宝应元年(762)八月作。从首联看,高适新任成都尹后,或有带信请杜甫回成都,杜甫却称病推辞(难招病客魂),因为过去见面的时间不多,加之回避徐知道这个敏感话题。高适在诗中当有夸杜甫的话,故颔联说彼此彼此,是敷衍的话。颈联说代宗初立,高适又代严武为成都尹。尾联说病愈当返回成都,重逢之日可以好好地醉一场,也是很敷衍的话。杜甫留在梓州,是因为刺史李岵及留后章彝待他不错的缘故。

【正文】

楚隔乾坤远,难招病客魂[1]。

诗名惟我共,世事与谁论。
北阙更新主,南星落故园[2]。
定知相见日,烂漫倒芳尊[3]。

【注释】

1楚:指蜀地。战国时属楚,故云。病客:诗人自指。2北阙句:宝应元年(762)四月代宗即位。南星句:浦起龙注:"南星指高。西川本南郡,蜀州又在成都南也。故园,即指草堂。"(《读杜心解》)3烂漫:醉貌。芳尊:美酒。

❖早发射洪县南途中作

【题解】

宝应元年(762)自射洪至通泉(今四川省射洪县通泉坝)时作。这首诗写杜甫南行一路风霜,历尽艰辛,情绪低落,歧路彷徨的心情。

【正文】

将老忧贫窭,筋力岂能及[1]。
征途乃侵星[2],得使诸病入。
鄙人寡道气,在困无独立[3]。
俶装逐徒旅,达曙凌险涩[4]。
寒日出雾迟,清江转山急。
仆夫行不进,驽马若维絷[5]。
汀洲稍疏散,风景开怏悒[6]。

空慰所尚怀，终非曩游集[7]。

衰颜偶一破，胜事难屡挹[8]。

茫然阮籍途，更洒杨朱泣[9]。

【注释】

1贫窭：贫困。筋力：即体力。2侵星：破晓，晨星未落时。3鄙人：杜甫自称。寡：缺少。道气：出家人的气质。独立：不依靠他人而自立。4傲装：整理行装。险涩：险阻不通。5维絷：拴住不动。6汀洲：河中小洲。疏散：指雾散开。怏悒：心中抑郁不乐。7曩（nǎng）：往昔，从前。游集：漫游宴集。8胜事：美好的事情。难屡：《全唐诗》校："一作皆空。"9阮籍途：《晋书·阮籍传》载："（阮籍）时率意独驾，不由径路，车迹所穷，辄恸哭而返。"杨朱泣：典出《淮南子·说林训》："杨子见歧路而哭之，为其可以南，可以北。"

✤通泉驿南去通泉县十五里山水作

【题解】

宝应元年（762）自射洪至通泉作。通泉县故治在今四川射洪县东南七十里。通泉驿在通泉山。《太平寰宇记》载梓州通泉县："通泉山在县西北二十里，东临涪江，绝壁二十馀丈，水从山顶涌出，下注涪江。"这是一首纪游诗，依次写沿途所见景色，及老大漂泊的感伤。

【正文】

溪行衣自湿，亭午气始散[1]。

冬温蚊蚋在[2],人远凫鸭乱。
登顿生曾阴[3],欹倾出高岸。
驿楼衰柳侧,县郭轻烟畔[4]。
一川何绮丽,尽目穷壮观[5]。
山色远寂寞,江光夕滋漫[6]。
伤时愧孔父,去国同王粲[7]。
我生苦飘零,所历有嗟叹。

【注释】

1亭午:中午。2蚋:小飞虫。3登顿:登登停停。曾阴:重叠的。4县郭:通泉县城。5一川:指通山上的瀑布。目:《全唐诗》校:"一作日。"6夕滋漫:晚照增辉。7孔父:即孔子。父为古代男子的美称。王粲:东汉末年文学家、官员,字仲宣,汉献帝初平三年(192),董卓部将李傕、郭汜在长安作乱,粲乃离开长安,往荆州依刘表,其《七哀诗》云:"复弃中国去,委身适荆蛮。"

❖过郭代公故宅

【题解】

宝应元年(762)作于通泉县。郭元振,名震,初唐名将,魏州贵乡人,因拥立睿宗,功封代国公。"故宅"当是尉通泉时所居。仇兆鳌说:"(首段)此言其才品不凡。疏于作尉而长于立朝,正见大受不可小知。(中段)此言其功在社稷。赵次公曰:代公定策,在睿宗先天二年,去中宗神龙改元,凡八年。今诗云:'定策神龙后。'盖太平擅宠,始中宗朝,则祸胎在神龙而下也。

俄顷二句，谓太平既诛，则尊位有归，亲传不失，所以成睿宗付托之意。（末段）此经过故宅，以吊古意收。"（《杜诗详注》）字里行间流露着对郭的景仰之情。

【正文】

豪俊初未遇，其迹或脱略[1]。
代公尉通泉，放意何自若[2]。
及夫登衮冕，直气森喷薄[3]。
磊落见异人，岂伊常情度。
定策神龙后[4]，宫中翕清廓。
俄顷辨尊亲，指挥存顾托[5]。
群公有惭色[6]，王室无削弱。
迥出名臣上，丹青照台阁[7]。
我行得遗迹[8]，池馆皆疏凿。
壮公临事断，顾步涕横落。
高咏宝剑篇，神交付冥漠[9]。

【注释】

1豪俊：指郭震。未遇：未遇发挥才能的时机。脱略：轻慢，不拘。2代公尉通泉：《新唐书·郭元振传》："八进士，为通泉尉。任侠使气，拨去小节。"3衮冕：公侯的礼服和礼帽，指高官。《新唐书·郭元振传》：先天二年（713），元振以兵部尚书复同中书门下三品（宰相）。喷薄：激荡，涌出。《全唐诗》校："一本此下有'精魄凛如在，所历终萧索'。"4定策：指拥立皇帝。策，竹简，把拥立皇帝的事写在简上，告于宗庙，称定策。神龙：唐中宗李显的年号。《新唐书·郭元振传》："玄宗诛太平公主也，睿宗御承天门，诸宰相走伏外省，独元振总兵扈帝。事定，宿中书者十四昔乃休。

进封代国公。"太平公主擅宠乱政，祸胎在中宗神龙时，故云"神龙后"。5 俄顷二句：言太平公主既诛，则尊位有归，亲传不失，所以成睿宗托付之意。6 群公：满朝大臣。7 丹青：画像。《唐会要》卷一八：赠太子少师代国公郭元振配享玄宗庙。8 迹：《全唐诗》校："一作址。"9 宝剑篇：指郭元振诗作。冥漠：寂静无声。指人已作古。

❖ 观薛稷少保书画壁

【题解】

宝应元年（762）在通泉县作。薛稷，字嗣通，蒲州汾阴（今山西万荣）人，初唐名宦、诗人、书画家。这首诗分三段，首段八句将诗篇引起书画。中段八句记书画遗迹，前四句言书，"西方"以下四句言画。末段四句从题外推开作结——郭薛题留，皆成壮观矣，将来谁复到此，而继其韵事乎？言下有自负之意。

【正文】

少保有古风，得之陕郊篇[1]。
惜哉功名忤[2]，但见书画传。
我游梓州东，遗迹涪江边。
画藏青莲界，书入金榜悬[3]。
仰看垂露姿，不崩亦不骞[4]。
郁郁三大字，蛟龙岌相缠[5]。
又挥西方变，发地扶屋椽[6]。
惨澹壁飞动，到今色未填。
此行叠壮观，郭薛俱才贤[7]。

不知百载后，谁复来通泉。

【注释】

1 陕郊篇：指薛稷名作《秋日还京陕西十里作》。诗云："驱车越陕郊，北顾临大河。" 2 惜哉句：指窦怀贞以附太平公主潜结凶党，谋废皇帝而伏诛。薛稷以知其谋，赐死于万年县狱中。事见《旧唐书·薛稷传》。3 青莲界：佛寺的美称。此指通泉县慧普寺。金榜：金字匾额。4 垂露：字体名。相传汉曹喜工篆隶，笔法如悬针而势不遒劲，阿那若浓露之垂，故名垂露书。崩：崩坏。骞：亏损。《诗·小雅·天保》："不骞不崩。" 5 蛟龙：指笔势。6 西方变：西方极乐世界诸佛变相。发地句：言壁画起自地面，高至屋椽。7 郭薛：指郭元振和薛稷。

❖ 通泉县署屋壁后薛少保画鹤

【题解】

宝应元年（762）通泉县作。"画鹤"是薛稷的"招牌菜"，《宣和画谱》卷一五载："（薛稷）善画花鸟人物杂画，而犹长于鹤。故言鹤必称稷，以是得名。"这首诗乃观壁画之作，前面以较多篇幅描绘画鹤的形神兼备和壁画受风雨侵蚀而损坏的情形，结尾四句想象画中之鹤化为真鹤，冲霄而去，借以释放诗人多年壮志难伸的怀抱。可与"白鸥没浩荡，万里谁能驯"（《奉赠韦左丞丈二十二韵》）对读。

【正文】

薛公十一鹤，皆写青田真[1]。

画色久欲尽，苍然犹出尘[2]。
低昂各有意，磊落如长人[3]。
佳此志气远，岂惟粉墨新。
万里不以力，群游森会神。
威迟白凤态，非是仓庚邻[4]。
高堂未倾覆，常得慰嘉宾[5]。
曝露墙壁外[6]，终嗟风雨频。
赤霄有真骨，耻饮洿池津[7]。
冥冥任所往，脱略谁能驯[8]。

【注释】

1青田：山名，在今浙江青田县西北。《初学记》卷三引《水嘉记》载：青田"有一双白鹤，年年生子，长大便去……多云神仙所养。"2出尘：超出世俗之外。3低昂：低指鹤立、昂指鹤飞。磊落：英奇之状。4威迟：曲折。白凤：神鸟名。仓庚：鸟名，即黄莺。5常：《全唐诗》校："一作幸。"6曝露：露在外头，无所隐蔽。7赤霄：布满红霞的天空。真骨：真鹤。7洿（wū）：污。8冥冥：指天。脱略：无拘无束。

✤陪王侍御同登东山最高顶宴姚通泉晚携酒泛江

【题解】

宝应元年（762）于通泉县作。杜甫陪客人王侍御（侍御是唐代对做过殿中侍御史、监察御史者的称呼）同登东山宴饮，当晚又随通泉县令姚某泛江饮酒，写下了这首七言古诗以记事。开篇四句将二人叙完，总领大意。接着八句，先叙东山顶宴，次叙携酒泛江蝉联而下。（以上用平声尤韵）"三更"四句，写江水借风势蹴起一波寒浪，情景奇绝，有乐极悲来之意。（以上转仄声韵）末四句写娱游未已，趁风势就作收局，忽有劝诫之意。（以上转平声韵）前人谓此古诗歌行极则，其用韵转换、声调高下疾徐处，皆当细意会之。

【正文】

姚公美政谁与俦，不减昔时陈太丘[1]。
邑中上客有柱史，多暇日陪骢马游[2]。
东山高顶罗珍羞[3]，下顾城郭销我忧。
清江白日落欲尽，复携美人登彩舟。
笛声愤怨哀中流，妙舞逶迤夜未休[4]。
灯前往往大鱼出[5]，听曲低昂如有求。
三更风起寒浪涌[6]，取乐喧呼觉船重。
满空星河光破碎，四座宾客色不动[7]。
请公临深莫相违，回船罢酒上马归[8]。
人生欢会岂有极，无使霜过沾人衣[9]。

【注释】

1 美政：指优良的政绩。俦：相比。陈太丘：此处指陈寔，颍川郡许县（今河南许昌市长葛市）人，曾为太丘县令。2 柱史：即柱下史，周秦官名，相当于后世的侍御史。老子曾为周柱下史，故后世用作侍御史的美称。此指王侍御。3 珍羞：珍贵的食品。4 逶迤：从容自得貌。5 大鱼出：《荀子·劝学篇》："昔者瓠巴鼓瑟，而流鱼出听。"6 三更：半夜。7 色不动：敛容屏息。8 公：指在座宾主。临深：如临深渊，即戒慎恐惧之意。莫相违：毋忘警戒。9 欢会：欢聚。

❖野望

【题解】

宝应元年（762）十一月作于梓州。这年秋末，杜甫终于把家人接到梓州居住，生活还算安定，于是有了在梓州附近游览的机会，这首诗就是在游历射洪县时写的。射洪地处山区，冈峦起伏，大河奔流，不似成都平原的一马平川，而是十分雄浑的山山水水，诗人在几经播迁之后忧念更深，诗中表现的个人羁旅愁怀更加浓重，移情于物，更加难为怀。"伤神"二字，乃一篇之眼（王嗣奭语）。

【正文】

金华山北涪水西[1]，仲冬风日始凄凄。
山连越巂蟠三蜀，水散巴渝下五溪[2]。
独鹤不知何事舞，饥乌似欲向人啼。
射洪春酒寒仍绿，目极伤神谁为携？

【注释】

1金华山：在梓州射洪县。北：《全唐诗》校："一作南。"涪水：涪江，射洪在西岸。2越巂（xī）：郡名，即今四川西昌市。蟠：环绕。三蜀：汉初分蜀郡置广汉郡，武帝又分置犍为郡，合称三蜀。巴渝：巴州北水，一名巴岭水，一名渝州水。五溪：谓武陵五溪，即雄溪、横溪、力溪、抚溪、西溪。地在今湖南西、贵州东一带。

西柴子過半，秋風雨轉凉。鷄棲車門間影，鳥雀亂啾唧。何時脫繮鞘，歸去臥山房。

日暮五岐御寄彭州
一詩 周峰書

❖渔阳

【题解】

宝应元年（762）冬晚作于梓州。仇兆鳌说："上四，讽贼党之归顺。下四，慰燕人之向化。官军精锐，节制得人，彼河北诸将，翻然而来，犹恐后时，若不入本朝，真失计矣。又为慰论燕人之词曰：当时禄山猖獗，尚筑垒以防退走，今王师破竹，思明旦夕奔窜，诸耆老当亦知之否耶。"（《杜诗详注》）

【正文】

渔阳突骑犹精锐，赫赫雍王都节制[1]。
猛将飘然恐后时[2]，本朝不入非高计。
禄山北筑雄武城[3]，旧防败走归其营。
系书请问燕耆旧[4]，今日何须十万兵。

【注释】

1渔阳：郡名，治所在今天津市蓟县。时安禄山镇范阳，治蓟。突骑：突击敌阵的骑兵。此指安史叛军。赫赫：显赫盛大貌。雍王：李适，即唐德宗，时为天下兵马元帅。节制：调度管束。2猛将：指河北降将。时薛嵩以四州来降，张忠志以五州来降。3雄武城：据《旧唐书·安禄山传》载：禄山反时，筑垒范阳北，号"雄武城"，峙兵聚粮。4系书：典出《战国策·齐策六》：鲁仲连助齐从燕人占领下夺回聊城时，曾以箭系书信，射入城中，劝谕守城的燕将。耆旧：年高而久负声望者。

❖ 赠韦赞善别

【题解】

宝应元年（762）作于梓州。"赞善"，官名，为太子僚属，掌侍从翊赞，比谏议大夫。韦赞善是杜甫相交二十年的故人，这首送别诗写客中送客，及故交零落的感伤。

【正文】

扶病送君发，自怜犹不归。
只应尽客泪，复作掩荆扉[1]。
江汉故人少[2]，音书从此稀。
往还二十载[3]，岁晚寸心违。

【注释】

1 荆扉：柴门。2 江汉：此指巴蜀地区。3 往还：交往。

❖ 闻官军收河南河北

【题解】

代宗广德元年（763）春作于梓州。《新唐书·代宗本纪》载：宝应元年十月，史朝义部将张献诚以汴州降；十一月，薛嵩以相、卫、洺、邢四州降，张忠志以赵、定、深、恒、易五州降；次年正月，史朝义自杀，李怀仙以幽州降，田承嗣以魏州降。至此，延续七年多的安史之乱始告结束。诗首联写忽闻喜讯的狂喜,颔联写下意识动作表明诗人准备离开梓州,颈联写还乡的愿望,尾联以想象还乡路线作结。通篇挥洒自如,一片神行。被誉为杜甫平生第一首快诗(浦起龙语)。

【正文】

剑外忽传收蓟北[1],初闻涕泪满衣裳。
却看妻子愁何在,漫卷诗书喜欲狂[2]。
白日放歌须纵酒,青春作伴好还乡[3]。
即从巴峡穿巫峡,便下襄阳向洛阳[4]。

【注释】

1剑外:即剑南,此指梓州。蓟北:今京津及河北北部地区,为安史叛军老巢。2却看:犹言再看,还看。漫卷:胡乱地卷起。3青春:春天。4巴峡:《太平御览》卷六五引《三巴记》:"阆、白二水合流,自汉中至始宁城下,入武陵,曲折三曲,有如巴字,亦曰巴江,经峻峡中,谓之巴峡。"巫峡:长江三峡之一,在湖北巴东县西,与四川巫山县接界。襄阳:今湖北襄阳市。

❖春日梓州登楼二首

【题解】

广德元年(763)春作于梓州。这两首诗写诗人获悉安史之乱平定后,不平静的心情。看到春天来到的种种迹象,他所怀想的是昔游的种种情事,希望能够早点踏上归途。王嗣奭评曰:"行路之难不一,故用如此二字该之,起语无限悲凉。衰年流落,此身却无少壮,而浪迹但有羁栖,两句各倒转一字,便语新而声协矣。水流城下,登楼所见。风送鼓声,登楼所闻。新燕巢搂,而旅人无定,对景伤情,语意双关。数句中,有梓、有春、有楼,写景言情,相融入化。"(《杜臆》)

【正文】

一

行路难如此,登楼望欲迷。
身无却少壮,迹有但羁栖[1]。
江水流城郭,春风入鼓鼙[2]。
双双新燕子,依旧已衔泥。

二

天畔登楼眼,随春入故园。
战场今始定,移柳更能存。
厌蜀交游冷,思吴胜事繁。
应须理舟楫,长啸下荆门[3]。

【注释】

1身无句:人无再少年。却:再。但羁栖:暂时做客寄居。2江:指涪江。鼙:鼓之一种,军中所用乐器。3荆门:山名,在湖北宜都西北,长江南岸,与北岸虎牙山扼江相对。

❖远游

【题解】

广德元年（763）春作。宝应元年（762）冬，叛军屡败，张献诚、薛嵩、张忠志等相继降唐。本年正月，田承嗣、李怀仙降，史朝义自杀，安史乱平。杜甫在漂泊中从旁人处听到这个消息，喜不自胜，于是写下了这首诗抒发欣喜的心情。《远游》乃楚辞篇名，作者以此命名，有自伤飘零之意。

【正文】

贱子何人记[1]，迷芳著处家。
竹风连野色，江沫拥春沙。
种药扶衰病，吟诗解叹嗟。
似闻胡骑走，失喜问京华[2]。

【注释】

1贱子：诗人自称。2似闻：仿佛听说。胡骑走：指安史之乱平定。失喜：喜不自胜。

❖柳边

【题解】

广德元年（763）春作，与前首作于同时。这是一首咏柳的五律，杜甫看到欣欣向荣的柳树，联想到安史之乱终得平定，于是又想到了长安和长安的故人，不禁吟咏起庾信的《枯树赋》，自伤老大起来。

【正文】
　　只道梅花发，那知柳亦新。
　　枝枝总到地，叶叶自开春。
　　紫燕时翻翼[1]，黄鹂不露身。
　　汉南应老尽，霸上远愁人[2]。

【注释】
　　1紫燕：燕名，也称越燕，体形小而多声，颔下紫色，分布于江南。时翻翼：时时扇动翅膀。2汉南：语出庾信《枯树赋》："桓大司马闻而叹曰：'昔年种柳，依依汉南。今看摇落，凄怆江潭。树犹如此，人何以堪！'"霸上：地名，在今陕西西安市东，有桥名霸桥。《三辅黄图》卷六载："霸桥在长安城东，跨水作桥，汉人送客至此桥，折柳赠别。"

✤花底

【题解】
　　广德元年（763）春作于梓州。这是一首咏花诗，题作"花底"，当指桃花。前四句写对花惊喜，后四句意在惜花也。紫萼包乎蕊外，黄须映自花中，言花之内外俱丽。"行暮雨"见花润，"入朝霞"见花鲜，"潘安县"见花多，"留卫玠"见花美。结尾云"莫作委泥沙"，不忍睹其零落耳。

【正文】

紫萼扶千蕊，黄须照万花[1]。

忽疑行暮雨[2]，何事入朝霞。

恐是潘安县，堪留卫玠车[3]。

深知好颜色，莫作委泥沙[4]。

【注释】

1紫萼：紫红的花瓣。黄须：黄色的花蕊。2行暮雨：用神女典故，宋玉《高唐赋》："旦为朝云，暮为行雨。"3潘安县：据《白孔六帖》卷七七载："潘岳为河阳令，满植桃李花，人号曰河阳一县花。"卫玠车：语出《晋书·卫瓘传·附玠传》："年五岁，风神秀异……总角乘羊车入市，见者皆以为玉人，观之者倾都。"4委：弃。

❖春日戏题恼郝使君兄

【题解】

广德元年（763）春作于梓州。去年（762）十一月，杜甫至通泉，郝使君曾设宴招待，出家妓相陪。次年春，杜甫在梓州，作此诗以戏之。"使君"是对州郡长官的尊称。通泉为县，不应有使君，郝或为通泉人，曾任使君。

【正文】

使君意气凌青霄，忆昨欢娱常见招。

细马时鸣金腰褭，佳人屡出董娇饶[1]。

东流江水西飞燕[2]，可惜春光不相见。

愿携王赵两红颜，再骋肌肤如素练[3]。

通泉百里近梓州[4]，请公一来开我愁。

舞处重看花满面，尊前还有锦缠头[5]。

【注释】

1细马：良马。据《唐六典·太仆寺》载：凡马有左右监，以别其粗良。细马之监称左，粗马之监称右。騉騤：良马名。因汉武帝铸金为麟趾蹄，故称金。董娇饶：《玉台新咏》卷一东汉宋子侯《董娇饶》诗中所咏女子。后因以称美女。此指郝使君之家妓。2江水：指涪江。西飞燕：见《玉台新咏》卷九："东飞伯劳西飞燕，黄姑织女时相见。"3王赵：指郝使君二家妓。素练：白绢。4百里：《太平寰宇记》梓州通泉县：通泉县在梓州东南一百四十里。百里乃举成数。5花满面：指妩媚如花的脸庞。锦缠头：歌舞艺人表演时以锦缠头，演毕，客以罗锦为赠，称缠头。

❖奉送崔都水翁下峡

【题解】

广德元年（763）作于梓州。《唐六典》卷二三载："（都水监设）使者二人，正五品上……都水使者掌川泽津梁之政令，总河渠、诸津监督。"崔某为都水使，与杜甫当为甥舅，故称"翁"。"下峡"即出峡。这是一首送别诗，首联写崔都水出发正值涪江放筏，颔联写崔都水下峡暂时离别故乡宗族，颈联写一路经过三峡，尾联想象崔都水一路考察水文并叮嘱他到达目的地后题诗相寄。

【正文】

无数涪江筏，鸣桡总发时[1]。
别离终不久，宗族忍相遗[2]。
白狗黄牛峡，朝云暮雨祠[3]。
所过频问讯，到日自题诗。

【注释】

1鸣桡：谓开船。桡，短棹。2忍：岂忍。3白狗：峡名。黄牛峡：在今湖北宜昌市西。朝云暮雨祠：即巫山神女祠。

❖郪城西原送李判官兄武判官弟赴成都府

【题解】

广德元年（763）春作于梓州。郪县的县城，即今四川三台县，唐为梓州治所。"判官"是唐节度使、观察使之佐吏，协理政事，或备差遣。李、武二判官当赴成都出差。杜甫于同日间送两人离别，而所去的地方又是成都，不能不触动内心的愁绪。但他不能马上回成都，应该有不得已的缘由。

【正文】

凭高送所亲，久坐惜芳辰。
远水非无浪，他山自有春。
野花随处发，官柳著行新。
天际伤愁别，离筵何太频[1]。

【注释】

1 离筵：送别的筵席。

❖ 题郪县郭三十二明府茅屋壁

【题解】

广德元年（763）从梓州往阆州时作。这首诗写杜甫离开梓州前，短暂拜访郭明府于乡间茅舍，并题诗留壁。诗中将郭明府比作陶渊明，赞美他亲近农业生产，当地呈现出一派小国寡民的闲适景象，说今后一路上再也难逢这样的好官。

【正文】

江头且系船，为尔独相怜[1]。
云散灌坛雨，春青彭泽田[2]。
频惊适小国，一拟问高天[3]。
别后巴东路，逢人问几贤[4]。

【注释】

1 江头二句：言因郭明府之怜爱而暂且停舟。江头，指涪江边。2 灌坛雨：事见晋张华《博物志》卷七："太公为灌坛令，文王梦妇人当道夜哭，问之，曰：'吾是东海神女，嫁于西海神童。今灌坛令当道，废我行。我行必有大风雨，而太公有德，吾不敢以暴风雨过，是毁君德。'文王明日召太公，三日三夜，果有疾风暴雨从太公邑外过。"后用为县令典故。2 彭泽田：《晋书·陶潜传》载，陶潜嗜酒，为彭泽令时，"在县公田悉令种秫谷，曰：'令吾常醉于酒足矣。'妻子固请种粳，乃使一顷五十亩种秫，五十亩种粳"。

此二句谓郭之善政感天，故当地风调雨顺。3小国：小县。《老子》八十章："小国寡民，使有什佰之器而不用。"一拟句：谓不平而问天。4问几贤：谓问如郭之贤者能有几人。

✣涪江泛舟送韦班归京（得山字）

【题解】

广德元年（763）春作。韦班是涪江县县尉，杜甫经营草堂时曾向他拉赞助，有《凭韦少府班觅松树子》《又于韦处乞大邑瓷碗》详前。这首诗是在韦班归京时写来送他的，首联写逢春饯别，颔联写异乡送客心生羡慕，颈联写一路风光，尾联写离别的感伤。

【正文】

追饯同舟日，伤春一水间[1]。

飘零为客久，衰老羡君还。

花远重重树[2]，云轻处处山。

天涯故人少，更益鬓毛斑[3]。

【注释】

1春：《全唐诗》校："一作心。"2远：《全唐诗》校："一作杂。"3益：《全唐诗》校："一作忆。"

❖泛江送魏十八仓曹还京因寄岑中允参范郎中季明

【题解】

广德元年（763）春作。"仓曹"即仓曹参军事，州府的属官，主管仓谷事务。"岑中允"即岑参，时为太子中允。"范郎中"范季明，祖籍敦煌，世居怀州。代宗时官职方郎中。魏十八将还京，杜甫写了这首诗送他，兼寄两位在京的朋友岑参和范季明。首联写春深饯别，颔联写对长安的苦恋，颈联以诗酒相劝兼寄京中友人，尾联点出京中友人姓字，说彼此都不年轻了呀。

【正文】

迟日深春水[1]，轻舟送别筵。

帝乡愁绪外，春色泪痕边。

见酒须相忆，将诗莫浪传[2]。

若逢岑与范，为报各衰年。

【注释】

1迟日：语出《诗·豳风·七月》："春日迟迟。" 2浪传：轻率传布。

❖送路六侍御入朝

【题解】

广德元年（763）春作于梓州。"路六侍御"是一位作过殿中侍御史或监察御史的姓路行第为六的友人，路六将从梓州北上，经过汉中到京城长安，回到朝中。杜甫写了这首诗送别，诗中充满着对乱世人生的感慨，也暗寓对朝廷的眷念。前四句直写送别之情：童稚相亲，继而相隔，忽而相逢，逢而又别，第三句倒插一语尤奇（高步瀛语）。后四句写别筵之景，以"不忿""生憎""无赖""触忤"等词语写景，表现出感伤的主观情绪。全诗明白如话，清新流畅，是杜甫七律的别调。

【正文】

童稚情亲四十年[1]，中间消息两茫然。

更为后会知何地，忽漫相逢是别筵。

不分桃花红胜锦，生憎柳絮白于绵[2]。

剑南春色还无赖，触忤愁人到酒边[3]。

【注释】

1 四：《全唐诗》校："一作三。" 2 生憎：非常厌恨。 3 触忤：冒犯。

❖涪城县香积寺官阁

【题解】

广德元年（763）春作于涪城县。涪城县为绵州属县，治所在今四川三台县西北，后并入郪县。"香积寺"在涪城县东南三里，北枕涪江。杜甫从汉州（今四川省广汉市）返回梓州（今四川省三台县），途经涪城县游览了该县的香积寺，而写下了这首纪游诗。黄生说："此休于寺之官阁，而未到上方，故即所见赋之。"

（《杜诗说》）甚是。

【正文】

寺下春江深不流，山腰官阁迥添愁。
含风翠壁孤云细，背日丹枫万木稠。
小院回廊春寂寂，浴凫飞鹭晚悠悠。
诸天合在藤萝外，昏黑应须到上头[1]。

【注释】

1 诸天：佛教语。佛经言三界共有三十二天，总称诸天。上头：指山顶的香积寺。

泛江送客

【题解】

广德元年（763）暂游绵州时作。诗中"东津"即《观打鱼歌》云"绵州江水之东津"。这首诗前四句写泛江送客，后四句写临别伤情。首联写春水生，故"江欲平"。颔联"烟花"承"二月"，"舟楫"承"东津"，"重""轻"二字，眼在句底。颈联写把杯闻笛，适足增悲。尾联"不隔日"应上"频送"，"那得易为情"即难以为情的一转语。

【正文】

二月频送客，东津江欲平[1]。
烟花山际重，舟楫浪前轻。

泪逐劝杯下[2], 愁连吹笛生。
离筵不隔日, 那得易为情。

【注释】

1 东津: 古渡口名。钱谦益引《舆地纪胜》注: "东津在郪县东四里, 渡涪江水。"。2 下:《全唐诗》校: "一作落。"

❖ 双燕

【题解】

广德元年（763）春作于阆州（今四川省阆中市）。这首诗因双燕来堂上筑巢, 而触动杜甫的乡愁。前六句写燕子来巢, 应是避湿避暑, 暂得安栖, 并想象其迁徙之不容易。后二句写杜甫自己也打算在这年秋天出峡还乡。全诗见物我之同情。

【正文】

旅食惊双燕, 衔泥入此堂。
应同避燥湿, 且复过炎凉。
养子风尘际, 来时道路长。
今秋天地在, 吾亦离殊方[1]。

【注释】

1 今秋二句: 杜甫原拟是年秋天出峡离蜀, 后因严武复镇蜀而归成都。

❖ 百舌

【题解】

广德元年（763）春作于阆州。杜甫在阆州听到百舌鸟的叫声，写下这首咏物诗。结尾二句根据《逸周书·时训解》，说百舌如过时而鸣，则预示着"君侧有谗人"，当有所指，或联想到往昔不愉快的经历。

【正文】

百舌来何处[1]，重重祇报春。
知音兼众语，整翮岂多身[2]。
花密藏难见，枝高听转新。
过时如发口，君侧有谗人[3]。

【注释】

1 百舌：鸟名，又名反舌。善鸣，其声多变化，故称。2 翮（hé）：翅羽。3 过时二句：语出《逸周书·卷六·时训解》："芒种之日，螳螂生。又五日，䴗始鸣。又五日，反舌无声。……反舌有声，佞人在侧。"

❖ 上牛头寺

【题解】

广德元年（763）春作于梓州。牛头山在郪县西南，有长乐寺，亦称牛头寺。《太平寰宇记》载："牛头山在梓州郪县西南二里，高一里，形似牛头，四面孤绝，俯临州郭，下有长乐寺。楼阁烟花，为一方胜概。"这首纪游诗前四句写登山喜心目之旷，后四句写入寺咏景物之幽。

【正文】

青山意不尽，衮衮上牛头[1]。
无复能拘碍，真成浪出游[2]。
花浓春寺静，竹细野池幽。
何处莺啼切，移时独未休。

【注释】

1衮衮：相继不绝貌。2拘碍：拘束。浪出游：纵情游览。

❖ 登牛头山亭子

【题解】

广德元年（763）春作于梓州，与前诗为同日所作。这首纪游诗写杜甫登上牛头山顶上的亭子的观感，前四句写所览之景，后四句写触景之感怀，以亲身之经历，慨叹战乱给百姓造成的流离失所。

【正文】

路出双林外，亭窥万井中[1]。
江城孤照日[2]，山谷远含风。

兵革身将老，关河信不通。
犹残数行泪，忍对百花丛³。

【注释】

1双林：双林：双树。原指释迦牟尼涅槃（入灭）处；此处借指寺院。事见《大般涅槃经》卷一："一时佛……在河边，娑罗双树间……二月十五日，大觉世尊将欲涅槃。"万井：一万平方里（古以地方一里为一井）；借指千家万户。2江城：指州城。3忍：岂忍。

❖望牛头寺

【题解】

广德元年（763）春作于梓州，与前二诗为同日所作，依次从上寺到登上山顶亭子，再到下山回望牛头寺，各成五律一章。这首诗写回看寺庙景色，已是暮色苍茫，诗人欲从佛典中寻求慰藉，然谈何容易。

【正文】

牛头见鹤林¹，梯径绕幽深。
春色浮山外，天河宿殿阴²。
传灯无白日，布地有黄金³。
休作狂歌老，回看不住心⁴。

【注释】

1鹤林：寺庙中白鹤栖息之林，一说树色如鹤之白。2天河：银河。3传灯：佛教谓佛法能破除迷暗，如灯之照明，因称传法为传灯。此指寺中的长明灯。布地句：据《续高僧传》载，给孤独长者欲买祇陀太子之园以建精舍，太子戏言布金遍地乃卖。长者乃倾家布金，遂立精舍，献给如来。4不住心：佛教所谓内心虚静，无有执着。

❖ 上兜率寺

【题解】

广德元年（763）春作于梓州。"兜率寺"故址在梓州郪县南二里，牛头寺附近，一名长寿寺，隋开皇中建。这首纪游诗写杜甫上兜率寺，观摩形胜，五六句说虽然像庾信那样漂泊异乡，却还有周颙那样的兴趣，亲近佛理，抚慰伤痛。

【正文】

兜率知名寺，真如会法堂[1]。
江山有巴蜀，栋宇自齐梁[2]。
庾信哀虽久，周颙好不忘[3]。
白牛车远近，且欲上慈航[4]。

【注释】

1真如：佛教语，指宇宙万物的本体、实相。2栋宇句：谓兜率寺始建于齐梁。3庾信：北朝辞赋家、诗人。周颙：原作"何颙"。《全唐诗》校："当作周颙。周好佛。"据改。周颙是南朝齐代的音韵学家、佛学家。4白牛：《法华经·譬喻品》云："有大白牛，肥壮多力，形体殊好，以驾宝车。"远近：谓无论远近，皆可到达。慈航：佛教称佛以慈悲之心度人脱离苦海，如航船之济众。

❖望兜率寺

【题解】

广德元年（763）春作于梓州，与前诗为同时所作。这首诗写杜甫离开兜率寺后，回望的情景。这首诗前四句写望寺所见，后四句写游寺感怀。诗意清空，既未触及时事，也未言及身世，只是通过敬佛，追求内心片时的宁静。

【正文】

树密当山径，江深隔寺门[1]。
霏霏云气重，闪闪浪花翻。
不复知天大，空馀见佛尊。
时应清盥罢，随喜给孤园[2]。

【注释】

1江：指涪江。2盥：《全唐诗》校："一作兴。"随喜：佛家以行善布施可生欢喜心，随人为善称为随喜。后亦指游览佛寺。给孤园：即祇园，此借指兜率寺。

❖甘园

【题解】

广德元年（763）春作于梓州。甘园，通作柑园。这首诗是杜甫在梓州游柑橘园之作，首联说柑园位置，颔联说柑橘开花，颈联说此柑为进贡之珍品，尾联说柑橘成熟较桃李为晚，然终有入朝之日。言外有自慨无望之意。

【正文】

　　春日清江岸，千甘二顷园。
　　青云羞叶密，白雪避花繁。
　　结子随边使，开筒近至尊[1]。
　　后于桃李熟，终得献金门[2]。

【注释】

1 开筒：筒字或应作筐。近至尊：唐时梓州土贡有柑。2 金门：金马门，代指朝廷。

❖陪李梓州王阆州苏遂州李果州四使君登惠义寺

【题解】

广德元年（763）春作于梓州惠义寺，寺在郪县北长平山。这首诗不同寻常之处，是陪四位邻州刺史，同游梓州惠义寺，机会难得。东道主当然是梓州刺史。"李梓州"一作章梓州,即章彝,本年为梓州刺史。王阆州乃阆州(今四川省阆中市)刺史王某,苏遂州(今四川省遂宁市)乃遂州刺史苏某,李果州(今四川省南充市)乃果州刺史李某。这首诗前四句咏春,后四句感怀,从末句看,当日谈到出家的话题,当然只是嘴上说说。王嗣奭说:"公以作客之穷,真有学佛之想,故后诗屡及之。"(《杜臆》)

【正文】

春日无人境,虚空不住天[1]。
莺花随世界,楼阁寄山巅[2]。
迟暮身何得,登临意惘然[3]。
谁能解金印,潇洒共安禅[4]。

【注释】

1 不住天:虚静无常之天。2 寄:《全唐诗》校:"一作倚。"3 惘:《全唐诗》校:"一作寂。"4 谁能二句:《全唐诗》校:"一作三车将五马,若个合安禅。"解金印:辞高官。

❖惠义寺送王少尹赴成都（得峰字）

【题解】

广德元年(763)春作于梓州作。王少尹当为成都府少尹。杜甫在惠义寺与王少尹送别,拈韵作诗得峰字。首联就韵字写远山,颔联写惠义寺建筑,颈联写王少尹上路情景,尾联抒惜别之情。

【正文】

茸茸谷中寺，娟娟林表峰[1]。
阑干上处远，结构坐来重[2]。
骑马行春径，衣冠起晚钟。
云门青寂寂，此别惜相从[3]。

【注释】

1 茸茸：草盛貌。娟娟：清秀妩媚貌。林表：林梢，林外。2 阑干：指山路上所设之护栏。结构：谓建筑物。此指惠义寺。3 云门：山门，寺院的大门。青：《全唐诗》校："一作春。"此别句：意谓惜不与之偕行。

✣惠义寺园送辛员外

【题解】

广德元年（763）春末作于梓州。辛员外名升之，陇西狄道人。乾元、上元间，累迁祠部员外郎，转司勋员外郎，因称辛员外。当时杜甫从阆州返回梓州，在惠义寺与之话别。前二句写惠义寺之宜人，樱桃正值成熟季节，望着城外的良田令人想起苏秦的感慨。后二句写从此一别，天各一方，无穷思念，岂能尽于短暂的离席之间乎。

【正文】

朱樱此日垂朱实，郭外谁家负郭田[1]。
万里相逢贪握手，高才仰望足离筵[2]。

【注释】

1朱樱：樱桃之一种，成熟时呈深红色，故称。负郭田：靠近城郭的良田，代指田产，语出《史记·苏秦列传》，苏秦感慨道："且使我有洛阳负郭田二顷，吾岂能佩六国相印乎。" 2足：尽。离筵：送别的筵席。

❖又送

【题解】

广德元年（763）春末作于梓州，写作时间紧接前诗。杜甫不忍与辛员外遽别，又并马相送辛至绵州（今四川省绵阳市），并在送别筵宴上写下这首《又别》。据诗意知，辛员外从涪江下游乘舟来梓州，稍事应酬之后，又骑马去绵州，杜甫一路相送；五六句说，昨日你从水路来，可惜未与你一起坐船，今天我伴你并马同行，不想回去了。依依惜别之情，流露于字里行间。

【正文】

双峰寂寂对春台，万竹青青照客杯[1]。
细草留连侵坐软[2]，残花怅望近人开。
同舟昨日何由得，并马今朝未拟回[3]。
直到绵州始分首[4]，江边树里共谁来。

【注释】

1照：《全唐诗》校："一作送。" 2留连：绵延。此句谓柔软的细草一直绵延到座席下。3未拟回：未准备返回。4分首：离别。

数陪李梓州泛江有女乐在诸舫戏为艳曲二首赠李

【题解】

广德元年（763）作于梓州。李梓州，《全唐诗》校："（李）一作章。"即章彝，当年为梓州刺史。"女乐"即歌舞伎。在这样兵荒马乱的时代，地方官该享乐照样享乐，竟有这样多的女乐，歌于清江之上，舞于旷野之前，而且是一而再，再而三，使诗人"数陪"。杜甫感到这种情景十分滑稽，所以"戏为艳曲"二首，并借汉乐府调侃主人，不要过于忘形。

【正文】

一

上客回空骑[1]，佳人满近船。
江清歌扇底，野旷舞衣前。
玉袖凌风并，金壶隐浪偏。
竟将明媚色，偷眼艳阳天。

二

白日移歌袖，清霄近笛床。
翠眉萦度曲，云鬓俨分行[2]。
立马千山暮，回舟一水香。
使君自有妇，莫学野鸳鸯[3]。

【注释】

1上客：贵宾。2度曲：按曲谱歌唱。俨：整齐貌。3使君二句：语出汉乐府《陌上桑》："使君自有妇，罗敷自有夫。"

❖送何侍御归朝

【题解】

广德元年（763）春作于梓州。原注"李（《全唐诗》校：一作章。）梓州泛舟筵上作。""侍御"，唐代殿中侍御史、监察御史皆称侍御，见赵璘《因话录》。这首诗是杜甫在梓州刺史章彝宴上，送别何侍御归朝之作。前四写送别情景，后四写惜别的情怀。眼看别人归朝，而自己无望，诗人心里的失落感可想而知。

【正文】

　　舟楫诸侯饯，车舆使者归[1]。
　　山花相映发，水鸟自孤飞。
　　春日垂霜鬓，天隅把绣衣[2]。
　　故人从此去[3]，寥落寸心违。

【注释】

1诸侯：州郡长官相当于古之诸侯。此指李（章）梓州。使者：指何侍御。2天隅：天边。此指梓州。绣衣：指何侍御。3故人：指何侍御。去：《全唐诗》校："一作远。"

行次盐亭县聊题四韵奉简严遂州蓬州两使君咨议诸昆季

【题解】

广德元年（763）春作于自梓州至盐亭县时。"严遂州"指遂州刺史严震，"严蓬州"指蓬州刺史严砺，严震族弟，历官至兴元尹，兼御史大夫，山南西道节度使。"昆季"意即兄弟。这两位严使君皆出自严武家族，所以诗中盛赞道："全蜀多名士，严家聚德星。"

【正文】

马首见盐亭，高山拥县青[1]。
云溪花淡淡，春郭水泠泠[2]。
全蜀多名士，严家聚德星[3]。
长歌意无极，好为老夫听。

【注释】

1盐亭：盐井井架，双关县名。2淡淡：《全唐诗》校："一作漠漠。"泠泠：清凉貌。3聚德星：比喻贤士相聚。东汉名士陈寔从诸子侄造访荀淑父子，于时德星聚，太史奏："五百里内有贤人聚。"事见《异苑》卷四。

✤ 倚杖

【题解】

广德元年（763）春作于盐亭县。杜甫倚杖溪边观景，因生活安定心情很好，所以回忆去年，转觉凄凉。

【正文】

看花虽郭内[1]，倚杖即溪边。
山县早休市，江桥春聚船。
狎鸥轻白浪[2]，归雁喜青天。
物色兼生意，凄凉忆去年。

【注释】

1 内：《全唐诗》校："一作外。" 2 狎：《全唐诗》校："一作野。"

✤ 巴西驿亭观江涨呈窦使君三首

【题解】

广德元年（763）作于绵州。"窦使君"（《全唐诗》校："一作窦十五使君。"）指绵州刺史窦某。这三首诗，原分作二首和一首，诗题相同，《杜臆》谓此三诗乃同时作，故合并同一题下。三首诗皆观潮有感，虽然并没有涉及时事，诗人的博大心胸却显露无遗。

【正文】

一

转惊波作怒,即恐岸随流。
赖有杯中物,还同海上鸥[1]。
关心小剡县,傍眼见扬州[2]。
为接情人饮,朝来减半愁[3]。

二

向晚波微绿[4],连空岸脚青。
日兼春有暮[5],愁与醉无醒。
漂泊犹杯酒,踟蹰此驿亭[6]。
相看万里外,同是一浮萍[7]。

三

宿雨南江涨[8],波涛乱远峰。
孤亭凌喷薄,万井逼舂容[9]。
霄汉愁高鸟,泥沙困老龙。
天边同客舍,携我豁心胸。

【注释】

1杯中物:指酒。海上鸥:兼关《列子·黄帝》有海上鸥防范人类之典。2关心二句:谓此地江涨之景俨然可比剡县、扬州。关心,犹言留意。剡县:王徽之雪夜访戴处,典出《世说新语·任诞》。3接:会合。情人:感情深厚的友人。此指窦使君。半:《全唐诗》校:"一作片。"4向晚:傍晚。5日兼句:谓日与春皆有暮时。6踟蹰:踯躅,徘徊不进。7浮萍:喻漂泊者。8南江:指流经绵州的涪江。9舂容:用力撞击。此借言洪水冲击之状。

❖陪王汉州留杜绵州泛房公西湖

【题解】

广德元年（763）春作于汉州（今四川省广汉市）。"王汉州"是汉州刺史王某。"杜绵州"即杜甫的族孙杜济，宝应中为绵州刺史。"房公西湖"在汉州城西北角，为房琯任汉州刺史时所凿（题注：房琯刺汉州时所凿）。杜甫由绵州到汉州，陪王、杜二刺史泛舟房公西湖，而作此诗。首联写游湖时逢房琯还朝，颔联想象房琯归舟时的情景，颈联借家乡美味写思乡之情，尾联写游艇搁浅的况味。游湖而忆房琯，不忘开湖人也。

【正文】

旧相恩追后[1]，春池赏不稀。
阙庭分未到[2]，舟楫有光辉。
豉化莼丝熟，刀鸣鲙缕飞[3]。
使君双皂盖[4]，滩浅正相依。

【注释】

1 旧相：房琯先曾为相，故云。恩追：指广德元年房琯由汉州刺史召拜刑部尚书。2 阙庭：朝廷。分未到：估计房公尚未到京，仍在途中。3 豉（chǐ）：即豆豉。莼：莼菜，春、夏季嫩叶可作蔬菜羹。陆机夸其家乡美味云："有千里莼羹，但未下盐豉耳。"见《世说新语·言语》。鲙：细切的鱼肉。4 双皂盖：指王汉州与杜绵州。皂盖，古代车上的黑色篷盖。《后汉书·舆服志上》载："中二千石、二千石皆皂盖，朱两轓。"后用为郡守（相当于唐代刺史）之称。

❖答杨梓州

【题解】

广德元年（763）作于汉州。"杨梓州"指新任梓州刺史杨某，经汉州而赴任所，先有诗相赠，杜甫写了这首诗作答。晋宋间人多谓从弟为阿戎，则杨梓州或是杜甫杨氏夫人的从弟（据陈贻焮《杜甫评传》），所以结句说："回船应载阿戎游。"

【正文】

闷到房公池水头[1]，坐逢杨子镇东州。
却向青溪不相见，回船应载阿戎游[2]。

【注释】

1房公池：当指房公西湖。2阿戎：《资治通鉴》卷一四一注："晋、宋间人，多谓从弟为阿戎，至唐犹然。"

❖得房公池鹅

【题解】

广德元年（763）作于汉州。汉州刺史王某将房公湖上养的一群鹅送给杜甫，杜甫甚喜，就写了这首诗相答谢。唐张彦远《法书要录》载："王羲之性好鹅，山阴县道士养好者十余，王往求市易。道士言府君若能自屈书《道德经》（一说《黄庭经》）各两章，便合群以奉。羲之住半日，为写毕，笼鹅而归。"唐人写鹅，大都会想到这个关于王羲之的典故，成为一个现成思路。

【正文】

房相西亭鹅一群[1]，眠沙泛浦白于云。
凤凰池上应回首，为报笼随王右军[2]。

【注释】

1 房相西亭：指房公西湖边亭子。2 凤凰池：指宰相职位，此指房公西湖。王右军：即王羲之。

❖ 舟前小鹅儿

【题解】

广德元年（763）作于汉州，与前诗为同时所作。题下原注："汉州城西北角官池作。"官池即房公湖。这首诗表现了杜甫对小鹅儿的喜爱之情，结尾说日暮客散，小鹅儿怎敌狐狸侵袭？浦起龙认为"狐狸"影射群盗，可备一说。

【正文】

鹅儿黄似酒，对酒爱新鹅[1]。
引颈嗔船逼，无行乱眼多[2]。
翅开遭宿雨，力小困沧波。
客散层城暮，狐狸奈若何。

晓看红湿处，花重锦官城。录此
放已润月去岑寫

【注释】

1 鹅儿二句：据《方舆胜览》卷五四《汉州》载："鹅儿酒，乃汉中酒名，蜀中无能及者。"新鹅：即小鹅儿。2 无行：谓鹅儿行止杂乱，不成行列。

❖官池春雁二首

【题解】

广德元年（763）春作于汉州。"官池"即汉州城西池。第一首借春雁自譬，第二首据杨伦说："详其语意似是为房公，言欲其早退以为善全之计，盖救时虽急，正惟恐复遭谗妒也。"（《杜诗镜铨》）

【正文】

一

自古稻粱多不足，至今鸂鶒乱为群[1]。
且休怅望看春水，更恐归飞隔暮云。

二

青春欲尽急还乡，紫塞宁论尚有霜[2]。
翅在云天终不远，力微矰缴绝须防[3]。

【注释】

1 鸂鶒：水鸟名，俗称紫鸳鸯。2 紫塞：北方边塞。晋崔豹《古今注·都邑》载"秦筑长城，土色皆紫，汉塞亦然，故称紫塞焉。"3 矰缴

（zēngzhuó）：系有丝绳的短箭，用以射鸟。语出汉高祖刘邦《鸿鹄歌》："虽有矰缴，尚安所施。"

❖投简梓州幕府兼简韦十郎官

【题解】

广德元年（763）作于汉州。杜甫以诗代简，向梓州幕府诸公及韦十郎官问候致意，同时嗔怪他们久不通信，不希望朋友关系疏远。是一首即兴遣怀之作。

【正文】

幕下郎官安稳无，从来不奉一行书。
固知贫病人须弃[1]，能使韦郎迹也疏。

【注释】

1 固：《全唐诗》校："一作不。"人须弃：《全唐诗》校："一作关何事。"

❖短歌行送祁录事归合州因寄苏使君

【题解】

广德元年（763）春末作于梓州。"短歌行"为乐府古题。"录事"即录事参军事，州郡佐吏。"合州"治所在今重庆市合川区，因涪江与嘉陵江于此汇合而得名。时杜甫由汉州返回梓州，逢祁录事将归合州，遂写这首诗为其送行，并代问苏刺史，告以将东下过境，当趋前拜会于江楼。

【正文】

前者途中一相见，人事经年记君面[1]。
后生相动何寂寥，君有长才不贫贱[2]。
君今起柂春江流，余亦沙边具小舟[3]。
幸为达书贤府主，江花未尽会江楼[4]。

【注释】

1 经年：经过一年以上。2 后生：晚辈。动：《全唐诗》校："一作劝。"长才：高才。3 柂：同"舵"。起柂：开船。江：涪江。具小舟：时杜甫亦有备船沿涪江下峡之意。4 贤府主：指苏使君。江花未尽：即春天未尽。江楼：据《方舆胜览》载："江楼在合州州治之前，钓鱼山、学士山、巫山横其前，下临汉水（嘉陵江）。"

❖送韦郎司直归成都

【题解】

广德元年（763）春作于梓州。"司直"为太子官属，主管检举东宫官僚和卫队。参见《通典·职官十二》。从这首诗的首二句可知，韦司直也是从长安避难而到成都的，他经过梓州要到成都去，杜甫写了这首诗送他。首联写同病相怜，颔联写滞留梓州，颈联写客中送别，尾联嘱托韦司直到成都后去草堂看看。

【正文】

窜身来蜀地[1]，同病得韦郎。
天下干戈满，江边岁月长[2]。
别筵花欲暮，春日鬓俱苍[3]。
为问南溪竹，抽梢合过墙[4]。

【注释】

1窜身：逃窜藏身。2江：涪江。3日鬓：《全唐诗》校："一作鬓色。"4南溪：即浣花溪。合：应。

✤寄题江外草堂

【题解】

广德元年（763）作于梓州。题下原注："梓州作，寄成都故居。""江外草堂"即成都草堂，"江"指涪江。这首诗是杜甫在梓州思念成都草堂所作，当是寄给幼弟杜占的。诗中回顾了修建成都草堂之始末，"诛茅初一亩，广地方连延。经营上元始，断手宝应年"，结尾特别表达了对手种的四棵小松树的惦记。

【正文】

我生性放诞，雅欲逃自然[1]。
嗜酒爱风竹，卜居必林泉[2]。
遭乱到蜀江，卧疴遣所便[3]。
诛茅初一亩，广地方连延[4]。
经营上元始，断手宝应年[5]。

敢谋土木丽，自觉面势坚[6]。
台亭随高下，敞豁当清川[7]。
虽有会心侣[8]，数能同钓船。
干戈未偃息[9]，安得酣歌眠。
蛟龙无定窟，黄鹄摩苍天[10]。
古来达士志[11]，宁受外物牵。
顾惟鲁钝姿，岂识悔吝先[12]。
偶携老妻去，惨澹凌风烟。
事迹无固必，幽贞愧双全[13]。
尚念四小松，蔓草易拘缠。
霜骨不甚长[14]，永为邻里怜。

【注释】

1放诞：狂傲不羁。雅：常。逃自然：藏身自然，即隐居山林。2风：《全唐诗》校："一作修。"林泉：山林泉石。3卧疴：卧病。4诛茅：剪除杂草。方：《全唐诗》校："一作必。"5经营：规划创业。断手：结束，竣工。肃宗乾元二年（759）十二月，杜甫至成都。上元元年（760），乃建草堂之始；宝应元年（762），乃草堂全部完工之时。6坚：《全唐诗》校："一作贤。"7台亭：《全唐诗》校："一作亭台。"敞豁：敞亮豁达。清川：指浣花溪。8会心侣：知心朋友。干戈：指徐知道之乱。杜甫以避徐知道之乱离草堂。9偃息：休止。10黄鹄：鸟名，即天鹅。11达士志：《全唐诗》校："一作贤达士。"12顾：念。惟：思。鲁钝：笨拙，迟钝。悔吝：犹悔恨。13幽贞：隐居而洁身守正。14霜骨：松树，因不畏寒霜故称。

送王十五判官扶侍还黔中（得开字）

【题解】

广德元年（763）夏作于梓州。时逢王十五判官陪侍母亲还故乡黔中（即黔州，治所在今重庆市彭水县）归养，杜甫为之送别，座中赋诗拈得开字韵，于是写下这首七律。因为王判官是送母归养，故诗中用了古代孝行的典故，十分贴切。颈联从孝行说到才经战乱满目疮痍的国家，更需要杰出的人才，是对王判官的赞赏和期许。最后表达惜别之意。

【正文】

大家东征逐子回，风生洲渚锦帆开[1]。

青青竹笋迎船出，日日江鱼入馔来。

离别不堪无限意，艰危深仗济时才。

黔阳信使应稀少[2]，莫怪频频劝酒杯。

【注释】

1 大家东征：东汉才女曹大家（班昭）《东征赋》："维永初之有七兮，余随子乎东征。"锦帆：船的美称。2 黔阳：即黔州。

✤ 陪章留后侍御宴南楼（得风字）

【题解】

广德元年（763）夏作于梓州。"章留后侍御"指章彝。去年六月，严武被召还朝，以章彝为东川节度留后。今夏章彝为梓州刺史兼侍御史，充东川节度留后。诗当作于是时。"南楼"在梓州。这首诗是杜甫陪宴章彝时，因席间谈及去年以来边患不断，心境欠佳，席间赋诗拈得风字，写下了这首宴饮及忧念时事的五言古诗。

【正文】

绝域长夏晚[1]，兹楼清宴同。
朝廷烧栈北，鼓角漏天东[2]。
屡食将军第，仍骑御史骢[3]。
本无丹灶术[4]，那免白头翁。
寇盗狂歌外，形骸痛饮中。
野云低渡水，檐雨细随风。
出号江城黑[5]，题诗蜡炬红。
此身醒复醉，不拟哭途穷[6]。

【注释】

1绝域：极远之地。此指梓州。2朝廷二句：据两《唐书·肃宗纪》载：上元二年（761）二月，奴剌、党项、羌寇宝鸡，烧大散关。宝应元年（762）三月，党项寇梁州、凤州。漏天：地名，雅州西北有大小漏天，其地西接吐蕃境。漏，原作"满"，《全唐诗》校："一作漏。"据改。3将军：

指章彝，因其摄节度使，故称。御史骢：后汉桓典拜侍御史，常乘骢马，京师畏惮，见《后汉书·桓荣传》附《桓典传》。4丹灶术：道士炼丹之术。5出号：古时凡用兵下营及攻袭，就主帅取号，以备缓急相应。6哭途穷：用阮籍事，见《晋书·阮籍传》。

✤ 台上（得凉字）

【题解】

广德元年（763）夏作于梓州，与前诗写作时间相同。章彝初宴南楼，时有细雨，后来雨止月出，遂移席楼外城头瞭望台上，继续饮酒赋诗，杜甫拈得凉字，写下这首五律。杨伦说："前首借酒自遣，此首仍不免伤老。"（《杜诗镜铨》）

【正文】

改席台能迥[1]，留门月复光。

云行遗暑湿，山谷进风凉。

老去一杯足，谁怜屡舞长[2]。

何须把官烛，似恼鬓毛苍。

【注释】

1改席：谓初宴南楼，后移台上。2屡舞：屡次起舞。

陪章留后惠义寺饯嘉州崔都督赴州

【题解】

广德元年（763）夏在梓州作。"章留后"指章彝，详前。"嘉州"今四川乐山市。《旧唐山·地理志》载：乾元元年三月，升嘉州为中都督府。"惠义寺"在梓州郪县（今四川三台县）北长平山。见《方舆胜览》卷六二。杜甫写这首诗为崔都督饯别，诗中叙写了登览宴会的情景，及寺前惜别之情。

【正文】

中军待上客，令肃事有恒[1]。
前驱入宝地，祖帐飘金绳[2]。
南陌既留欢[3]，兹山亦深登。
清闻树杪磬，远谒云端僧[4]。
回策匪新岸[5]，所攀仍旧藤。
耳激洞门飙，目存寒谷冰。
出尘阅轨躅，毕景遗炎蒸[6]。
永愿坐长夏，将衰栖大乘[7]。
羁旅惜宴会，艰难怀友朋。
劳生共几何，离恨兼相仍。

【注释】

1中军：主将，指章彝。上客：尊贵的客人，指崔都督。令肃：号令肃严。指队伍出行。2前驱：前导。宝地：佛地，即惠义寺。祖帐：为出行者饯行时所设的帐幕。金绳：语出《法华经·譬喻品》："世界名离垢，清净无瑕秽，以琉璃为地，金绳界其道。"后多用作称美佛寺之词。3南陌：寺前设宴处。4树杪：树梢。云端僧：寺在山上，故僧如在云端。5匪新岸：旧岸，按杜甫登惠义寺，非止一次故云。6出尘：佛家语，谓超出世俗之外。阒：关闭。轨：车行之迹。毕景：日影已尽。炎蒸：酷暑。7大乘：佛家语，对小乘而言，比喻修行法门为乘大车，故名。

❖喜雨

【题解】

广德元年（763）春作于梓州。原注"时闻浙右多盗"。这首诗为久旱逢雨而作，诗中对巴蜀人民为天灾人祸所困扰而一发同情之慨叹，对浙东的农民起义则抱有敌视的态度，这是作者站在统治阶级立场所固有的局限。但从全诗来看，诗人的一片济世苦心仍见真切动人。

【正文】

春旱天地昏，日色赤如血。
农事都已休，兵戈况骚屑[1]。
巴人困军须，恸哭厚土热[2]。
沧江夜来雨，真宰罪一雪[3]。
谷根小苏息，沴气终不灭[4]。
何由见宁岁，解我忧思结。
峥嵘群山云[5]，交会未断绝。
安得鞭雷公，滂沱洗吴越[6]。

【注释】

1骚屑：纷扰貌。2巴人：巴蜀百姓。军须：军需。恸哭：痛哭。厚土：大地。3沧江：指流经梓州的涪江。真宰：上苍。雪：洗雪。4苏息：复苏滋生。沴气：灾害不祥之气。5峥嵘：高峻貌。6滂沱：大雨貌。吴越：古代的吴国和越国，在今江浙一带。

❖述古三首

【题解】

广德元年（763）作于梓州，诗为代宗即位而作。"述古"即观古事以鉴今。第一首用寓言婉讽肃宗朝罢斥李泌等贤臣，伤贤士不遇。第二首讽当时理政者，言图治首在择相，相贤则以农为本，市利为末，并对秦法苛酷予以否定。第三首思念中兴诸将，主张以德泽收人心，而佐以武力。从中可见杜甫对朝政的关注及对民瘼的关心。

【正文】

一

赤骥顿长缨[1]，非无万里姿。
悲鸣泪至地，为问驭者谁[2]。
凤凰从东来，何意复高飞。
竹花不结实，念子忍朝饥[3]。
古时君臣合，可以物理推[4]。
贤人识定分[5]，进退固其宜。

二

市人日中集，于利竞锥刀[6]。
置膏烈火上[7]，哀哀自煎熬。
农人望岁稔[8]，相率除蓬蒿。
所务谷为本，邪赢无乃劳[9]。
舜举十六相[10]，身尊道何高。
秦时任商鞅，法令如牛毛[11]。

三

汉光得天下，祚永固有开[12]。
岂惟高祖圣，功自萧曹来[13]。
经纶中兴业，何代无长才[14]。
吾慕寇邓勋[15]，济时信良哉。
耿贾亦宗臣，羽翼共裴回[16]。
休运终四百，图画在云台[17]。

【注释】

1赤骥：骏马名，周穆王八骏之一。顿：抖动。长缨：驾车时套在马颈上的长革带。2悲鸣句：语本《后汉书·杨震传》："俯仰悲鸣，泪下沾地。"为问：为此而问。3竹花句：相传凤凰食竹实。子：凤雏。4物理：事物的常理。5定分：定命。6市人：市民，买卖人。日中：正午。锥刀：喻细微之利。语出《左传·昭公六年》："刀锥之末，将尽争之。"7膏：油脂。《庄子·人间世》："膏火自煎也。"8岁稔（rěn）：丰收年景。9邪：用不正当的手段获利。10十六相：传说中十六位有才能的大臣，即八元八恺的合称。《左传·文公十八年》："舜以为天子，以其举十六相，去四凶也。"11商鞅：《史记·商君列传》载：商鞅相秦，封商君。辅佐秦孝公变法，使秦国富强。牛毛：喻繁密。12汉光：指汉光武帝刘秀，为汉高祖刘邦九世孙，更始三年即帝位，定都洛阳，是为东汉。参见《后汉书·光武帝纪》。祚：皇位。13高祖：刘邦。萧曹：指西汉开国功臣萧何和曹参。14经纶：整理丝缕，理出丝称经，编丝为绳称纶。引申为筹划治理国家大事。长才：高才。15寇邓：指辅佐汉光武中兴的功臣寇恂和邓禹。16耿贾：耿弇与贾复，亦为光武中兴的功臣。宗臣：人所宗仰的大臣。羽翼：羽翼在鸟身两侧，故以喻在君王左右辅佐的大臣。裴回：同徘徊。17休运：犹盛世。四百：指刘汉有天下四百年。云台：汉宫中高台名。《后汉书·马武传论》："永平中，显宗追感前世功臣，乃图画二十八将于南宫云台，其外又有王常、李通、窦融、卓茂，合三十二人。"

❖章梓州水亭

【题解】

广德元年（763）秋作于梓州。"章梓州"即章彝，时为梓州刺史。题下原注："时汉中王兼道士席谦在会，同用荷字韵。""汉中王"李瑀，详前注。"席谦"吴郡人，梓州肃明观道士，善弈棋。这首诗描写杜甫与章彝、李瑀、席谦三人相会于水亭，饮酒赋诗为乐的情景。

【正文】

城晚通云雾，亭深到芰荷[1]。
吏人桥外少，秋水席边多。
近属淮王至，高门蓟子过[2]。
荆州爱山简[3]，吾醉亦长歌。

【注释】

1芰荷：菱角、荷花。2淮王：此以西汉淮南王刘安喻汉中王李瑀。蓟子：即蓟子训，东汉末年人，有神异之道，事见《后汉书·方术传》及《神仙传》卷五。此喻席谦。3山简：字季伦，西晋名士，曾任青州刺史，此以喻章彝。

❖章梓州橘亭饯成都窦少尹（得凉字）

【题解】

广德元年（763）秋作于梓州。章彝在梓州橘亭为去成都上任的窦少尹（少尹是府尹的副职）饯别，宾主分韵时杜甫拈得凉字，于是写了这首七律为之送别。诗中希望窦少尹上任之后，取得显著政绩，造福一方。

【正文】

秋日野亭千橘香，玉盘锦席高云凉。
主人送客何所作，行酒赋诗殊未央。
衰老应为难离别，贤声此去有辉光。
预传籍籍新京尹，青史无劳数赵张[1]。

【注释】

1籍籍：形容声名甚盛。京尹：指成都少尹，至德二载（757），改蜀郡为成都府，又曰南京，置尹，故以京兆比之。赵张：西汉时，赵广汉、张敞相继为京兆尹，皆有治绩，吏民语曰："前有赵张，后有三王。"见《汉书》卷七六《赵尹韩张两王传》。

随章留后新亭会送诸君

【题解】

广德元年（763）作于梓州。"章留后"指章彝，详前注。杜甫出席章彝为多人举行的饯别宴会，席中交谈内容必涉及人事变迁，离情别绪，正所谓："人事有代谢，往来成古今。江山留胜迹，我辈复登临。"（孟浩然《与诸子登岘山》）所以诗人在结尾也提到羊公碑，有来之视今，亦犹今之视昔的感伤。

【正文】

新亭有高会，行子得良时[1]。
日动映江幕，风鸣排槛旗[2]。
绝荤终不改[3]，劝酒欲无词。
已堕岘山泪，因题零雨诗[4]。

【注释】

1 新亭：在梓州。高会：盛大宴会。行子：出行的人，即诗题之"诸君"。2 槛：四面加板的战船。3 绝荤：不吃肉食。4 岘山泪：岘山为襄阳名胜。羊祜镇守襄阳时，常登此山，置酒吟咏。祜卒后，襄阳百姓思其惠政，于岘山立庙建碑，岁时祭祀。望其碑者，莫不流涕，杜预因名为"堕泪碑"。事见《晋书·羊祜传》。零雨诗：谓送别之诗。典出孙楚《陟阳候送别》诗："晨风飘歧路，零雨被秋草。"

❖送窦九归成都

【题解】

广德元年（763）作于梓州。窦九或是窦少尹之子。杜甫写这首诗为之送别，前四句赞美窦九勤学多才。后四句勉励他到成都觐亲，当继续努力，结尾以玩笑的口气，希望他有机会到草堂看看，在竹子上题上诗句。

【正文】

文章亦不尽，窦子才纵横[1]。
非尔更苦节[2]，何人符大名。
读书云阁观，问绢锦官城[3]。
我有浣花竹[4]，题诗须一行。

【注释】

1 文章二句：意谓窦九之才并不尽在文章。2 苦节：坚守节操，矢志不渝。3 问绢：觐亲，典出《三国志·魏书·胡质传》裴注引晋孙盛《晋阳秋》："胡威字伯虎，少有志尚，厉操清白。质之为荆州也，威自京都省之……临辞，质赐绢一匹，为道路粮。威跪曰：'大人清白，不审于何得此绢？'质曰：'是吾俸禄之余，故以为汝粮耳。'"后用"问绢"作为人清慎之典，亦以咏归觐省亲。锦官城：即成都。4 浣花竹：浣花溪畔草堂之竹。

戏作寄上汉中王二首

【题解】

广德元年（763）秋作于梓州。题下原注："王新诞明珠。"杜甫听说汉中王李瑀在贬所蓬州（今四川省仪陇县南）新添贵子，遂写下这两首七绝表示祝贺。诗中杜甫设身处地，既为汉中王得此掌上明珠而感到高兴，又为他远谪蜀地表示同情。

【正文】

一

云里不闻双雁过，掌中贪见一珠新[1]。
秋风袅袅吹江汉，只在他乡何处人。

二

谢安舟楫风还起，梁苑池台雪欲飞[2]。
杳杳东山携汉妓，泠泠修竹待王归[3]。

【注释】

1 双雁：谓雁书，典出《汉书·苏武传》。掌中句：谓王新得掌上明珠。语见傅玄《短歌行》："昔君视我，如掌中珠。"江淹《伤爱子赋》："痛掌珠之爱子。" 2 谢安句：《晋书·谢安传》载：安尝与孙绰等泛海，去起浪涌，诸人并惧，安吟啸自若，犹去不止。风转急，安徐曰："如此将无归耶？"梁苑：西汉梁孝王刘武所建园林，亦名兔园。 3 携汉妓：《全唐诗》校："一作携妓去。"谢安居东山，每游赏，必携女妓。事见《世说新语·识鉴》。泠（líng）泠：清凉貌。

❖ 客旧馆

【题解】

广德元年（763）秋作于梓州。"旧馆"指杜甫在梓州所居馆舍。杜甫客居梓州，幸有许多社会交往，免于异乡的孤独。然深宵自处，感到归期无日，仍不免感到凄清，诗"可以怨"，这首诗就释放了杜甫的愁绪。

【正文】

陈迹随人事，初秋别此亭。
重来梨叶赤[1]，依旧竹林青。
风幔何时卷[2]，寒砧昨夜声。
无由出江汉[3]，愁绪月冥冥。

【注释】

1 重来：杜甫于是年初秋自梓州赴阆州，秋末又回到梓州。2 风幔：挡风的帷幕。3 江汉：指巴蜀之地。

❖ 有感五首

【题解】

广德元年（763）秋作于梓州。当杜甫忧念国事时，就从个人不幸中跳出来了，《有感五首》属于时事诗、政论诗。第一首诗质问当时藩镇不感君恩，不思报国。按广德元年（763）春安史之乱平定。仆固怀恩奏请朝廷以史朝义部将薛嵩、田承嗣、李怀仙等为河北诸镇节度使。朝廷只得委曲求全，养痈遗患。第二首忧虑唐王朝对国内的藩镇尚且不能节制，就不用说抵御吐蕃等外族的侵扰。诗中指明了时局症结之所在：河北虽平，道路已通，然诸侯不贡，唯有先息战养民才是攘外安内的根本。第三首诗表明诗人反对迁都洛阳之议，希望朝廷能力行俭约，减轻人民疾苦。并写出"不过行俭德，盗贼本王臣"这样振聋发聩、一针见血的警句。揭示了封建社会官逼民反的事实。第四首诗主旨在于建议朝廷分封宗藩以抑制不臣的藩镇。第五首表达杜甫的文治思想。认为唯有人主自律，"愿闻哀痛诏"，才有中兴的希望。

【正文】

一

将帅蒙恩泽，兵戈有岁年。
至今劳圣主，可以报皇天[1]。
白骨新交战，云台旧拓边[2]。
乘槎断消息，无处觅张骞[3]。

二

幽蓟馀蛇豕，乾坤尚虎狼[4]。
诸侯春不贡[5]，使者日相望。
慎勿吞青海，无劳问越裳[6]。
大君先息战，归马华山阳[7]。

三

洛下舟车入，天中贡赋均[8]。
日闻红粟腐，寒待翠华春[9]。
莫取金汤固，长令宇宙新[10]。
不过行俭德，盗贼本王臣。

四

丹桂风霜急，青梧日夜凋。
由来强干地，未有不臣朝[11]。
受钺亲贤往，卑官制诏遥[12]。
终依古封建，岂独听箫韶[13]。

五

盗灭人还乱，兵残将自疑[14]。
登坛名绝假，报主尔何迟。
领郡辄无色，之官皆有词。
愿闻哀痛诏，端拱问疮痍[15]。

【注释】

1将帅四句：谓开元、天宝以来，将帅深负皇恩，不知尽心报国，致使边境战祸不止，绵延至今。2云台：东汉洛阳南宫中高台名，代指朝廷。3乘槎二句：用张骞乘槎事，叹李之芳等出使吐蕃而被拘留之事。4幽蓟：幽州、蓟州。即今京津、河北北部及辽宁南部一带，当时为安史叛军巢穴。蛇豕：指安史余孽。虎狼：指吐蕃及诸藩镇。5诸侯：指李怀仙、田承嗣等人。6青海：谓吐蕃。越裳：指南诏。7大君：天子。归马句：指罢战休兵。语出《尚书·武成》："归马于华山之阳。"8洛下：即洛阳。天中：古人以洛阳为天下之中心。9日闻：经常听说。寒：此处指百姓。翠华：天子之旗。代指天子。句谓应散储粟以赈济穷民。10金汤：金城汤池，指洛阳。宇宙新：即百姓安居乐业。11强干：主干强壮，喻王室强大，中央集权巩固。不臣：不忠于君主。12受钺：大将出征接受天子所授的符节与斧钺。卑宫：居室简陋。《论语·泰伯》："禹吾无间然矣！菲饮食而致孝乎鬼神，恶衣服而致美乎黻冕，卑宫室而尽力乎沟洫。"制诏遥：谓王命远传，畅行无阻。13箫韶：舜乐名。语出《尚书·益稷》："箫韶九成，凤凰来仪。"14盗灭：指平定安史之乱。兵残：兵卒减少。将自疑：河北降将恣行割据。15哀痛诏：帝王的罪己诏书。语出《汉书·西域传赞》："（武帝）末年遂弃轮台之地，而下哀痛之诏。"端拱：端坐拱手。旧指帝王无为而治。疮痍：指民生疾苦。

✤棕拂子

【题解】

广德元年（763）夏秋作于梓州。"棕拂子"即用棕毛制作的拂尘，为拂除灰尘，赶走蚊蝇的器具。这是一首咏物诗，全诗托物寄意，言君子不弃旧交，委婉地发泄了诗人自己在政治上遭遇遗弃的委屈。

【正文】

棕拂且薄陋[1]，岂知身效能。
不堪代白羽[2]，有足除苍蝇。
荧荧金错刀，擢擢朱丝绳[3]。
非独颜色好，亦用顾盼称。
吾老抱疾病，家贫卧炎蒸[4]。

咂肤倦扑灭,赖尔甘服膺⁵。

物微世竞弃,义在谁肯征。

三岁清秋至,未敢阙缄藤⁶。

【注释】

1薄陋:微贱简陋。2白羽:白羽毛扇。3荧荧:闪光貌。金错刀:钱名。语出《汉书·食货志下》:"王莽更造大钱,又造错刀,以金错其文曰:'一刀直五千'。"朱丝绳:与金错刀皆为棕拂子上的饰物。4炎蒸:酷暑,燥热。5咂肤:指蚊蝇叮咬。服膺:甘心服务。6缄藤:用藤绳捆好收藏。

❖ 送陵州路使君赴任

【题解】

广德元年(763)秋作于梓州。"陵州"即今四川仁寿县。"路使君"指陵州刺史路某。自安史之乱以来,朝廷致力平叛,故居高位者皆行伍出身,作为"词人"(文士)的路某新任陵州刺史。杜甫认为这是个好事,所以写了这首送别诗为他祝福并期以重望,并流露出诗人对时局的忧念。

【正文】

王室比多难¹,高官皆武臣。

幽燕通使者,岳牧用词人²。

国待贤良急,君当拔擢新。

佩刀成气象,行盖出风尘³。

战伐乾坤破,疮痍府库贫。

众僚宜洁白，万役但平均[4]。

霄汉瞻佳士，泥途任此身[5]。

秋天正摇落，回首大江滨。

【注释】

1比：近来。《全唐诗》校："一作此。" 2岳牧：相传尧舜时有四岳、十二州牧分管政务和方国诸侯，合称岳牧。后用为刺史郡守的泛称。词人：文人。3行盖：指车盖。4万役：《全唐诗》校："一作物役。" 5霄汉：喻高位。佳士：指路使君。泥途：喻困厄。

❖ 送元二适江左

【题解】

广德元年（763）深秋作于梓州。"江左"指长江下游南岸地区，唐代属江南东道。"元二"名未详，《全唐诗》注云："一本原注，元结也。"据岑仲勉《唐人行第录》载："考次山集，未尝入蜀，亦未尝至江左，且与后注应孙吴科举不符。"（按末句原注："元尝应孙吴科举。"）元二要去江南，杜甫在梓州写了这首诗为他送行，诗中对乱后形成的藩镇割据局面感到担心，嘱咐友人一路保重多加小心。

【正文】

乱后今相见[1]，秋深复远行。

风尘为客日，江海送君情。

晋室丹阳尹，公孙白帝城[2]。

经过自爱惜，取次莫论兵[3]。

【注释】

1乱后：指天宝十四载（755）安禄山作乱以来。2晋室二句：以丹阳尹、公孙述喻指当时拥兵割据的藩镇。按晋成帝时，苏峻与祖约叛乱，攻陷京城，以祖约女婿许柳为丹阳尹（治所在今南京市）。见《晋书·苏峻传》。东汉初，公孙述自称白帝，将所据鱼复县改名为白帝城（在今重庆市奉节县东）。3取次：随便。

❖ 与严二郎奉礼别

【题解】

广德元年（763）作于阆州。"奉礼"即奉礼郎，属太常寺，从九品上，掌设君臣版位，以奉朝会、祭祀之礼。见《唐六典》卷一四。严二入京赴奉礼郎之，杜甫写了这首诗送别，诗中除抒写别情而外，还表现了对平叛时局的忧念。

【正文】

别君谁暖眼[1]，将老病缠身。
出涕同斜日，临风看去尘。
商歌还入夜，巴俗自为邻[2]。
尚愧微躯在，遥闻盛礼新[3]。
山东群盗散，阙下受降频[4]。
诸将归应尽，题书报旅人[5]。

【注释】

1暖眼：热情关怀。2商歌：悲歌，典出《淮南子·道应训》宁戚事。巴俗：谓巴地的百姓。阆州古为巴子国地，故云。3盛礼：盛大的礼仪，指下文所言受降典礼。盖严官奉礼郎，故联想及此。4山东：指崤山以东地区。群盗：谓诸叛将。阙下句：宝应元年（762）冬至广德元年春，安史余部张献诚、薛嵩、张忠志、李怀仙、田承嗣等先后归降，故云"受降频"。5归：归顺。题书：写信。旅人：作者自指。

九日

【题解】

广德元年（763）九月九日作于梓州。这是杜甫流寓梓州度过的第二个重阳节，登高望远，赏菊赋诗，更见感慨万千，包括漂泊异乡，老衰多病，寄人篱下，身经战乱，等等，一言难尽。全诗文字浅显，五味杂陈。仇兆鳌说："酒阑以后，忽忆骊山往事，盖叹明皇荒游无度，以致世乱路难也。"（《杜诗详注》）

【正文】

去年登高郪县北，今日重在涪江滨[1]。
苦遭白发不相放，羞见黄花无数新[2]。
世乱郁郁久为客，路难悠悠常傍人。
酒阑却忆十年事，肠断骊山清路尘[3]。

【注释】

1去年二句：诉说自己在梓州两度过重阳节。2黄花：菊花。3酒阑二句：

《杜臆》析曰:"天宝十四载(755)冬,公自京师赴奉先路经骊山,玄宗方幸华清宫,禄山反,然后回京,至此十年矣。"

❖薄游

【题解】

广德元年(763)晚秋作于阆州。"薄游"即薄暮之游。这首诗写诗人在阆中月夜随意游览即目所见及主观感受。

【正文】

淅淅风生砌[1],团团月隐墙。
遥空秋雁灭[2],半岭暮云长。
病叶多先坠[3],寒花只暂香。
巴城添泪眼[4],今夜复清光。

【注释】

1淅淅:此处指风声。《全唐诗》校:"一作渐渐。"砌:台阶的边沿。2遥:《全唐诗》校:"一作满。"灭:《全唐诗》校:"一作过。"3病叶:败残之叶。坠:《全唐诗》校:"一作堕。"4巴城:指阆州城。

❖薄暮

【题解】

广德元年(763)晚秋作于阆州。题意与前诗相近,诗写羁旅之苦和垂老悲秋之思，前四句写薄暮景色，后四句写故乡回不去，人生也回不去了。

【正文】

江水长流地，山云薄暮时[1]。

寒花隐乱草，宿鸟择深枝。

旧国见何日[2]，高秋心苦悲。

人生不再好，鬓发白成丝[3]。

【注释】

1长流：《全唐诗》校："一作最深。"薄暮：傍晚。2旧国：犹故国，故乡。3白：《全唐诗》校："一作自。"

❖阆州奉送二十四舅使自京赴任青城

【题解】

广德元年（763）作于阆州。"青城"唐县名，在今四川省都江堰市南。"二十四舅"姓崔，使蜀还京，旋出任青城（今四川省都江堰市）县令，途经阆州，与杜甫会面。杜甫写了这首诗送他，前四句用神话传说赞美其才能，后四句对他遭贬偏僻的际遇深表惋惜与同情。

【正文】

闻道王乔舄[1]，名因太史传。

如何碧鸡使，把诏紫微天[2]。

秦岭愁回马，涪江醉泛船[3]。
青城漫污杂[4]，吾舅意凄然。

【注释】

1 王乔：神话人物，相传为叶县令，用神术将尚方赐给郎官的鞋子变为两只野鸭，每逢朔望都会飞往京城朝见皇帝。杜光庭《王氏神仙传》云："王乔有三人：有王子晋王乔，有叶县令王乔，有食肉芝王乔，皆神仙，同姓名。"舄：鞋。2 碧鸡使：语出《汉书·郊祀志下》："或言益州有金马、碧鸡之神，可醮祭而致，于是遣谏大夫王褒使持节而求之。"颜师古注引如淳曰："金形似马，碧形似鸡。"把诏：手持诏书。紫微天：谓紫微垣，指代天子所居之处。3 秦岭：在长安南。此处代指长安。愁回马：意谓难以回京。4 污杂：指偏僻。

❖ 王阆州筵奉酬十一舅惜别之作

【题解】

广德元年（763）作于阆州。"十一舅"即崔十一，系崔二十四的兄长。他得知崔二十四将往青城赴任，前往探视，途经阆州，阆州刺史王某设筵饯别，杜甫在席间便作了这首五言排律为之送别。这首诗从秋声秋气写起，渐入别筵，话及时事，最后以沙头失侣的黄鹄收束，意极悲怆。

【正文】

万壑树声满，千崖秋气高。
浮舟出郡郭，别酒寄江涛[1]。

良会不复久，此生何太劳！
穷愁但有骨，群盗尚如毛[2]。
吾舅惜分手，使君寒赠袍[3]。
沙头暮黄鹄，失侣自哀号。

【注释】

1江：指嘉陵江，在阆州城西。2如毛：形容甚多。3使君：指王阆州。赠袍：《史记·范雎蔡泽列传》载：范雎始事魏中大夫须贾，被诬，惨遭毒打。后入秦，为相。须贾使秦，范雎穿破衣去见他，须贾哀之，曰："范叔一寒如此哉！"乃赐以一绨袍。后知范雎为秦相，大惧，肉袒膝行以请罪，雎曰："公之所以得无死者，以绨袍恋恋有故人之意，故释公。"

❖阆州东楼筵奉送十一舅往青城县（得昏字）

【题解】

广德元年（763）作于阆州，与前诗为同时所作。前诗为"奉酬"，当是酬和崔十一之作。此诗为"奉送"，乃席间宾主拈韵赋诗，杜甫拈得昏字，遂更作此诗相送，诗中多写临别情景，悲怆的情调与前诗同出一辙。

【正文】

曾城有高楼，制古丹臒存[1]。
迢迢百馀尺，豁达开四门[2]。
虽有车马客，而无人世喧[3]。
游目俯大江，列筵慰别魂[4]。

是时秋冬交，节往颜色昏[5]。
天寒鸟兽休[6]，霜露在草根。
今我送舅氏，万感集清尊。
岂伊山川间，回首盗贼繁[7]。
高贤意不暇，王命久崩奔[8]。
临风欲恸哭，声出已复吞。

【注释】

1曾城：高楼重叠的城市。曾，同层。丹臒：油漆用的颜料。丹为红色，臒为彩色。2迢迢：高貌。豁达：开通貌。3虽有二句：语本陶渊明《饮酒》诗："结庐在人境，而无车马喧。"4游目：目光转动，随意瞻望。大江：嘉陵江。别魂：指十一舅。5节：节气。颜色昏：黯淡无光。6休：《全唐诗》校："一作伏。"7盗贼：指仆固怀恩等叛贼。8王命：皇帝的命令。崩奔：山塌曰崩，水急曰奔，形容行役匆匆。

❖ 放船

【题解】

广德元年（763）作于从苍溪县（在阆州以北，今属广元市）回阆州途中。杜甫先从阆州送客去北面的苍溪县，去时骑马走陆路，时逢雨季，回程怕骑马打滑，便从嘉陵江顺流乘船返回。旅程不远，一路上观山望水，看到一片一片的橘柚林到了挂果的季节，心情感到非常愉快，于是写了这首诗纪行。

【正文】

送客苍溪县，山寒雨不开。
直愁骑马滑，故作泛舟回。
青惜峰峦过，黄知橘柚来。
江流大自在[1]，坐稳兴悠哉。

【注释】

1 大：《全唐诗》校："一作天。"

❖严氏溪放歌行

【题解】

广德元年（763）秋作于阆州。题下注："溪在阆州东百馀里。"据《华阳国志·巴志》记载，阆中"大姓有三狐、五马、蒲、赵、任、黄、严"，严氏溪当以族姓为名。这首诗是杜甫游严氏溪所作，诗中抒发了对长期漂泊生活的厌倦，表达了对接待他的严氏家族的主人的感激之情，和想归隐于此的向往之情。

【正文】

天下甲马未尽销，岂免沟壑常漂漂[1]。
剑南岁月不可度，边头公卿仍独骄[2]。
费心姑息是一役[3]，肥肉大酒徒相要。
呜呼古人已粪土，独觉志士甘渔樵[4]。
况我飘转无定所，终日戚戚忍羁旅[5]。
秋宿霜溪素月高[6]，喜得与子长夜语。

东游西还力实倦，从此将身更何许[7]。
知子松根长茯苓，迟暮有意来同煮[8]。

【注释】

1甲：《全唐诗》校："一作兵。"沟壑：山沟，借指野死之处或困厄之境。2边头句：指成都发生兵乱。边头：边塞。仍独：《全唐诗》校："一作何其。"3姑息：宽容。是一役：看作是一次劳役应付了事。4呜呼句：语出《曹共公不礼重耳而观骈胁》，其中僖负羁曰："玉帛酒食，犹粪土也。"见《国语·晋语四》。渔樵：渔人与樵夫，指隐士。5转：《全唐诗》校："一作蓬。"戚戚：忧虑貌。6宿：《全唐诗》校："一作夜。"霜：《全唐诗》校："一作清。"7东游西还：阆州在梓州东。此言东游阆州又欲西返梓州。何许：去往何处。8茯苓：菌类植物，寄生于山林松根，状如块球，入药。迟暮：即暮年。

✤愁坐

【题解】

广德元年（763）十月作于阆州。"高斋"指作者在阆州所居之斋。杜甫在这首诗中表达了他对时局主要是边患的忧念，和欲返回梓州的心情。

【正文】

高斋常见野，愁坐更临门。
十月山寒重，孤城水气昏[1]。
葭萌氐种迥，左担犬戎存[2]。

黄四娘家花满蹊 千朵万朵压枝低

终日忧奔走，归期未敢论。

【注释】

1 孤城：阆州城。葭萌：唐县名，属利州，故城在今四川广元市南。2 氐种：氐族，殷、周至南北朝时分布在陕西、甘肃、四川等地。左担：古山道名，在今甘肃文县东南至四川平武县东。《太平御览》卷一九五引《益州记》载：阴平县北有左担道，其路至险，自北来者，但在左肩，不得度右肩也。犬戎：指吐蕃。

警急

【题解】

广德元年（763）十月作于阆州。题下原注："时高公适领西川节度。"史载代宗即位后，吐蕃攻陷了陇右（今甘肃省南部），并渐逼长安。是冬，吐蕃陷京师，代宗幸陕州。又陷蜀之松、维、保三州。时高适尹成都练兵，临吐蕃南境以为牵制。这首诗表达了杜甫对唐王朝积弱，和亲政策不起作用感到遗憾，为吐蕃进犯时局艰危感到担忧。同时对高适的筹边寄予厚望。

【正文】

才名旧楚将[1]，妙略拥兵机。
玉垒虽传檄，松州会解围[2]。
和亲知拙计，公主漫无归[3]。
青海今谁得，西戎实饱飞[4]。

【注释】

1旧楚将：高適曾任扬州长史、淮南节度使，故称。2玉垒：山名，在都江堰市西，距成都不远处。檄：军书。松州：治所在今四川松潘县，地接吐蕃之境。3和亲二句：唐太宗曾以文成公主嫁吐蕃，中宗曾以金城公主嫁吐蕃，皆终不免吐蕃为寇，故云"拙计"。4西戎：指吐蕃。饱飞：以鹰为喻，饱则高飞，不可控制。

✤ 王命

【题解】

广德元年（763）秋作于阆州。"王命"即王朝命官。因吐蕃大举入侵，陇右尽失，蜀境形势严峻。杜甫写这首诗，站在蜀地百姓立场，表达了对朝廷派遣得力干将以保家卫国的殷切希望。

【正文】

汉北豺狼满，巴西道路难[1]。
血埋诸将甲，骨断使臣鞍[2]。
牢落新烧栈，苍茫旧筑坛[3]。
深怀喻蜀意[4]，恸哭望王官。

【注释】

1汉北二句：去年（762）吐蕃陷临洮，取秦、成、渭等州。今年，又取兰、河等州。陇右尽亡。其地皆在汉源西北。巴西：泛指蜀之西部。2使臣：广德元年四月，李之芳、崔伦出使吐蕃，被拘留。3牢落：零落貌。筑坛：用韩信事喻指严武。4喻蜀意：《汉书·司马相如传》载，唐蒙通夜郎，诛其渠帅，巴蜀大惊恐。武帝命相如使蜀，相如作《喻巴蜀檄》，说明唐蒙所为，非朝廷本意，巴蜀乃安。

❖征夫

【题解】

广德元年（763）冬作于阆州。时吐蕃围松州。"征夫"指被征召的战士。这首诗站在百姓立场，写吐蕃大军压境的情况下，西川形势的严峻，人民承受的兵役之重，形势不容乐观。

【正文】

十室几人在，千山空自多。
路衢唯见哭，城市不闻歌。
漂梗无安地，衔枚有荷戈[1]。
官军未通蜀，吾道竟如何[2]。

【注释】

1 漂梗：随水漂流的桃梗，语出《战国策·齐策》。衔枚：枚形如筷子，两端有带，可系于颈上。古代进军袭击敌人时，常令士兵衔在口中，以防喧哗。2 吾道：我所奉行的道，语出《论语》"吾道一以贯之"。

✤ 西山三首

【题解】

广德元年（763）作，时松州被围。题下原注："即岷山，捍阻羌夷，全蜀巨障。"本年，吐蕃陷松、维、保三城及云山新筑二城，高适不能救，于是剑南、西山诸州，亦入于吐蕃。杜甫对此深感忧虑，遂作此组诗。仇兆鳌说："公抱忧国之怀，筹时之略，而又洊逢乱离，故在梓阆间有感于朝事边防，凡见诸诗歌者，多悲凉激壮之语。而各篇精神焕发，气骨风神，并臻其极。此五律之入圣者，熟复长吟，方知为千古绝唱也。"（《杜诗详注》卷十二）

【正文】

一

夷界荒山顶，蕃州积雪边[1]。
筑城依白帝，转粟上青天[2]。
蜀将分旗鼓，羌兵助井泉[3]。
西戎背和好[4]，杀气日相缠。

二

辛苦三城戍，长防万里秋[5]。
烟尘侵火井[6]，雨雪闭松州。
风动将军幕，天寒使者裘。
漫山贼营垒，回首得无忧[7]。

三

子弟犹深入[8],关城未解围。
蚕崖铁马瘦,灌口米船稀[9]。
辩士安边策,元戎决胜威[10]。
今朝乌鹊喜[11],欲报凯歌归。

【注释】

1夷界、蕃州:松州为唐与吐蕃分界处。2白帝:神话中五天帝之一,为西方之神,主秋。《晋书·天文志上》:"西方白帝,白招矩之神也。"转粟:运粮。上青天:喻山路高峻。3羌兵:服属之夷(据《杜诗详注》)。井泉:《全唐诗》校:"一作铠铤。"4西戎:指吐蕃。5三城:当指松、维、保三州。长防句:古代北方每至入秋,边塞常发生战事,届时边军特别加强警卫,称为防秋。6火井:唐县名,属邛州,在今四川邛崃市西北。7贼营:《全唐诗》校:"一作成壁。"得:岂得。8子弟:指戍守西山的蜀中子弟。9灌口:镇名,在导江县(即灌县,今都江堰市旧名)西。米船稀:谓军粮匮乏。10元戎:主帅。11乌鹊喜:典出《禽经》:"灵鹊兆喜。"

✤对雨

【题解】

广德元年(763)秋作于阆州。在绵绵秋雨中,杜甫惦念时局,在诗中抒发了对吐蕃入侵,边防紧急而胜负未分的担忧。

【正文】

莽莽天涯雨,江边独立时。

不愁巴道路，恐湿汉旌旗[1]。

雪岭防秋急，绳桥战胜迟[2]。

西戎甥舅礼[3]，未敢背恩私。

【注释】

1汉旌旗：指唐军之旗。2雪岭：即岷山。防秋：详解见前文。此处指当时唐与吐蕃的战况。据《新唐书·代宗纪》载："广德元年七月，吐蕃陷陇右诸州。"绳桥：在茂州（今四川茂县）。3西戎：指吐蕃。甥舅礼：指吐蕃与唐约定的双边关系。唐太宗以文成公主嫁吐蕃赞普，自后吐蕃尊唐帝为舅，而自称为甥。

❖ 遣忧

【题解】

广德元年（763）十一月作于阆州。当年十月代宗出幸陕州，吐蕃入京师，焚烧一空。杜甫得知长安沦陷的消息，忧心如焚，遂作此诗以遣怀。

【正文】

乱离知又甚，消息苦难真。

受谏无今日，临危忆古人[1]。

纷纷乘白马，攘攘著黄巾[2]。

隋氏留宫室[3]，焚烧何太频。

【注释】

1受谏二句：张九龄曾力主杀安禄山以绝后患，玄宗不从。安史乱起，玄宗奔蜀，行次骆谷，谓高力士曰："吾听九龄之言，不至于此。"乃遣使祭之。事见两《唐书·张九龄传》及《剧谈录·广谪仙怨词》。《通鉴》卷二二二载，广德元年，郭子仪数上言："吐蕃、党项不可忽，宜早为之备。"代宗不从。及自陕还京，乃劳子仪曰："用卿不早，故及此。"代宗之不听子仪，犹明皇之不听九龄也。忆古人：《全唐诗》校："一作伤故臣。"2白马：用梁侯景作乱事。《梁书·侯景传》："童谣曰：'青丝白马寿阳来。'后景果然乘白马，兵皆青衣。"侯景是胡人，故以喻安、史。黄巾：东汉末年张角领导的农民起义军，头包黄巾，故称。3隋氏：指隋朝。隋亦都长安。

❖ 巴山

【题解】

广德元年（763）十一月作于阆州。阆州为古巴子国地，故称阆州之山为巴山。杜甫在阆州遇使者从陕州来，得知长安被吐蕃攻陷，代宗逃奔陕州，于是写下这首时事诗，一方面为天子感到担忧，一方面责备朝中文武大臣未能尽职。

【正文】

巴山遇中使，云自陕城来[1]。
盗贼还奔突，乘舆恐未回[2]。
天寒邵伯树，地阔望仙台[3]。
狼狈风尘里[4]，群臣安在哉。

【注释】

1中使：宫中使者，多由宦官充任。陕城：时代宗出奔陕州。《新唐书·地理志二》载，陕州之陕县（今河南三门峡市陕州区）有陕城宫。陕，原作"峡"，《全唐诗》校："一作陕。"据改。2盗贼：指吐蕃。乘舆：帝王的车驾，此指唐代宗。3邵伯：即召伯，亦即召公姬奭，周成王时，与周公分陕而治。《史记·燕召公世家》载："召公巡行乡邑，有棠树，决狱政事其下。"望仙台：汉武帝建，在华州华阴县（今陕西华阴市）。见《三辅黄图》卷五。4狼狈：形容艰难窘迫。

❖ 发阆中

【题解】

广德元年（763）冬末由阆州复归梓州时作。杜甫在阆州收到妻子自梓州寄来的书信，告知女儿生病，遂匆匆返回梓州，写下这首七言短古诗纪行。前四句写途中经历险境，天气也不好。后四句写离开阆中返回梓州的原因。六句的意思是心事重重，一路上虽有风景，但也无心观赏。

【正文】

前有毒蛇后猛虎，溪行尽日无村坞[1]。
江风萧萧云拂地，山木惨惨天欲雨。
女病妻忧归意速，秋花锦石谁复数[2]。
别家三月一得书，避地何时免愁苦[3]。

【注释】

1村坞：村庄。2速：《全唐诗》校："一作急。"秋花：此处指溪边野花。锦石：此处指溪中彩色的卵石。3得书：《全唐诗》校："一作书来。"避地：为避乱而流寓异乡。

❖ 赠裴南部

【题解】

广德元年（763）作于阆州。题下原注："闻袁判官自来，欲有按问。""裴南部"指南部县令裴某。南部属阆州，即今四川南部县。根据诗意，当是裴县令被告贪赃，袁判官从阆州前往查办。裴县令将此事告知杜甫，杜甫比较了解其为人，以其清节受诬，故代为辩解，希望袁判官明察事实，如实禀报，做出公断。

【正文】

尘满莱芜甑，堂横单父琴[1]。
人皆知饮水，公辈不偷金[2]。
梁狱书因上，秦台镜欲临[3]。
独醒时所嫉[4]，群小谤能深。
即出黄沙在[5]，何须白发侵。
使君传旧德，已见直绳心[6]。

【注释】

1莱芜甑：引范冉事。范冉字史云，汉桓帝时为莱芜长，居官清廉。《后汉书·独行传》称其"所止单陋，有时绝粒，穷居自若，言貌无改，闾里歌之曰：甑中生尘范史云，釜中生鱼范莱芜。'"单父琴：引宓子贱事。宓子贱治单父，弹鸣琴，身不下堂而单父治。典出《吕氏春秋》卷二一察贤。2饮水：据《晋书·良吏·邓攸传》："时吴郡阙守，人多欲之，帝以授攸。攸载米之郡，俸禄无所受，唯饮吴水而已。"偷金：据《史记·万石张叔列传》："塞侯直不疑者，南阳人也，为郎，事文帝。其同舍有告归，误持同舍郎金去，已而金主觉，妄意不疑，不疑谢有之，买金偿。告归者来而归金，而前郎亡金者大惭，以此称为长者。"3梁狱书：指邹阳《狱中上梁王书》，自辩其诬。秦台镜：传说秦始皇有一方镜，女子有邪心，照之则胆张心动。秦始皇常以照宫人，胆张心动者则杀之。事见《西京杂记》卷三。意谓明察秋毫，善于断狱。4独醒：语出《楚辞·渔父》："人皆醉我独醒。"5黄沙：黄沙狱，古时诏狱名。据《晋书·高光传》载："是时武帝置黄沙狱，以典诏囚。以光历世明法，用为黄沙御史，秩与中丞同。"6使君：当指阆州刺史。直绳：正直如绳墨。典出《晋书·李胤传》："迁御史中丞，恭恪直绳，百官惮之。"

✤冬狩行

【题解】

广德元年（763）冬作于梓州。"狩"指冬猎。题下原注："时梓州刺史章彝兼侍御史留后东川。"当时章彝率数千兵马之众在梓州城外搞了一次大规模狩猎活动，杜甫感到不妥，他认为国难当头，边防紧急，京师沦陷，像这样的精兵强将应该出现在国家最需要的地方，抵御吐蕃的侵略，以保天子的平安。全诗大段语似夸赞，"为我回辔擒西戎"以下六句，实含谲讽。

【正文】

君不见东川节度兵马雄，校猎亦似观成功[1]。

夜发猛士三千人，清晨合围步骤同[2]。

禽兽已毙十七八，杀声落日回苍穹[3]。

幕前生致九青兕，駞驼駞崒垂玄熊[4]。

东西南北百里间，髣髴蹴踏寒山空。

有鸟名鸜鹆[5]，力不能高飞逐走蓬。

肉味不足登鼎俎，何为见羁虞罗中[6]。

春蒐冬狩侯得同，使君五马一马骢[7]。

况今摄行大将权[8]，号令颇有前贤风。

飘然时危一老翁，十年厌见旌旗红[9]。

喜君士卒甚整肃，为我回辔擒西戎[10]。

草中狐兔尽何益，天子不在咸阳宫[11]。

朝廷虽无幽王祸，得不哀痛尘再蒙[12]。

呜呼，得不哀痛尘再蒙[13]。

【注释】

1东川节度：指章彝。时为东川节度留后。校猎：用军队围猎。2合围：从四面包围。步骤同：步调一致，配合严密。3落日回苍穹：用"鲁阳挥戈"典。力挽危局之意。《淮南子·览冥训》："鲁阳公与韩构难，战酣，日暮，援戈而之，日为之反三舍。"4幕：军帐。生致：活捉。青兕：古代犀牛类兽名。駞崒：高大貌。垂：挂。玄熊：黑熊。5鸜鹆（qúyù）：鸟名，能学人言，俗称八哥。6鼎：烹煮器物。俎：盛祭品的器物。见羁：被捕捉。虞罗：猎网。7春蒐：春季打猎。此句言《周礼》规定春蒐冬狩是天子的事，后来诸侯也可以做了。使君：此指章彝。五马：汉太守用五马驾车。一马骢：御史典，详前。8摄行：兼摄。大将权：指章彝兼东川留后，行节度使职权。9老翁：杜甫自指。旌旗红：指战事。10回辔：回马。西戎：吐蕃。11尽：捕绝。天子：指代宗。咸阳宫：秦代皇宫，借指唐长安宫。12幽王祸：公元前771年，周幽王被犬戎杀死在骊山下，西周亡。参见《史记·周本纪》。13得不：能不。尘再蒙：再蒙尘。当时代宗幸陕，诏征天下兵，无一人应召。

✤山寺

【题解】

广德元年（763）作于梓州。题下原注："得开字，章留后同游。"这首诗记叙杜甫陪同章彝同游山寺的情事，并借章彝布施修寺一事托讽，劝他像虔心奉佛一样，体恤军中将士，认为这样才称得上顾全大局的出群之才。

【正文】

野寺根石壁，诸龛遍崔嵬[1]。
前佛不复辨[2]，百身一莓苔。
虽有古殿存，世尊亦尘埃[3]。
如闻龙象泣，足令信者哀[4]。
使君骑紫马，捧拥从西来[5]。
树羽静千里，临江久裴回[6]。
山僧衣蓝缕，告诉栋梁摧。
公为顾宾徒，咄嗟檀施开[7]。
吾知多罗树，却倚莲华台[8]。
诸天必欢喜[9]，鬼物无嫌猜。
以兹抚士卒，孰曰非周才[10]。

穷子失净处，高人忧祸胎[11]。
岁晏风破肉[12]，荒林寒可回。
思量入道苦[13]，自哂同婴孩。

【注释】

1根：《全唐诗》校："一作限。"龛：石窟。崔嵬：有石的土山。2前佛：指露出石窟的佛像。3世尊：佛家对佛祖释迦牟尼的尊称。4龙象：佛家语。水行龙力最大，陆行象力最大，故言修行勇猛有力者为龙象。后因以称高僧。信者：信众。5使君：指章彝。捧拥：簇拥，形容随从之多。6树羽：树起翠羽装饰的旌旗。裴回：徘徊。7宾徒：《全唐诗》校："一作兵从。"咄嗟：犹言出口即办。檀施：有施，施主。8多罗树：佛经中的树名，即贝多树，其叶可供书写。参见《翻译名义集》卷三《林木》。莲花台：佛座，又称莲台。见唐道世《诸经要集》卷一三。9诸天：佛家谓三界（即欲界、色界、无色界）共有三十二天，总称诸天。欢喜：佛家语，即欢喜园。佛经称诸天入此园，皆生欢喜。参见《大智度论》卷八。10周才：弘济之才。11穷子：典出《法华经·信解品》："譬如有人，年既幼稚，舍父逃逝，长大复加困穷，父求不得。穷子赁，遇到父舍，受雇除粪，污秽不净。其父宣言：'尔是我子，今我财物，皆是子有。'穷子闻言，即大欢喜。"高人：超世俗的人。祸胎：祸害的苗头。语出汉枚乘《谏吴王书》："福生有基，祸生有胎。"12岁晏：年末。风破肉：意为寒风刺骨。13思量：思索，考虑。入道：出家为僧。

✤桃竹杖引赠章留后

【题解】

广德元年（763）冬作于梓州。"桃竹"，竹的一种，又名桃笙、桃枝竹，竹身密节实腹，犀理瘦骨，为拄杖良材。《元和郡县志》载，剑南道合州铜梁县铜梁山"出铜及桃枝竹"。"章留后"即章彝，详前注。章彝赠送杜甫两根桃竹杖，杜甫作了这首诗以表酬谢，并借题发挥，表达了希望重游东南的夙愿。朱鹤龄说："此诗盖借竹杖规章留后也。以踊跃为龙戒之，又以忽失双杖危之，其微旨可见也。"（《杜诗镜铨》卷十引）王嗣奭说："余谓：'老去诗篇浑漫与'是实话。广德以来之作，俱是漫兴。而得失相半，失之则浅率无味，得之则出神入鬼。如此等诗，俱非苦心极力所能至也。"（《杜臆》）

【正文】

江心蟠石生桃竹，苍波喷浸尺度足[1]。
斩根削皮如紫玉，江妃水仙惜不得[2]。
梓潼使君开一束[3]，满堂宾客皆叹息。
怜我老病赠两茎，出入爪甲铿有声[4]。
老夫复欲东南征，乘涛鼓枻白帝城[5]。
路幽必为鬼神夺，拔剑或与蛟龙争。
重为告曰：杖兮杖兮，尔之生也甚正直，
慎勿见水踊跃学变化为龙[6]。
使我不得尔之扶持，灭迹于君山湖上之青峰[7]。

噫，风尘澒洞兮豺虎咬人，忽失双杖兮吾将曷从[8]。

【注释】

1尺度：指适合做手杖的长度。2紫玉：玉名，古以为瑞物。江妃：传说中的仙女。见《列仙传》卷上。3梓潼：即梓州。使君：章彝。4两茎：两根。铿有声：言其坚劲。5老夫：杜甫自指。东南征：即离蜀出峡之意。鼓枻：摇动船桨。6化为龙：《神仙传》卷五载：壶公遣费长房归，以一竹杖与之曰："骑此得到家耳。"长房骑杖，转眼便到家。投竹杖于葛陂中，视之乃青龙耳。事又见《后汉书·方术传下》。7灭迹：不见踪影。君山：在今湖南岳阳市西洞庭湖中。8风尘：指战乱。澒洞：相连不断。豺虎：喻寇盗。曷从：何从。

❖将适吴楚留别章使君留后兼幕府诸公（得柳字）

【题解】

广德元年（763）十一月作于梓州。"吴楚"指今长江中下游地区。"章使君留后"指章彝，时为梓州刺史、东川节度留后。"幕府诸公"指东川节度府诸僚。这时杜甫已打定主意，准备离开梓州而往阆州，以便从嘉陵江乘船进入长江，实现重游吴楚的夙愿。本来由梓州取道涪江，亦可下合川经嘉陵江进入长江。其所以舍近求远，当是先见阆州刺史王某，当面告别并筹措盘缠。在离开梓州时，章彝召集幕府同僚为杜甫饯行，席间杜甫拈得柳字，遂写了这首诗与章彝并诸公留别。从去年七月初到梓州，历时一年四月，深受章彝及各方关照，今当远别，前路茫茫，怅怅恋恋，百端交集，形于笔端。

【正文】

我来入蜀门，岁月亦已久。
岂惟长儿童，自觉成老丑。
常恐性坦率，失身为杯酒。
近辞痛饮徒，折节万夫后[1]。
昔如纵壑鱼，今如丧家狗[2]。
既无游方恋[3]，行止复何有。
相逢半新故[4]，取别随薄厚。
不意青草湖，扁舟落吾手[5]。
眷眷章梓州[6]，开筵俯高柳。
楼前出骑马，帐下罗宾友。
健儿簇红旗，此乐或难朽。
日车隐昆崙[7]，鸟雀噪户牖。
波涛未足畏，三峡徒雷吼[8]。
所忧盗贼多，重见衣冠走[9]。
中原消息断，黄屋今安否[10]。
终作适荆蛮，安排用庄叟[11]。
随云拜东皇，挂席上南斗[12]。
有使即寄书，无使长回首。

【注释】

1折节：强自克制。2纵壑鱼：喻所至如意。语出汉王褒《圣主得贤臣颂》："沛乎若巨鱼纵大壑。"丧家狗：喻无所归依。语出《史记·孔子世家》："累累若丧家之狗。"3游方：僧人修行问道，周游四方。4新故：新朋与旧友。5青草湖：《元和郡县志》载，江南道岳州巴陵县："巴丘湖，又名青草湖，在县南七十五里，周迴二百六十五里。俗名古云梦泽也。"扁舟句:言久思下峡而今得遂愿。6眷眷:依恋貌。章梓州:章彝。7日车:太阳每日运行不息,故称。8三峡:长江三峡,即瞿塘峡、巫峡、西陵峡。9所忧二句:指安禄山、吐蕃两陷京师。衣冠:指士大夫,官绅。10黄屋:帝王乘车黄缯为盖,此指代宗,时在陕州。11荆蛮:古代泛称江南楚地。语见王粲《七哀诗》:"复弃中国去,委身适荆蛮。"安排:安心听任摆布。庄叟:庄子。此句诗典见《庄子·大宗师》:"安排而去化,乃入于寥天一。"12东皇:天神。挂席:扬帆。南斗:星宿名。此指吴地。《旧唐书·天文志》载:南斗在云汉之流,当淮海之间,为吴分。

❖ 早花

【题解】

广德元年(763)冬作于梓州。"早花"指腊月早开之花。此时,安史之乱刚结束,吐蕃攻陷长安,焚掠一空,唐代宗奔陕州。杜甫因得不到最新消息,甚为忧虑,写下了这首伤时忧民之作。诗中冬末春初眼前的山花怒放,与艰危的时局,形成鲜明对照,全诗以乐景衬哀情,表现了诗人的焦灼不安。王嗣奭说:"因吉报之迟,而伤花开之早;因花开早,又见光阴之迅速,有二意。'直苦风尘'顶前二句,'谁忧客鬓'顶中四句,总前作结;非不忧其老,因忧主之危而不暇及也。"(《杜臆》)

【正文】

西京安稳未,不见一人来。
腊日巴江曲[1],山花已自开。
盈盈当雪杏[2],艳艳待春梅。

直苦风尘暗,谁忧容鬓催[3]。

【注释】

1腊日:古时腊祭之日,农历腊月初八。巴江:涪江,或嘉陵江。2盈盈:仪态美好貌。3风尘:喻战乱。容:《全唐诗》校:"一作客。"

❖ 岁暮

【题解】

广德元年(763)年底作于梓州。这首诗写在年终,以开篇首二字命题。首联言自己避地西蜀,中原战事未了,没想边隅仍有战争。徐知道叛乱刚平,而吐蕃之侵袭又至,战乱似永无宁日。颔联具体写吐蕃侵蜀之事,前句写雪岭写吐蕃,后句写梓州写唐军,一远一近,对仗工整。颈联既指吐蕃入侵以来的情况,又是对安史之乱以来时局的高度概括。尾联言捐躯有志,而报国无门。全诗表现了诗人对时局的忧念,对当局的失望和谴责,及其不被朝廷重用、壮志难酬的苦闷。

【正文】

岁暮远为客,边隅还用兵[1]。
烟尘犯雪岭,鼓角动江城[2]。
天地日流血,朝廷谁请缨[3]。
济时敢爱死[4],寂寞壮心惊。

【注释】

1边隅句：指广德元年吐蕃攻陷松州（今四川松潘县）、维州（今四川理县东北）和保州（今属西藏）。2雪岭：岷山，靠近维州。江城：指梓州。3请缨：请求任务，《汉书·终军传》："南越与汉和亲，乃遣军使南越，说其王，欲令入朝，比内诸侯。军自请：'愿受长缨，必羁南越王而致之阙下。'"4敢：岂敢。

❖江陵望幸

【题解】

广德元年（763）冬作于阆州。上元初吕諲曾奏请荆州置南都，于是更号江陵府（详前《建都十二韵》注）。此时杜甫听说代宗欲巡幸江陵，故有此作。诗中描写江陵形势，及当地百姓盼望天子幸临的心情。

【正文】

雄都元壮丽，望幸欻威神[1]。
地利西通蜀，天文北照秦[2]。
风烟含越鸟，舟楫控吴人。
未枉周王驾，终期汉武巡[3]。
甲兵分圣旨，居守付宗臣[4]。
早发云台仗，恩波起涸鳞[5]。

【注释】

1雄都：指江陵，时为南都。欻（xū）：忽然。2天文句：江陵楚地分星翼、轸二宿,在秦地分星之南,而北照秦之分野。3周王驾:周穆王曾打算周行天下,让所有的地方都有他的车辙马迹。事见《左传·昭公十二年》。汉武巡:元封五年(前106)冬,汉武帝曾巡狩南方,至于南郡(即江陵)。事见《汉书·武帝纪》。4甲兵句:言卫伯玉奉圣旨统兵镇守江陵。居守句:言郭子仪为西京留守。宗臣:指郭子仪。5云台仗:指天子的仪仗。语见庾信《哀江南赋》:"非无北阙之兵,犹有云台之仗。"涸鳞:涸泽之鱼。

❖舍弟占归草堂检校聊示此诗

【题解】

广德元年(763)冬作于梓州。杜甫的幼弟杜占去了成都草堂,察看后给杜甫写信报告情况,杜甫就给他写了这首诗作回信。前四句写杜占归草堂,代为打整旧居。五六句叮嘱弟弟注意安全,因为乱后社会治安堪忧,所以财产要清点,门要关好。七八句是杜甫嘱咐弟弟把东林种的竹子,趁腊月间予以补栽。却没有说到自己回不回成都。

【正文】

久客应吾道,相随独尔来[1]。
孰知江路近[2],频为草堂回。
鹅鸭宜长数,柴荆莫浪开[3]。
东林竹影薄,腊月更须栽。

【注释】

1久客:杜甫自谓。吾道:我所奉行的道,语出《论语》:"吾道一以贯之。"独尔来：杜甫之弟颖、观、丰各在他乡，唯占从杜甫入蜀。2孰知：熟悉。江路：浣花溪边的路。3柴荆：柴门。浪：随便。

❖巴西闻收宫阙送班司马入京二首

【题解】

广德二年（764）春作于巴西（县名，址在今四川绵阳市东北）。第二首题一作《送司马入京》，《杜诗详注》将二诗合题为《巴西闻收宫阙送班司马入京二首》。杜甫漂泊在川北巴西时，遇到故人班某回京，感到十分羡慕，回想起过去经历和在长安的故人，不禁悲从中来，发而为诗。

【正文】

一

闻道收宗庙，鸣銮自陕归[1]。
倾都看黄屋，正殿引朱衣[2]。
剑外春天远，巴西敕使稀[3]。
念君经世乱，匹马向王畿[4]。

二

群盗至今日，先朝忝从臣[5]。
叹君能恋主，久客羡归秦。
黄阁长司谏，丹墀有故人[6]。
向来论社稷，为话涕沾巾。

【注释】

1鸣銮：装在轭首或车衡上的铜铃，代指帝王车驾。陕：陕州，治所在今河南三门峡市。2黄屋：黄缯车盖，亦借指帝王之车。朱衣：指侍从之臣。3剑外：指四川剑阁以南地区。敕使：皇帝的使者。4王畿：此处指长安。5群盗句：《新唐书·代宗纪》载，广德元年十月吐蕃陷京师，代宗奔陕，未几郭子仪复京师，十二月车驾返京。先朝：指肃宗朝。从臣：侍从之臣。作者自指，谓其在肃宗朝曾为左拾遗。6黄阁：唐时门下省称黄阁，左拾遗属门下省。丹墀：宫殿中的赤色台阶。故人：谓旧日同为谏官者。

❖伤春五首

【题解】

广德二年（764）春作于阆州。题下原注："巴阆僻远，伤春罢，始知春前已收宫阙。"代宗于上年冬还京，杜甫至春始得信息。这五首诗为感伤时事而作，是一组很有分量的作品。诗中家国之恨，身世之悲，一齐涌出，一气呵成，足见诗人词气之盛，笔力之健。王嗣奭说："五首皆感春色而伤朝廷之乱也。公诗凡一题数首，必有次第，而脉理相贯；此不然，总哀乘舆播越，而时不去心，有触即发，非一日之作，故语不嫌其重复也。"（《杜臆》）

【正文】

一

天下兵虽满，春光日自浓。
西京疲百战，北阙任群凶[1]。
关塞三千里，烟花一万重。

蒙尘清路急[2]，御宿且谁供。
殷复前王道，周迁旧国容[3]。
蓬莱足云气，应合总从龙[4]。

二

莺入新年语，花开满故枝。
天青风卷幔，草碧水通池。
牢落官军速[5]，萧条万事危。
鬓毛元自白，泪点向来垂。
不是无兄弟，其如有别离[6]。
巴山春色静，北望转逶迤[7]。

三

日月还相斗，星辰屡合围[8]。
不成诛执法[9]，焉得变危机。
大角缠兵气，钩陈出帝畿[10]。
烟尘昏御道，耆旧把天衣[11]。
行在诸军阙，来朝大将稀[12]。
贤多隐屠钓[13]，王肯载同归。

四

再有朝廷乱[14]，难知消息真。
近传王在洛[15]，复道使归秦。
夺马悲公主，登车泣贵嫔[16]。
萧关迷北上，沧海欲东巡[17]。
敢料安危体，犹多老大臣。

岂无嵇绍血，沾洒属车尘[18]。

五

闻说初东幸，孤儿却走多[19]。
难分太仓粟，竞弃鲁阳戈[20]。
胡虏登前殿，王公出御河[21]。
得无中夜舞，谁忆大风歌[22]。
春色生烽燧，幽人泣薜萝[23]。
君臣重修德，犹足见时和[24]。

【注释】

1西京：长安。疲百战：谓长安屡陷。群凶：指吐蕃与叛将高晖、王献忠等。2蒙尘：皇帝出逃在外。3殷复句：指殷高宗精图治，复先王之政，致殷中兴。见《史记·殷本纪》。周迁：指周平王东迁于洛邑。洛邑本周公所营建、故曰"旧国"。4蓬莱：唐宫名，即大明宫，在长安。应合句：典出《易经·乾卦》："云从龙，风作虎，圣人作而万物睹。"比喻事物之间的相互感应。5牢落：稀疏零落貌。6其如：奈何、无奈。7逶迤：弯弯曲曲延续不绝状。8日月句：谓战乱征兆。见《晋书·天文志》：数日俱出如斗，天下起兵大战。星辰句：谓帝王遭难征兆。见《晋书·天文志中》。9执法：星名。《星经》谓其主刑狱之人、即内常侍官。此指宦官程元振。广德元年（763），元振专权，诸将有功，皆欲害之。10大角：星名，象征天子。钩陈：星名，象征天子六军。11天衣：御衣。12行在：天子外出时所驻之地。此指陕州。诸军阙、大将稀：谓扈从之兵将稀少。13屠钓：相传吕尚微时曾屠牛于朝歌，垂钓于渭滨。14再有句：指玄宗一度失国后，代宗再度失国。15近传句：代宗幸陕后，程元振曾有迁都洛阳之议。16夺马二句：用典借喻代宗仓皇出逃之状。见《通鉴》卷一五四："高欢自晋阳出滏口，道逢北乡长公主自洛阳来，有马三百匹，尽夺而易之。"《晋书·成帝纪》载：咸和三年（328），苏峻逼迁天子，帝哀泣升车，宫中恸哭。17萧关：位于宁夏固原市原州区东南。东巡：秦始皇即位后，曾东巡海上。谓代宗欲幸江陵之传闻。18嵇绍血：典见《晋书·嵇绍传》：惠帝北征，王师败绩于荡阴。嵇绍以身捍卫，兵交御辇，绍遂被害，血溅帝服。属车：皇帝的侍从之车。19东幸：指代宗幸陕。孤儿：指羽林孤儿。从军死事者之子，养于羽林，教以五兵，故称。20太仓：京城粮仓。鲁阳戈：此指兵器，典出《淮南子·览冥训》："鲁阳公与韩构难，战酣日暮，援戈而撝之，日为之反三舍。"21胡虏二句：借喻吐蕃陷长安。《晋书·载记·刘聪》载：永嘉五年（311），刘曜、王弥等攻陷洛阳入南宫，登太极前殿，王公百官以下三万余人被害于洛水。22中夜舞：《晋书·祖逖传》载：祖与刘琨共寝，中夜闻荒鸡鸣，逖曰："此非恶声也。"因共起舞。大风歌：刘邦平定天下后，还故乡沛，悉召故人父老子弟宴饮。酒酣，刘邦自击筑，作《大风歌》。见《史记·高祖本纪》。23幽人：隐居不仕者。诗人自称。薜萝：薜荔，女萝。24时和：天下太平。

送李卿晔

【题解】

广德二年（764）春作于阆州。李晔是唐宗室太郑王房淮安忠公李琇之子，官至刑部侍郎，曾因忤旨被肃宗贬谪岭南。这首诗是李晔由阆州返长安，杜甫送别之作。诗中借送李晔归京，表达了诗人身处僻地对朝廷的向往之心。

【正文】

王子思归日，长安已乱兵[1]。

沾衣问行在，走马向承明²。
暮景巴蜀僻，春风江汉清。
晋山虽自弃，魏阙尚含情³。

【注释】

1王子：李晔为宗室，故称。长安句：指广德元年（763）十月，吐蕃陷京师，代宗逃往陕州。2行在：皇帝出行时所驻之地。此指陕州。承明：汉殿名，在长安未央宫。殿旁有承明庐，为侍臣值宿所居。3晋山：指春秋时晋人介子推隐居之介山，又名绵山，在山西介休市东南。此以介子推自喻。魏阙：皇宫门前两边的楼观。代指朝廷。

❖城上

【题解】

广德二年（764）春作于阆州。题一作《空城》。这首诗写初春登上阆州城楼，无心赏景，抒发了对京城被吐蕃攻陷，代宗出奔的哀伤。按代宗广德元年（763）十月避吐蕃行幸陕州，不久郭子仪收复京师，十二月代宗还京。二年春杜甫尚不知驾还，故诗中有此悬念。

【正文】

草满巴西绿，空城白日长¹。
风吹花片片，春动水茫茫。
八骏随天子，群臣从武皇²。
遥闻出巡守，早晚遍遐荒³。

【注释】

1巴西：指阆州。空城：时松、维、保三州陷落，城中人皆逃亡，故云。2八骏：传说周穆王有八骏，此指皇帝车骑。武皇：汉武帝，代指代宗。3巡守：天子外出巡视。早晚：几时。遍遐荒：遍布荒野。

❖天边行

【题解】

广德二年（764）作于阆州。诗为七言短古，取篇首二字为题。这首诗写大风天气中，杜甫面对嘉陵江滔滔江水，想到连年战乱，接连不断，亲人消息断绝，自己年纪越来越大，苦难盼不到头，不禁失声痛哭的情景。

【正文】

天边老人归未得，日暮东临大江哭[1]。
陇右河源不种田，胡骑羌兵入巴蜀[2]。
洪涛滔天风拔木，前飞秃鹙后鸿鹄[3]。
九度附书向洛阳，十年骨肉无消息[4]。

【注释】

1天边老人：作者自称。大江：嘉陵江。2陇右：陇右道，辖境约在今甘肃陇山以西，青海东北部和新疆东部地区。河源：郡名，在今青海境内。不种田：指沦陷于吐蕃。吐蕃为游牧民族，不尚种田。胡骑：指吐蕃。羌兵：指党项羌、浑奴剌等少数民族。入巴蜀：据《资治通鉴》卷二二三载："广德元年十二月，吐蕃陷松、维、保三州，及云山、新筑二城。"3秃鹙：鸟名，似鹤而大，青苍色，头项无毛。4九度：极言其多。附书：捎信。十年：指自天宝十四载（755）安史乱算起已十年。

❖ 收京

【题解】

广德二年（764）春作于阆州。《新唐书·代宗纪》载：广德元年（763）十月，郭子仪复京师；十二月，车驾至自陕州。到本年春季，杜甫始闻其事。《全唐诗》校："京"下一本有"阙"字。这首诗写得知收京，心中稍得安稳，感觉却依然沉重。

【正文】

复道收京邑，兼闻杀犬戎[1]。
衣冠却扈从，车驾已还宫[2]。
克复成如此，安危在数公[3]。
莫令回首地，恸哭起悲风。

【注释】

1复道：又道。至德二载（757）收京，此又收京，故云。犬戎：指吐蕃。《资治通鉴》卷二二三载：广德元年十一月，吐蕃退至凤翔，镇西节度使马璘赴难，身先士卒，单骑奋击，"俘斩千计而归"。2却：还。车驾：指代宗一行。3克复：攻克收复。数公：指郭子仪、马璘等。

✦ 释闷

【题解】

广德二年（764）春作于阆州。这是一首忧念时局的遣怀之作。前四句叙事为一段，写天宝乱后，长安二次陷落，唐代宗奔陕避难事，概括力很强，语含议论，为全诗总纲。中间四句夹叙夹议为一段，反映满目疮痍的社会现实，推想天子的复杂心态，提醒群公尽职尽责。最后四句为一段，诗人针对时局，提出自己的主张，正言致升平之道。全诗叙事、议论、抒情相结合，充分表达了诗人忧国忧民的博大情怀。

【正文】

四海十年不解兵，犬戎也复临咸京[1]。
失道非关出襄野，扬鞭忽是过湖城[2]。
豺狼塞路人断绝[3]，烽火照夜尸纵横。
天子亦应厌奔走，群公固合思升平[4]。
但恐诛求不改辙，闻道孽能全生[5]。
江边老翁错料事[6]，眼暗不见风尘清。

【注释】

1 十年：谓自天宝十四载（755）安史乱算起至此十年。犬戎：指吐蕃。咸京：秦都咸阳。此指长安。2 失道：迷失道路。襄野：襄城之野。襄城即今河南襄城县。语出《庄子·徐无鬼》："黄帝将见大隗乎具茨之山，至于襄城之野，七圣皆迷，无所问途。"湖城：即今安徽芜湖，"扬鞭过湖城"句典出

《晋书·明帝纪》：王敦屯兵芜湖，准备叛乱。晋明帝微服出行，暗察王敦营垒。王敦命人追赶，明帝将七宝鞭交路旁一老妇，驰马而去。追赶之人见七宝鞭，轮流传看，遂止而不追。3豺狼：指吐蕃入寇及各地叛军。4群公：当朝诸大臣。5诛求：责令征效赋税。改辙：改变旧政。孽嬖：指宦官程元振。《旧唐书·程元振传》载：元振专权乱政，朝野共愤，致使吐蕃侵犯长安时下诏征兵，各地都不响应，代宗狼狈出奔。太常博士柳伉上疏请斩元振，代宗仅削其官爵，放归故里。6江：嘉陵江。老翁：杜甫自称。错料事：事出意料之外。

❖忆昔二首

【题解】

广德二年（764）春作于阆州。诗取首二字为题，名曰忆昔，实为讽今。第一首讽肃宗信任宦官李辅国和宠惧妃子张良娣，致使纲纪坏而国政乱，目的在于警戒代宗不要走肃宗的老道；第二首回忆玄宗开元盛世，目的在于鼓舞代宗应致力于安国兴邦恢复往日的繁荣。

【正文】

一

忆昔先皇巡朔方，千乘万骑入咸阳[1]。
阴山骄子汗血马，长驱东胡胡走藏[2]。
邺城反覆不足怪，关中小儿坏纪纲[3]，
张后不乐上为忙[4]。
至今今上犹拨乱，劳身焦思补四方[5]。

我昔近侍叨奉引，出兵整肃不可当[6]。
为留猛士守未央，致使岐雍防西羌[7]。
犬戎直来坐御床，百官跣足随天王[8]。
愿见北地傅介子，老儒不用尚书郎[9]。

二

忆昔开元全盛日，小邑犹藏万家室[10]。
稻米流脂粟米白，公私仓廪俱丰实[11]。
九州道路无豺虎[12]，远行不劳吉日出。
齐纨鲁缟车班班，男耕女桑不相失[13]。
宫中圣人奏云门[14]，天下朋友皆胶漆。
百馀年间未灾变，叔孙礼乐萧何律[15]。
岂闻一绢直万钱，有田种谷今流血。
洛阳宫殿烧焚尽，宗庙新除狐兔穴[16]。
伤心不忍问耆旧，复恐初从乱离说。
小臣鲁钝无所能，朝廷记识蒙禄秩[17]。
周宣中兴望我皇，洒血江汉身衰疾[18]。

【注释】

1 先皇巡朔方：指至德元年（756）肃宗即位灵武。灵武原为朔方节度使治所。咸阳：代指长安。2 阴山：在今内蒙古西北部，唐代属安北都护府，回纥所在地。骄子：此指回纥兵。汗血马：西域产宝马。东胡：指叛军安庆绪。胡走藏：指安庆绪逃奔河北。3 邺城反覆：指乾元元年（758）冬，唐九节度使兵围安庆绪于邺城，史思明先降再叛，引兵救援安庆绪，唐军溃败，洛阳再度失陷。关中小儿：指李辅国。纪纲：王朝的法制。4 张后：指肃宗后妃张良娣。上：肃宗。5 今上：当今皇上，指代宗。劳身焦思：形容为某事忧心苦思。语本《史记·夏本纪》:"禹伤先人父鲧功之不成受诛,乃劳身焦思,居外十三年,过家门不敢入。"6我昔近侍:指肃宗初年,任左拾遗事。奉引:侍奉接引。出兵句:言当时代宗以广平王拜天下兵马元帅,治军有方,势不可当,先后收复两京。7猛士:指郭子仪。此句言代宗即位后,听信宦官程元振的谗言,夺子仪兵权,留在长安,结果凤翔一带兵力薄弱,受到吐蕃侵扰的威胁。未央:汉宫名,在长安。此喻唐宫。岐雍:岐为岐州,雍为岐州故治,在今陕西凤翔。西羌:指吐蕃。8犬戎:古代西方种族名。此指吐蕃。此句言广德元年(763)十月,吐蕃东掠,代宗逃奔陕州,长安第二次沦陷。8跣足:赤脚。天王:指代宗。9傅介子:西汉北地人,汉昭帝时,出使楼兰国,斩其王首归,悬之北阙。参见《汉书·傅介子传》。老儒:杜甫自称。尚书郎:语出《木兰诗》:"可汗问所欲,木兰不用尚书郎。"10开元:唐玄宗年号。小邑:小县城。藏:拥有。万家室:极言户口繁多。11仓廪:粮仓。藏谷称仓,藏米称廪。12豺虎:喻强盗。13齐纨鲁缟:齐鲁(今山东一带)生产的丝织品。纨是白熟绢,缟是白生绢。班班:众车声。不相失:各得其所,夫妇相守不失。14圣人:唐人对皇帝的称呼。云门:乐舞名。《周礼·春官·大司乐》:"舞《云门》以祀天神。"15百馀年:指唐王朝开国到开元末,共一百多年。叔孙:指叔孙通。汉高帝时为博士,为汉王朝制定了各种礼仪。参见《汉书·礼乐志》。萧何:汉代开国功臣。他在秦法的基础上,编制了汉律九章。参见《汉书·刑法志》。16宗庙:皇帝家庙。狐兔穴:狐兔,此处指吐蕃。语出颜之推《古意二首》:"狐兔穴宗庙。"17小臣:杜甫自称。记识:记住。蒙禄秩:禄是俸禄,秩是官职。指诗人被补京兆功曹,未赴。18周宣:周宣王。宣王承厉王之乱,复兴周室,史称"宣王中兴"。我皇:指代宗。江汉:指巴蜀地区。

香露晚涛急鸟飞迟堂低远烽螫丹上斜景雪峰两阶围猎岳高他乡水鼓声江堞今秋宽逆岳雀鸟啼

杜甫生诗 風之 书

✤ 阆山歌

【题解】

广德二年（764）作于阆州。杜甫在阆中时间不长，创作诗篇不少。这首《阆山歌》专咏阆山之胜，前六句叙景，叙述当地清明祭祀活动的盛况，及山势之险峻。后二句表达诗人在参加阆中清明节的祭祖活动中，仍然在牵挂着不稳定的中原局势，表现了诗人忧国爱民之情，同时也表达了暂住阆山的兴趣。

【正文】

阆州城东灵山白，阆州城北玉台碧[1]。
松浮欲尽不尽云，江动将崩未崩石[2]。
那知根无鬼神会，已觉气与嵩华敌[3]。
中原格斗且未归，应结茅斋著青壁[4]。

【注释】

1灵山：在阆州城东北十里，相传蜀王鳖灵登此山，因以得名。参见《新唐书·地理志》。玉台：山名，在阆州城北七里，上有玉台观，唐滕王李元婴所造。2欲尽不尽云：即薄云。将崩未崩石：即危石。3根：山根。鬼神会：鬼神的呵护。气：气象。嵩华：中岳嵩山与西岳华山。4中原格斗：指安史之乱及藩镇叛乱。应结句：言想傍着阆山石壁构筑草堂。茅斋：草堂。青壁：指阆山石崖。

❖ 阆水歌

【题解】

广德二年（764）作于阆州。"阆水"即嘉陵江流经阆州的一段，又名阆中水。这一段江水南流抵锦屏山北行，复绕灵山南行，呈天然八卦形。阆州城三面临水，风景极佳。杜甫这首诗以"阆水"为题，诗中描绘了石黛碧玉、日破浪花、沙际归春、巴童荡桨、水鸡衔鱼等嘉陵江景物，表现了阆中城南独特的风景，同时也表达了作者对阆水之胜的喜爱之情。

【正文】

嘉陵江色何所似，石黛碧玉相因依[1]。
正怜日破浪花出，更复春从沙际归[2]。
巴童荡桨歌侧过，水鸡衔鱼来去飞[3]。
阆中胜事可肠断，阆州城南天下稀[4]。

【注释】

1 石黛：即石墨，青黑色。相因依：相融合。2 怜：可爱。沙际：岸边。岸草先绿，故春似从沙际而归。3 巴童：巴地的儿童。阆中古属巴国，故云。水鸡：水鸟名，鱼鹰之类。4 胜事：美景。可肠断：言极其可爱。天下稀：阆州城南三里有锦屏山，号为天下第一。参见《大清一统志》之四川保宁府。

✤赠别贺兰铦

【题解】

广德二年（764）春作于阆州。"贺兰铦（xiān）"是杜甫的友人，这时要离开阆州而赴湖南、江浙一带，杜甫就写了这首诗相赠，诗中赞美其人甘守清贫，而不趋炎附势的志士之节，同时也抒发了与朋友离别的感伤。

【正文】

  黄雀饱野粟，群飞动荆榛[1]。
  今君抱何恨，寂寞向时人。
  老骥倦骧首，苍鹰愁易驯[2]。
  高贤世未识[3]，固合婴饥贫。
  国步初返正，乾坤尚风尘[4]。
  悲歌鬓发白，远赴湘吴春[5]。
  我恋岷下芋，君思千里莼[6]。
  生离与死别，自古鼻酸辛。

【注释】

1荆榛：灌木丛。2骧首：昂首。苍：《全唐诗》校："一作饥。"驯：驯服。3高贤：高人贤士，指贺兰铦。4国步：国家的命运。返正：由乱而治，由邪归正。此指代宗由陕返京。风尘：指吐蕃及各地叛乱尚未平息。5湘吴：湖南、江浙。泛指长江中下游地区。6岷下芋：指大芋头。因芋头从地里挖出来时，皮色深褐，且带有茸毛，远看像鸱鸟蹲踞，于是古人称芋头为"蹲鸥"。典出《史记·货殖列传》卷一二九："唯卓氏曰：'此地狭薄。吾闻汶山之下，沃野，下有蹲鸱，至死不饥。民工于市，易贾。'"唐张守节《史记正义》释曰："汶音岷。蹲鸱，芋也。"千里：湖名，在今江苏溧阳市。莼：多年生水草，可作汤菜。典出《世说新语·言语》："陆机诣王武子，武子前置数斛羊酪，指以示陆曰：'卿江东何以敌此？'陆云：'有千里莼羹，但未下盐豉耳！'。"据此，贺兰铦似为吴人而游蜀者，故云"君思"。

❖江亭送眉州辛别驾升之（得芜字）

【题解】

广德二年（764）春作于阆州。"江亭"在嘉陵江边。"眉州"即今四川眉山市。"辛昇之"前文称辛员外，陇西狄道人。历官祠部员外郎、司勋员外郎、眉州别驾。大历中，官至都官郎中。事见《元和姓纂》卷三，《唐郎官石柱题名考》卷八、卷二二。这是一首送别诗，前四句叙饯别之事，后四句叙临别之景和离别之怀。

【正文】

柳影含云幕，江波近酒壶。
异方惊会面，终宴惜征途。
沙晚低风蝶，天晴喜浴凫[1]。
别离伤老大，意绪日荒芜。

【注释】

1 凫：野鸭。

江亭王阆州筵饯萧遂州

【题解】

广德二年（764）春作于阆州。"王阆州"指阆州刺史王某。"萧遂州"乃遂州刺史萧某，时过阆州去遂州，即今四川遂宁市。王刺史为之饯行，杜甫作陪，遂作此诗为之送别。前四句流露出乡思之情，后四句对王、萧二人加以恭维，说他们为官会给地方带来吉兆。

【正文】

离亭非旧国，春色是他乡。

老畏歌声断，愁随舞曲长。

二天开宠饯，五马烂生光[1]。

川路风烟接，俱宜下凤皇[2]。

【注释】

[1] 二天：喻官吏不徇私情，秉公办事。东汉冀州刺史苏章巡视部属时，宴请故人清河太守，太守高兴地说："人皆有一天，我独有二天。"事见《后汉书·苏章传》。此指王阆州。五马：五马太守的代称。此指遂州。[2] 下凤皇：喻深得人心。典出《汉书》卷八九《循吏列传·黄霸》："霸以外宽内明得吏民心，户口岁增，治为天下第一。徵守京兆尹，秩二千石。坐发民治驰道不先以闻，又发骑士诣北军马不适士，劾乏军兴，连贬秩。有诏归颍川太守官，以八百石居治如其前。前后八年，郡中愈治。是时凤皇神爵数集郡国，颍川尤多。"

陪王使君晦日泛江就黄家亭子二首

【题解】

广德二年(764)正月晦日(每月最后的一天)作于阆州。"王使君"(使君是汉代对太守的称谓)即阆州刺史王某。这天滞留在阆州的杜甫陪王使君泛舟嘉陵江,登览黄家亭子,写下这两首诗纪游。浦起龙评:"二诗俱上半写景,下述携妓,结归自己。"(《读杜心解》)冶游本来是为了消忧,但二诗各以"愁""伤"字作结,可见诗人的郁闷并没有得到消除。

【正文】

一

山豁何时断,江平不肯流。
稍知花改岸,始验鸟随舟。
结束多红粉[1],欢娱恨白头。
非君爱人客,晦日更添愁。

二

有径金沙软,无人碧草芳。
野畦连蛱蝶[2],江槛俯鸳鸯。
日晚烟花乱,风生锦绣香。
不须吹急管[3],衰老易悲伤。

【注释】

1结束：装束，打扮。2蛱蝶：大蝴蝶，翅膀赤黄色，有黑纹。3急管：急促的管乐。

❖泛江

【题解】

广德二年（764）春作于阆州，与前两首当是同时所作。首联写嘉陵江面宽阔平静，颔联写泛舟时长，颈联写妓乐表演，尾联思念长安。写法与前二首如出一辙。

【正文】

方舟不用楫[1]，极目总无波。
长日容杯酒[2]，深江净绮罗。
乱离还奏乐，飘泊且听歌。
故国流清渭[3]，如今花正多。

【注释】

1方舟：两船相并。2长日：平时，经常。3故国：故乡，指长安故园。

❖暮寒

【题解】

广德二年（764）春作于阆州。这首诗的诗意与前几首相续，写傍晚时分所见景色，最后两句由眼前忆及多年前的盛大宴会，及宴会上乐妓演奏琴瑟的情景，不胜今昔之慨。

【正文】

雾隐平郊树，风含广岸波。
沉沉春色静，惨惨暮寒多。
戍鼓犹长击，林莺遂不歌。
忽思高宴会，朱袖拂云和[1]。

【注释】

1 朱袖：红袖，指乐妓。云和：指琴瑟。《周礼·春官·大司乐》："孤竹之管，云和之琴瑟。"

❖游子

【题解】

广德二年（764）春作于阆州。这首诗表现了诗人对久滞蜀中心生厌倦，亟欲出峡东游，更不愿返还成都，因为岁月不饶人，神仙不可期。

【正文】

巴蜀愁谁语，吴门兴杳然[1]。
九江春草外，三峡暮帆前。
厌就成都卜，休为吏部眠[2]。
蓬莱如可到，衰白问神仙[3]。

【注释】

1吴门：苏州的别称。2成都卜：用严君平事，此句表明不拟返还草堂。吏部眠：用晋毕卓事。晋毕卓为吏部郎，比舍郎酿熟，卓夜至其瓮间盗饮，为掌酒者所缚。明旦视之，乃毕吏部。卓遂引主人饮于瓮侧，致醉而去。见《晋书》本传。3蓬莱：传说中的海上神山。

❖滕王亭子二首

【题解】

广德二年（764）春作于阆州。题下原注："在玉台观内，王调露（679—680）中任阆州刺史。""滕王"乃唐高祖之子李元婴。始都督洪州，数犯宪章，徙授隆州（后避玄宗讳改为阆州）刺史。滕王亭子即李元婴所建。事见两《唐书》本传。这两首诗是杜甫游览滕王亭子，对景怀古之作。

【正文】

一

君王台榭枕巴山，万丈丹梯尚可攀。
春日莺啼修竹里，仙家犬吠白云间[1]。
清江锦石伤心丽，嫩蕊浓花满目班[2]。
人到于今歌出牧[3]，来游此地不知还。

二

寂寞春山路，君王不复行[4]。
古墙犹竹色，虚阁自松声。

鸟雀荒村暮，云霞过客情。
尚思歌吹入，千骑把霓旌[5]。

【注释】

1春日句：化用晋孙绰《兰亭诗》："啼莺吟修竹。"犬吠白云间：《神仙传》卷四载：八公与淮南王服药升天，余药器置在中庭，鸡犬舐啄之，尽得升天。2班：杂色，通"斑"。3出牧：出任州郡长官。4君王：指滕王。5霓旌：染为五彩、有似虹霓的旌旗。

❖玉台观二首

【题解】

广德二年（764）作于阆州。"玉台观"在阆州城北七里，见《方舆胜览》卷六七。题下原注："滕王造。"这两首诗与《滕王亭子二首》当为同时所作。这两首诗抒写杜甫游玉台观的遐想。

【正文】

一

中天积翠玉台遥，上帝高居绛节朝[1]。
遂有冯夷来击鼓，始知嬴女善吹箫[2]。
江光隐见鼋鼍窟，石势参差乌鹊桥[3]。
更肯红颜生羽翼，便应黄发老渔樵[4]。

二

浩劫因王造，平台访古游[5]。

缥云萧史驻，文字鲁恭留[6]。
宫阙通群帝，乾坤到十洲[7]。
人传有笙鹤，时过此山头[8]。

【注释】

1 玉台：上帝之所居。绛节：仙家使者所持的红色符节。此指仙官。2 冯夷：传说中河神名。曹植《洛神赋》："冯夷鸣鼓，女娲清歌。"嬴女：即秦穆公女弄玉，见《列仙传》。3 鼋（yuán）：即鳖。鼍（tuó）：即扬子鳄。乌鹊桥：神话传说中的鹊桥。4 更肯二句：意谓如果真有青春长驻白日飞升之事，我愿在此混迹渔樵以终老。5 浩劫：大台阶。平台：东周春秋时宋国君主宋平公所建，西汉时成为梁孝王刘武的园林景点。据《史记·梁孝王世家》载："梁孝王大治宫室，为复道自宫连属于平台三十余里。注：平台在梁园东北离宫所在也。"6 萧史：神话传说人物，弄玉之婿，见《列仙传》。鲁恭：西汉时，鲁恭王坏孔子旧宅以广其居，壁中得古文《尚书》《论语》。7 群帝：指上帝及五方天帝。十洲：传说中仙人所居之处。见《海内十洲记》。8 人传二句：用《神仙传》王子乔事，言传说有仙人吹笙驾鹤，时常飞过阆州城北山头。

❖奉寄章十侍御

【题解】

广德二年（764）春作于阆州。"章十侍御"即章彝。题下原注："时初罢梓州刺史、东川留后，将赴朝廷。"杜甫在梓州，多蒙章彝照顾，所以当他听到章彝罢原职将赴朝廷的消息，便写下这首诗送他，前六句赞美章彝为难得的人才，后二句自谓已淡化名心。

【正文】

淮海维扬一俊人，金章紫绶照青春[1]。
指麾能事回天地，训练强兵动鬼神。
湘西不得归关羽，河内犹宜借寇恂[2]。
朝觐从容问幽仄，勿云江汉有垂纶[3]。

【注释】

1淮海维扬：指扬州。今属江苏。《尚书·禹贡》载："淮海维扬州。"章彝为扬州人，故云。金章紫绶：即金印紫绶。汉代为三公之章服，唐代三品以上用紫绶。2湘西：指荆州。关羽：三国蜀汉大将。建安十九年（214）镇守荆州，二十四年（219）兵败被杀。借寇恂：《后汉书·寇恂传》载：光武帝时历任河内、颍川、汝南太守，皆有政绩。后随光武南征至颍川，百姓遮道曰："愿从陛下复借寇君一年。"3幽仄：隐居未仕之人，作者自指。垂纶：垂丝钓鱼之人，作者自指。

❖南池

【题解】

广德二年（764）春在阆州作。题下原注："在阆中县东南，即彭道将鱼池。"《汉书·地理志》载："阆中，彭道将鱼池在南。"南池在今四川阆中市南十里。唐时堤坝毁坏，后遂为陆田。这首诗描绘了南池胜景，也反映了当地淫祀的风俗，最后表现了诗人对时局的忧念。

【正文】

峥嵘巴阆间[1]，所向尽山谷。

安知有苍池，万顷浸坤轴[2]。

呀然阆城南，枕带巴江腹[3]。

芰荷入异县，粳稻共比屋[4]。

皇天不无意，美利戒止足[5]。

高田失西成[6]，此物颇丰熟。

清源多众鱼，远岸富乔木。

独叹枫香林，春时好颜色。

南有汉王祠，终朝走巫祝[7]。

歌舞散灵衣[8]，荒哉旧风俗。

高皇亦明王[9]，魂魄犹正直。

不应空陂上，缥缈亲酒食[10]。

淫祀自古昔[11]，非唯一川渎。

干戈浩茫茫，地僻伤极目。

平生江海兴，遭乱身局促[12]。

驻马问渔舟，踌躇慰羁束[13]。

【注释】

1峥嵘：深邃貌。巴阆：即阆州。秦时为巴郡阆中县，故称。2苍池：即南池。坤轴：地轴。3呀然：辽阔貌。巴江：即嘉陵江。因南流曲折如巴字，故名。4芰荷：菱角与荷叶。入异县：言池之大。比屋：犹言家家户户。5皇天：对天的尊称。美利：大利。《易经·乾文》言："乾始能以美利利天下。"止足：知止知足。6西成：秋季收成。秋属西方。7汉王：刘邦。项羽封刘邦为汉中王，汉中邻近阆中，故池南有汉王祠。终朝：整天。巫祝：即巫师。8灵衣：巫师做法时的服装。9高皇：汉高祖刘邦。皇，原作"堂"，

《全唐诗》校："一作皇。"据改。10缥缈：高远隐约貌。11淫祀：不合礼制的祭祀。古昔：古代。12江海：《全唐诗》校："一作溟渤。"局促：窘迫。13踌躇：从容自得貌。羁束：羁旅的束缚。

❖奉寄别马巴州

【题解】

广德二年（764）春作于阆州。"马巴州"巴州刺史马某。"巴州"即今四川巴中市。题下原注："时甫除京兆功曹在东川。"当时杜甫听说自己除京兆功曹一职。"功曹"职掌考查记录官吏功劳，在府为功曹参军，在州为司功参军。这时巴州刺史马某即将赴京，而诗人自己也要离开阆州，故作此诗道别。诗中杜甫表达了自己不愿赴任京兆功曹，及其不能实现抱负，而将东游的心愿。

【正文】

勋业终归马伏波，功曹非复汉萧何[1]。

扁舟系缆沙边久，南国浮云水上多。

独把鱼竿终远去，难随鸟翼一相过。

知君未爱春湖色，兴在骊驹白玉珂[2]。

【注释】

1马伏波：东汉伏波将军马援。此以同姓作比。萧何：秦末曾为沛县主吏，即功曹。2骊驹：逸诗篇名。为告别之歌。《汉书·儒林传》："客歌《骊驹》，主人歌《客毋庸归》。"珂：马笼头上的玉饰。

❖ 将赴荆南寄别李剑州

【题解】

广德二年（764）春作于阆州。这时杜甫决计离蜀，准备乘船东赴荆南（今湖北荆州一带），乃作此诗寄别剑州（今四川省剑阁县）刺史李某。诗中对李刺史的遭遇不偶表示不平，同时抒发了自己晚年漂泊西南的感喟。

【正文】

使君高义驱今古，寥落三年坐剑州。
但见文翁能化俗，焉知李广未封侯[1]。
路经滟滪双蓬鬓，天入沧浪一钓舟[2]。
戎马相逢更何日，春风回首仲宣楼[3]。

【注释】

1 文翁：汉庐江舒人，景帝末，任蜀郡守，仁爱好教化，于成都起官学，入学者免除徭役，成绩优者以补郡县吏，于是蜀中大化。事见《汉书》本传。李广：西汉名将，一生与匈奴大小七十余战，历尽辛劳，功勋卓著却始终未得封侯。事见《史记》本传。2 滟滪：险滩名。位于重庆奉节县东长江瞿塘峡中。沧浪：形容水色清澈。《孟子·离娄上》："有孺子歌曰：'沧浪之水清兮，可以濯我缨；沧浪之水浊兮，可以濯我足。'" 3 仲宣楼：指当阳（今属湖北）城楼，三国魏王粲（字仲宣）曾登此楼，作《登楼赋》抒写背井离乡之忧思。

奉待严大夫

【题解】

广德二年（764）春作于阆州。就在杜甫正要离开阆州，取道嘉陵江入长江下荆南的当口，突然传来严武在当年正月以黄门侍郎再拜成都尹，充剑南节度使的消息，使杜甫放弃了东行的打算，期待与严武的重逢，于是写下这首感激涕零的诗。

【正文】

殊方又喜故人来，重镇还须济世才[1]。
常怪偏裨终日待，不知旌节隔年回[2]。
欲辞巴徼啼莺合，远下荆门去鹢催[3]。
身老时危思会面，一生襟抱向谁开[4]。

【注释】

1 殊方：指阆州。重镇：指剑南西川及东川。故人、济世才：均指严武。2 偏裨：偏将与裨将，将佐的通称。旌节：唐置节度使，受命之日，赐以旌节。隔年回：严武于宝应元年（762）秋入朝，至广德二年春回成都，中间只隔一年。3 欲辞二句：杜甫本欲去蜀下荆南，闻严武将至，看到了希望，故留以待之。巴徼：指阆州。徼：边界。鹢：水鸟名，古时画于船头，故亦用作船的代称。4 襟抱：怀抱。

❖渡江

【题解】

广德二年（764）春作于阆州。"江"指嘉陵江。时杜甫已决计返回成都。这首诗写嘉陵江水上涨，渡江时涛浪很大，然诗人的心情是轻松愉快的，所以有闲情别致和钓鱼者开几句玩笑。

【正文】

春江不可渡[1]，二月已风涛。
舟楫欹斜疾，鱼龙偃卧高[2]。
渚花兼素锦，汀草乱青袍[3]。
戏问垂纶客[4]，悠悠见汝曹。

【注释】

1春江：指嘉陵江。2欹：倾侧不平。偃卧：隐身不出。3青袍：青色官服，八九品官服色。4垂纶客：垂钓者。

❖别房太尉墓（在阆州）

【题解】

广德二年（764）春作于阆州。时杜甫将返回成都。"房太尉"即房琯，安史之乱初起（755）时为相，因陈陶斜兵败，乾元元年（758）六月贬邠州刺史，八月改汉州刺史，宝应二年（763）

四月拜特进、刑部尚书,赴京途中患病,广德元年(763)八月卒于阆州,死后追赠太尉。墓在阆州。杜甫先有《祭故相国清河房公文》。这次离开阆州前,又专往房琯墓前祭别,诗中表达了诗人对房琯的深厚情谊,及临别惆怅感伤之情。

【正文】

他乡复行役,驻马别孤坟。

近泪无干土,低空有断云。

对棋陪谢傅,把剑觅徐君[1]。

唯见林花落,莺啼送客闻。

【注释】

1 谢傅:东晋谢安。在苻坚大军压境时,安胸有成算,从容指挥,仍在山间别墅与侄谢玄对棋。见《晋书·谢安传》。这里以谢安喻房琯。把剑句:用季札事。吴公子季札聘晋过徐,心知徐君爱其宝剑。因出使上国,未献。及还,"徐君已死,于是乃解其宝剑,系之徐君冢树而去"。事见《史记·吴太伯世家》。这里以季札自喻。

❖自阆州领妻子却赴蜀山行三首

【题解】

广德二年(764)春作于自阆州回成都时。杜甫携家渡嘉陵江,取道陆路西行,大致要经过今盐亭、三台、中江、德阳等地,一路山行,写下这三首诗纪行。王嗣奭说:"诗题云'却赴蜀',有不欲赴而仍赴之意。"《杜臆》浦起龙说这三首诗:"始而伤,

中而愧，终而笑，三首自然之结构。"（《读杜心解》）

【正文】

一

汩汩避群盗，悠悠经十年[1]。
不成向南国，复作游西川[2]。
物役水虚照，魂伤山寂然。
我生无倚著，尽室畏途边[3]。

二

长林偃风色[4]，回复意犹迷。
衫裛翠微润[5]，马衔青草嘶。
栈悬斜避石，桥断却寻溪。
何日干戈尽，飘飘愧老妻。

三

行色递隐见[6]，人烟时有无。
仆夫穿竹语，稚子入云呼。
转石惊魑魅，抨弓落狖鼯[7]。
真供一笑乐，似欲慰穷途。

【注释】

1汩汩：动荡不安。十年：指自天宝十五载（756）避乱，至此是十年。2不成二句：杜甫原拟出峡下荆州，因严武再镇蜀，故复归成都。3无倚著：不得安居。尽室：全家。畏途：艰险可怕的道路。4偃：停，止息。5裛：同浥，沾湿。6递隐见：时隐时现。7狖（yòu）：长尾猿。鼯：俗称飞鼠。形似蝙蝠，能在树林中滑翔。

❖ 将赴成都草堂途中有作先寄严郑公五首

【题解】

广德二年（764）春作于自阆州返回成都途中。杜甫本来已做好东归的打算，想不到严武再为成都尹兼剑南节度使、封郑国公，并有信相邀，喜出望外，于是改变先前的决定，立刻重返成都。途中写下一组五首七言律诗，第一首先表回成都的原因，诗中表现对严武的敬重，揣度草堂荒芜景象，对即将到来的重逢充满向往之情。第二首开头写沿途看到的景色，其余皆想象回到草堂的美好情景。第三首回想过去苦心经营草堂，想象而今草堂的荒凉，及到达后打算先拼一醉，再从头开始。第四首估计草堂的药栏江槛已遭损坏，打算到后好好整治，倚仗严武这座靠山，病体可望得到调理。第五首是总结，表明阔别复归草堂的原因和安心怡养的打算。仇兆鳌说："前以剖符起，后以总戎结，文治武功，均望严公，又实喜溢于词气间矣。"（《杜诗详注》）

【正文】

一

得归茅屋赴成都，直为文翁再剖符[1]。
但使闾阎还揖让[2]，敢论松竹久荒芜。
鱼知丙穴由来美，酒忆郫筒不用酤[3]。
五马旧曾谙小径，几回书札待潜夫[4]。

二

处处青江带白蘋，故园犹得见残春。
雪山斥候无兵马[5]，锦里逢迎有主人。
休怪儿童延俗客，不教鹅鸭恼比邻[6]。
习池未觉风流尽，况复荆州赏更新[7]。

三

竹寒沙碧浣花溪[8]，菱刺藤梢咫尺迷。
过客径须愁出入，居人不自解东西。
书签药裹封蛛网[9]，野店山桥送马蹄。
岂藉荒庭春草色，先判一饮醉如泥。

四

常苦沙崩损药栏，也从江槛落风湍。
新松恨不高千尺，恶竹应须斩万竿。
生理祇凭黄阁老，衰颜欲付紫金丹[10]。
三年奔走空皮骨，信有人间行路难[11]。

五

锦官城西生事微，乌皮几在还思归[12]。
昔去为忧乱兵入[13]，今来已恐邻人非。
侧身天地更怀古，回首风尘甘息机。
共说总戎云鸟阵，不妨游子芰荷衣[14]。

【注释】

1 直为：特为。文翁：见前注，此指严武。剖符：指严武奉命镇蜀。符：

符节。2 闾阎：泛指民间。揖让：指礼仪教化。3 丙穴：地名，产鱼。左思《蜀都赋》："嘉鱼出于丙穴，良木攒于褒谷。"郫筒：酒名，《华阳风俗录》载，成都郫县产郫筒酒。酤：沽，买酒。4 五马：太守的代称，此指严武。潜夫：此处为杜甫借东汉王符事自指。据《后汉书》卷四九《王符传》载：王符字节信，安定临泾人也。少好学，有志操……世务游宦，当涂者更相荐引，而符独耿介不同于俗，以此遂不得升进。志意蕴愤，乃隐居著书三十馀篇，以讥当时失得，不欲章显其名，故号曰潜夫论。5 雪山：岷山雪岭。斥候：也作"斥堠"。放哨。6 延：请，引进。比邻：近邻。7 习池：习家池，在湖北襄阳，是东汉初年襄阳侯习郁的池塘，此当指摩诃池。荆州：指晋代山简，曾镇守襄阳，此指严武。8 浣花溪：在成都西郊。9 药裹：犹药袋。10 黄阁老：指严武，时以黄门侍郎镇蜀。紫金丹：道教合丹法，火至七十日，药成，五色飞华，紫云乱映，名曰紫金；其盖上紫霜，名曰神丹。见《云笈七签·金丹部》。11 三年奔走：指杜甫于宝应元年（762）至广德二年（764）往来于梓州、阆州一带。信：确实。行路难：乐府古题。12 锦官城：成都别称。乌皮几：蒙以黑色皮革的小桌子。13 乱兵：指徐知道叛乱。14 总戎：统帅。此指严武。云鸟阵：泛指兵阵。古代兵法有八阵，天、地、风、云为四正，飞龙、翼虎、鸟翔、蛇蟠为四奇。游子：杜甫自指。芰荷衣：语见屈原《离骚》："制芰荷以为衣兮，集芙蓉以为裳。"

❖春归

【题解】

广德二年（764）春作于成都。这时杜甫已经重返草堂，前八句着重描写景物，后四句写归来的感怀。杨伦说："末四句自伤自解，不堪多读，亦有随遇而安之意。"（《杜诗镜铨》）

【正文】

　　苔径临江竹，茅檐覆地花。
　　别来频甲子，倏忽又春华[1]。
　　倚杖看孤石，倾壶就浅沙。
　　远鸥浮水静，轻燕受风斜。
　　世路虽多梗，吾生亦有涯[2]。
　　此身醒复醉，乘兴即为家。

【注释】

　　1甲子：此为岁月的代称。倏忽：极快貌。2梗：险阻。吾生句：语见《庄子·养生主》："吾生也有涯。"

❖ 归来

【题解】

　　广德二年（764）作于成都。这首诗写初还草堂见到的荒凉情景，及安下心来，开始一段新生活时的愉快心情。

【正文】

　　客里有所过，归来知路难。
　　开门野鼠走，散帙壁鱼乾[1]。
　　洗杓开新酝，低头拭小盘[2]。
　　凭谁给曲糵，细酌老江干[3]。

【注释】

1散帙：打开书套。壁鱼：书籍中的蠹虫。乾：枯死。2新酤：新酿之酒。拭小盘：《全唐诗》校："一作著小冠。"3曲糵：酒母。江干：江边。

❖草堂

【题解】

广德二年（764）春作于成都。这首五言古诗以作者离开和回归草堂始末为线索，"昔我去草堂"以下三十六句追叙成都遭受徐知道叛乱的情况，以史无记载，可补史阙。后二十四句记叙杜甫避乱东川，及因严武再度镇蜀，重返草堂跌宕起伏的心情。全诗寓情于叙事之中，在叙述次序上参差错落，前后呼应，变化开阖，井然有序。

【正文】

　　昔我去草堂，蛮夷塞成都[1]。
　　今我归草堂，成都适无虞[2]。
　　请陈初乱时，反复乃须臾[3]。
　　大将赴朝廷，群小起异图[4]。
　　中宵斩白马，盟歃气已粗[5]。
　　西取邛南兵[6]，北断剑阁隅。
　　布衣数十人，亦拥专城居[7]。
　　其势不两大，始闻蕃汉殊[8]。
　　西卒却倒戈，贼臣互相诛[9]。
　　焉知肘腋祸，自及枭獍徒[10]。

义士皆痛愤，纪纲乱相逾[11]。
一国实三公，万人欲为鱼[12]。
唱和作威福[13]，孰肯辨无辜。
眼前列杻械[14]，背后吹笙竽。
谈笑行杀戮，溅血满长衢[15]。
到今用钺地[16]，风雨闻号呼。
鬼妾与鬼马，色悲充尔娱[17]。
国家法令在，此又足惊吁[18]。
贱子且奔走，三年望东吴[19]。
弧矢暗江海[20]，难为游五湖。
不忍竟舍此，复来薙榛芜[21]。
入门四松在，步屧万竹疏[22]。
旧犬喜我归，低徊入衣裾[23]。
邻舍喜我归，酤酒携胡芦[24]。
大官喜我来[25]，遣骑问所须。
城郭喜我来，宾客隘村墟[26]。
天下尚未宁，健儿胜腐儒[27]。
飘飖风尘际[28]，何地置老夫。
于时见疣赘[29]，骨髓幸未枯。
饮啄愧残生，食薇不敢馀[30]。

【注释】

1蛮夷：指四川西部羌族。徐知道发动兵变时勾结了川西羌兵，故云。2适无虞：刚安定无忧。3陈：陈述。须臾：片刻。4大将：严武。赴朝廷：指严武宝应元年被召还朝。群小：指徐知道等。5中宵：半夜。斩白马：古人杀白马以为盟誓。盟歃：即歃血，立誓者取马血涂在嘴唇上，表示绝不反悔。

6邛：邛州，治今四川邛崃市，在成都之西。邛南，邛州以南地区，当时为内附的羌族居住区。7布衣：指随徐知道造反的本无官职的人。专城居：专治一城，指刺史之类。语见汉乐府《陌上桑》："四十专城居。"8不两大：指参加叛乱的蕃汉两方发生内讧。语见《左传·庄公二十二年》："物莫能两大。"蕃：指叛将李忠厚所统领的羌兵。汉：指叛将徐知道所统领的军队。9西卒二句：指同年八月，徐知道为部下李忠厚所杀。西卒：指吐蕃兵。10肘腋祸：发生在切近处的灾祸。枭獍：古代传说食父母的禽兽。见《汉书·郊祀志》孟康注。11纪纲：国家的法纪纲常。逾：僭越，破坏。12一国三公：指政令不一。语出《左传·僖公五年》。为鱼：意为任人宰割。语本《史记·项羽本纪》。13唱和：一唱一和。作威福：作威作福。14杻械：刑具，杻为手铐，械为脚镣。15长衢：长街。16用钺地：杀人处，即刑场。钺：大斧。17鬼妾：死人的妻妾。鬼马：死者的马匹。尔：你们，指徐知道叛军。18惊吁：惊叹。19贱子：杜甫自称。三年：指逃离成都，往来梓州、阆州的三年间。东吴：今江浙一带。20弧矢：弓箭，喻战乱。暗江海：东吴滨海沿江，也是处处兵戈。21舍此：指弃草堂。薙：除草。榛芜：荆棘和野草。22步屣：散步。屣：木底鞋。23衣裾：衣衫下摆。24胡芦：村野酒具。25大官：指严武。26隘村墟：挤满村庄。27腐儒：杜甫自称。28风尘际：战乱时代。29疣赘：喻多余无用的东西。此处为杜甫自喻。30饮啄：犹饮食。《庄子·养生主》："泽雉十步一啄，百步一饮。"食薇：吃野菜。不敢馀：不敢剩，光盘。

❖题桃树

【题解】
广德二年（764）春作于草堂。这首诗咏草堂小路上五棵桃树，因为挡道，所以有人建议移除，杜甫不同意，便写了这首诗表明态度。黄生说："此诗思深意远，忧乐无方，寓民胞物与（泛爱一切人与物）之怀于吟花看鸟之际。"（《杜诗详注》卷十三引）

【正文】

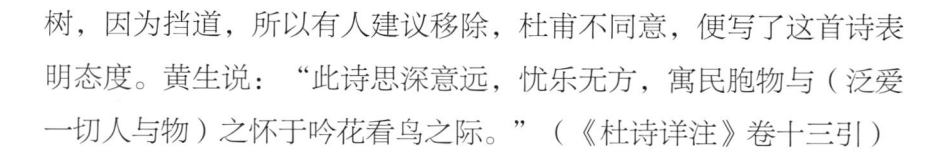

小径升堂旧不斜，五株桃树亦从遮[1]。
高秋总喂贫人实[2]，来岁还舒满眼花。
帘户每宜通乳燕，儿童莫信打慈鸦[3]。
寡妻群盗非今日，天下车书正一家[4]。

【注释】

1旧不斜：原不歪斜，指一年多前离开草堂时。从：听任。遮：指遮蔽了原有小径。2喂：《全唐诗》校："一作馈。"实：指桃树果实。3乳燕：雏燕。信：任意。慈鸦：传说乌鸦能反哺其母，故称。4寡妻群盗：群盗滥杀，故多寡妇。非今日：已成过去。天下句：语见《礼记·中庸》："今天下车同轨，书同文。"意谓天下一统。

❖四松

【题解】

广德二年（764）春作于草堂。"四松"为杜甫亲手所栽，初见《凭韦少府班觅松树子》，后来在诗中多次提到。这首诗写作者返回草堂后，见到四松虽历世乱却依然无恙，不由悲喜交集，联想到前人种树后人乘凉的道理，更觉感慨无端。

【正文】

四松初移时，大抵三尺强。
别来忽三载，离立如人长[1]。
会看根不拔[2]，莫计枝凋伤。
幽色幸秀发，疏柯亦昂藏[3]。
所插小藩篱[4]，本亦有堤防。
终然振拨损，得各千叶黄。
敢为故林主，黎庶犹未康[5]。
避贼今始归，春草满空堂。
览物叹衰谢，及兹慰凄凉[6]。
清风为我起，洒面若微霜[7]。
足以送老姿，聊待偃盖张[8]。
我生无根蒂，配尔亦茫茫[9]。
有情且赋诗，事迹可两忘[10]。
勿矜千载后，惨澹蟠穹苍[11]。

【注释】

1三载：杜甫宝应元年（762）离开草堂，广德二年（764）始归，经历三个年头。离立：并立。2会看：但看。3幽色：指松树枝叶的苍青色。秀发：秀气焕发。昂藏：气度轩昂。4藩篱：篱笆。5故林：指草堂。主：主人。黎庶：百姓。6衰谢：犹老病。兹：指四松。7若微霜：松风拂面略有寒意，有若微霜。8偃盖：老松树顶形如车盖。9尔：指四松。松有根而人无定，恐不能长久相伴，故云"茫茫"。10事迹：指与松树相陪的陈迹。11千载：相传松树千年才能平顶偃盖。惨澹：萧森貌。穹苍：天空。

✦ 水槛

【题解】

广德二年（764）春作于草堂。"水槛"乃草堂水亭的栏杆，当初建水槛是供垂钓和观景用的。当杜甫避难归来，因为风吹雨打涨潮，日久失修，所以水槛有一定程度的损坏。本来修起来也不难，但修与不修，实际并不影响观景垂钓，不妨任之，何必多此一举。王嗣奭说："水槛可惜，则引'高岸为谷'以解之。扁舟可惜，则引'邻人亦非'以解之，公之识比昔较高一着矣。"（《杜臆》卷六）

【正文】

苍江多风飙[1]，云雨昼夜飞。
茅轩驾巨浪[2]，焉得不低垂。
游子久在外，门户无人持[3]。
高岸尚如谷，何伤浮柱攲[4]。
扶颠有劝诫[5]，恐贻识者嗤。
既殊大厦倾，可以一木支[6]。
临川视万里，何必阑槛为。
人生感故物，慷慨有馀悲。

【注释】

1 苍江：锦江。风飙：暴风。2 茅轩：即草堂。3 游子：杜甫自称。持：操持，管理。4 高岸句：语见《诗·小雅·十月之交》："高岸为谷，深谷为陵。"何伤:何妨。浮柱:水中支撑水槛的柱子。欹:倾斜。5扶颠:指《论语·季氏篇》"危而不持,颠而不扶"的劝诫。6既殊二句:典见王通《中说·事君》:"大厦将颠,非一木所支也。"

❖破船

【题解】

广德二年(764)春作于草堂,与前诗为同时所作。当初经营草堂,杜甫置办了一条船作渡水游泛之用,避难归来,这条船因为进水埋没,损坏也很严重,打理起来也很麻烦。于是杜甫为破船也写了一首诗,自我安慰,调整心态。

【正文】

平生江海心,宿昔具扁舟[1]。
岂惟青溪上[2],日傍柴门游。
苍皇避乱兵,缅邈怀旧丘[3]。
邻人亦已非,野竹独修修[4]。
船舷不重扣[5],埋没已经秋。
仰看西飞翼,下愧东逝流[6]。
故者或可掘,新者亦易求[7]。
所悲数奔窜,白屋难久留[8]。

【注释】

1江海心:指隐逸之意。宿昔:往日。扁舟:小船。2青溪:浣花溪。3苍皇:仓皇,急遽貌。避乱兵:避徐知道之乱。缅邈:遥远貌。旧丘:指草堂。

4修修：长貌。5船舷句：指不能再次扣舷而歌之。6西飞翼：西去的飞鸟。东逝流：东去的流水，指锦江。7故者：指旧船。掘：从泥中挖出。新者：新船。8奔窜：流亡避难。白屋：古代平民住的清水房。

❖奉寄高常侍

【题解】

广德二年（764）三月作于草堂。题下原注："一作寄高三十五大夫。"去年（763）高适镇蜀，十二月松维保三州为吐蕃攻陷，威胁长安，于是朝廷派严武取代高适任成都尹兼剑南东西川节度使，高适奉召还长安为刑部侍郎，转左散骑常侍，加银青光禄大夫，进封渤海县侯，食邑七百户。二月严武镇蜀，杜甫回成都后，便写了这首诗寄高适，表达未能在成都见面的惋惜之情。

【正文】

汶上相逢年颇多，飞腾无那故人何[1]。
总戎楚蜀应全未，方驾曹刘不啻过[2]。
今日朝廷须汲黯，中原将帅忆廉颇[3]。
天涯春色催迟暮，别泪遥添锦水波。

【注释】

1汶上相逢：开元年间，杜甫曾与高适同游于齐、鲁。汶上，古齐地。无那：无奈。2总戎楚蜀：高适曾任淮南、西川节度使。应全未：指尚未尽其长。方驾：并驾齐驱。曹刘：指曹植、刘桢，皆为三国时著名诗人。不啻：不止。3汲黯：汉武帝时人。初为东海郡太守，后召为九卿，敢于面折廷诤。事见《汉书》本传。廉颇：战国时赵国良将，事见《史记·廉颇蔺相如列传》。

✣赠王二十四侍御契四十韵

【题解】

广德二年（764）春作于成都。题下原注："王契，字佐卿，京兆人。""侍御"唐代对做过殿中侍御史、监察御史的通称，见赵璘《因话录》。王契事迹不详，当是安史之乱后避难居蜀中，与杜甫友善者。

【正文】

往往虽相见，飘飘愧此身。
不关轻绂冕[1]，俱是避风尘。
一别星桥夜，三移斗柄春[2]。
败亡非赤壁，奔走为黄巾[3]。
子去何潇洒，余藏异隐沦。
书成无过雁，衣故有悬鹑[4]。
恐惧行装数[5]，伶俜卧疾频。
晓莺工迸泪，秋月解伤神。
会面嗟黧黑，含悽话苦辛。
接舆还入楚，王粲不归秦[6]。
锦里残丹灶，花溪得钓纶。
消中祇自惜[7]，晚起索谁亲。
伏柱闻周史，乘槎有汉臣[8]。
鸳鸿不易狎，龙虎未宜驯[9]。

十日畫一水五日畫一石能子不受相促迫王宰始肯留其跡壯哉崐崙方壺圖掛君高堂之素壁巴陵洞庭日本東赤岸水與銀河通中有雲氣隨飛龍舟人漁子入浦漵山木盡亞洪濤風尤工遠勢古莫比咫尺應須論萬里焉得并州快剪刀剪取吳松半江水 甲辰大寒書杜少陵戲題王宰畫山水圖歌 周雲之於成郡

客则挂冠至，交非倾盖新[10]。
由来意气合，直取性情真。
浪迹同生死，无心耻贱贫。
偶然存蔗芊，幸各对松筠。
粗饭依他日，穷愁怪此辰。
女长裁褐稳[11]，男大卷书匀。
漰口江如练，蚕崖雪似银[12]。
名园当翠巘，野棹没青蘋[13]。
屡喜王侯宅，时邀江海人[14]。
追随不觉晚，款曲动弥旬[15]。
但使芝兰秀，何烦栋宇邻[16]。
山阳无俗物，郑驿正留宾[17]。
出入并鞍马，光辉参席珍。
重游先主庙，更历少城闉[18]。
石镜通幽魄，琴台隐绛唇[19]。
送终惟粪土，结爱独荆榛。
置酒高林下，观棋积水滨。
区区甘累趼[20]，稍稍息劳筋。
网聚粘圆鲫，丝繁煮细莼[21]。
长歌敲柳瘿[22]，小睡凭藤轮。
农月须知课[23]，田家敢忘勤。
浮生难去食，良会惜清晨。
列国兵戈暗，今王德教淳。
要闻除猰貐，休作画麒麟[24]。
洗眼看轻薄，虚怀任屈伸。
莫令胶漆地，万古重雷陈[25]。

【注释】

1绂冕：古代礼服。代指官位。2星桥：即七星桥。三移句：谓时过三年，即自宝应元年（762）徐知道叛乱至此已三年。3赤壁：在今湖北嘉鱼县，为三国时周瑜破曹操处。黄巾：汉末农民起义军名。此借指蜀中战乱。4书成句：反用鸿雁传书事。悬鹑：形容衣服破烂。语出《荀子·大略》。5行装数：指奔走于绵州、梓州、阆州一带。数，屡次。6接舆：春秋时楚国隐士陆通，字接舆，人称楚狂。语见《论语·微子》。王粲：东汉建安七子之一。7消中：病名，即消渴症，今名糖尿病。8伏柱句：周柱下史老子。此借指王侍御。乘槎：用张骞事，见《博物志》。9鹓鸿：鹓雏（凤凰之类）与鸿雁，比喻贤人。龙虎句：语出颜延年《五君咏·嵇中散》："龙性谁能驯。"10挂冠：辞官。见《后汉书·逢萌传》。倾盖：谓初交相得，一见如故。语出邹阳《狱中上梁王书》。11裁褐：裁衣，制衣。褐，粗布短衣。12湔（pēng）口：指都江堰。江如练：化用谢朓《晚登三山还望京邑》："澄江静如练。"蚕崖：关名，在都江堰市西北。13翠巘（yǎn）：青山。野棹：野人之舟。青蘋：语见宋玉《风赋》："风起于青蘋之末。"14江海人：杜甫自谓。15款曲：殷勤接待。弥句：满十日。16但使句：语出《孔子家语·六本》："与善人居，如入芝兰之室，而不闻其香，即与之化矣。"17山阳：县名，《三国志·魏书·王粲传》注引《魏氏春秋》："嵇康寓居河内之山阳县……与陈留阮籍、河内山涛、河南向秀、籍兄子咸、琅邪王戎、沛人刘伶相与友善，游于竹林，号为'七贤'。"郑驿句：汉景帝时，郑当时为太子舍人，任侠好客，"常置驿马长安诸郊，请谢宾客，夜以继日，至明旦，常恐不遍"。见《汉书·郑当时传》。18先主庙：即昭烈祠，祀刘备，在成都南郊。少城：成都旧府城之西城。闉（yīn）：古指瓮城的门。19石镜：成都古迹，据《寰宇记》，系蜀王妃冢之表记。琴台：司马相如琴台，故址在今成都市内。绛唇：美女。20累趼（jiǎn）：重茧。21莼：莼菜。22柳瘿：柳树外部隆起如瘤之处。23课：督促务农。24猰貐：传说中的食人猛兽。见《尔雅·释兽》。喻指侵略者、叛乱者。画麒麟：引初唐杨炯事。炯以麒麟楦喻朝中诸官，所谓麒麟楦，形似麒麟，及脱皮，乃是驴。此处喻指尸位素餐的官员。25雷陈：东汉时，豫章人陈重与雷义为友，同进退，共患难，情谊深厚，乡里为之语曰："胶漆自谓坚，不如雷与陈。"见《后汉书·独行传》。

✤ 登楼

【题解】

广德二年（764）春作于成都。此诗系有感于吐蕃入侵而作，诗题取王粲《登楼赋》感时念乱之意。首联点明题意、笼罩全篇，"花近高楼"是即目春色，"万方多难"是时事政局。颔联紧扣"登临"，写登楼纵目远眺春色，意境宏阔，联想深远。颈联对入侵者发出义正词严的警告，按广德元年（763）十月，吐蕃入长安，立广武王承宏为帝，改元，凡留十五日而退。十二月，代宗还长安，承宏逃匿，故曰"朝廷终不改"。"西山盗寇"指吐蕃入侵者。尾联就本地古迹抒发感慨作结，言下之意是，当今皇上即代宗毕竟强于后主，后主尚能享受祠祀，大唐基业更不会就此灭亡。全诗表现诗人在流寓中对国事的忧念，情思沉郁，而境象壮阔，气势雄健，故忧而不伤。浦起龙说："声宏势阔，自然杰作"（《读杜心解》卷四），清沈德潜说："气象雄伟，笼盖宇宙，此杜诗之最上者。"（《唐诗别裁集》）

【正文】

花近高楼伤客心，万方多难此登临。

锦江春色来天地，玉垒浮云变古今[1]。
北极朝廷终不改，西山寇盗莫相侵[2]。
可怜后主还祠庙，日暮聊为梁甫吟[3]。

【注释】

1玉垒：山名，在成都西北。2北极：星名，是至尊之星，借称天子所在之地。西山：岷山雪岭。寇盗：指吐蕃。3后主：刘备之子刘禅（阿斗）。成都南郊有昭烈帝祠，祀刘备，附祀后主。梁甫吟：用诸葛亮事。《三国志·蜀志·诸葛亮传》载："亮躬耕陇亩，好为梁甫吟。"

❖过故斛斯校书庄二首

【题解】

广德二年（764）秋作于成都。"斛斯校书"即斛斯融，是杜甫草堂南邻酒友，也是他的知心朋友。上元二年（761）有《闻斛斯六官未归》，可以参读。时间虽然不过三年，由于杜甫避难漂泊梓州阆中一带，彼此音讯断绝。直到返回成都，才知道斛斯融已经作古，人间又少了一个知音，于是写了两首五律寄托哀思。诗中对斛斯融平生遭际不偶深表同情，对彼此已往的深厚友情十分怀念。

【正文】

一

此老已云殁，邻人嗟亦休。
竟无宣室召，徒有茂陵求[1]。
妻子寄他食，园林非昔游。

空馀縴帷在，淅淅野风秋[2]。

二

燕入非旁舍，鸥归祇故池。
断桥无复板，卧柳自生枝。
遂有山阳作，多惭鲍叔知[3]。
素交零落尽[4]，白首泪双垂。

【注释】

1宣室召：用贾谊被征召事。见《史记·贾生列传》。茂陵求：西汉司马相如晚年家居茂陵，病甚。武帝遣使往求其书，至则相如已死。只遗一卷书，言封禅事。见《汉书·司马相如传》。2縴帷：灵帐。淅淅：风声。3山阳作：指向秀《思旧赋》。鲍叔知：管仲受知鲍叔牙事，见《列子·力命》。4素交：犹素友，情谊纯洁的朋友。

✤寄邛州崔录事

【题解】

广德二年（764）重返成都后作于草堂。崔录事供职于邛州，杜甫知道他来了成都，听说住在果园坊（徐知道过去居住过的地方），却没有去草堂探访。因为彼此素来关系不错，所以杜甫写了这首诗相诘问，并诱以酒熟溢香。王嗣奭说："录事必与公素狎，公憾其不至，而半谑半嘲，口角绝肖。"（《杜臆》）

【正文】

邛州崔录事[1]，闻在果园坊。

久待无消息，终朝有底忙[2]。
应愁江树远，怯见野亭荒[3]。
浩荡风尘外，谁知酒熟香。

【注释】
1邛州：今四川邛崃市。2底：何。3江树：浣花溪上的树。野亭：指草堂。

王录事许修草堂赀不到聊小诘

【题解】
广德二年（764）春作于成都。草堂因为失修漏雨，杜甫便写了这首诗，以戏谑的口气催款，要求王录事兑现承诺，曲折表现了诗人经济上的窘境。杨伦《杜诗镜铨》评曰："恃爱语使人心动。催款非韵事，作诗语、戏语，化俗为雅。"

【正文】
为嗔王录事，不寄草堂赀[1]。
昨属愁春雨，能忘欲漏时。

【注释】
1录事：即录事参军，官名。州郡佐吏。掌文书、纠察、监印等事。赀：钱财。

绝句二首

【题解】

广德二年(764)春作于草堂。"迟日"二字笼罩全篇,给人以温暖明媚之感。第一首前二句写春光明媚,和春的气息。后二句则通过两种鸟儿的动静刻画,反映了春天的勃勃生机。第二首前两句是工对,精严而又自然,用以概括暮春的景象,明丽如画。后二句一转,说到自己,眼看今年的春天又要过完了,哪一年才能回归故乡呢?朱宝莹《诗式》说:"因江碧而觉鸟之逾白,因山青而显花之色红,此十字中有多少层次,可悟炼句之法。"

【正文】

一

迟日江山丽[1],春风花草香。
泥融飞燕子,沙暖睡鸳鸯。

二

江碧鸟逾白[2],山青花欲燃。
今春看又过,何日是归年。

【注释】

1 迟日:春日。《诗·豳风·七月》:"春日迟迟。" 2 逾:更,越发。

❖归雁

【题解】

广德二年（764）春作于草堂。仇兆鳌《杜诗详注》曰："此是托物以寓意。东来客，赴成都。几年归，念长安。见江雁北飞，故乡思弥切耳。"胡本渊《唐诗近体》曰："自写心事，非赋雁也。情在语外，故佳。"

【正文】

东来万里客，乱定几年归[1]？
肠断江城雁[2]，高高向北飞。

【注释】

1 乱定：安史之乱于去年（763）平定。几年：何时。2 江城：指成都，因傍有锦江，故称。

❖绝句六首

【题解】

广德二年（764）春作于成都草堂。这组诗描写春天宿雨新晴时草堂周围的景色，第一首写积雨初晴之景，第二首写幽居自适之情，第三首见井渠而起咏，第四首写倏雨倏晴之景，第五首写草堂春日之景，第六首写江溪春夜之景。皆以客观描述居多，有物我交融之趣；诗中多用对句，叠字，颜色字，颇能代表杜甫绝句的艺术特色。

【正文】

一

日出篱东水，云生舍北泥。
竹高鸣翡翠，沙僻舞鹍鸡[1]。

二

蔼蔼花蕊乱[2]，飞飞蜂蝶多。
幽栖身懒动，客至欲如何。

三

凿井交棕叶，开渠断竹根。
扁舟轻褭缆[3]，小径曲通村。

四

急雨捎溪足[4]，斜晖转树腰。
隔巢黄鸟并，翻藻白鱼跳。

五

舍下笋穿壁，庭中藤刺檐。
地晴丝冉冉[5]，江白草纤纤。

六

江动月移石，溪虚云傍花。

鸟栖知故道[6]，帆过宿谁家。

【注释】

1鹁鸡：鸟名，似鹤，长颈赤喙。2蔼蔼：茂盛貌。3扁舟：小船。袅缆：细长的系舟绳索。4捎：掠过。5冉冉：柔弱下垂的样子。6道：旧路，老路。

❖黄河二首

【题解】

广德二年（764）春作于成都。吐蕃于广德元年（763）十月侵入长安大肆焚掠，十二月攻陷松维保三州。浦起龙说："二诗为吐蕃不靖，民苦馈饷而作。盖代蜀人为蜀谣以告哀也。"（《读杜心解》）第一首叹吐蕃占领青海，唐军不能制。"高鼻"二字形象生动，别人没有说过。第二首言："蜀民之穷，故急望太平，以纾民困。"（《杜诗镜铨》）

【正文】

一

黄河北岸海西军，椎鼓鸣钟天下闻[1]。
铁马长鸣不知数，胡人高鼻动成群[2]。

二

黄河西岸是吾蜀，欲须供给家无粟[3]。
愿驱众庶戴君王，混一车书弃金玉[4]。

【注释】

1海：指青海。海西军：唐盛时所置，在今青海省境内。椎鼓：击鼓。2胡人句：谓其地已陷于吐蕃。3黄河西岸：实指黄河南岸（蜀地在长安以西）。欲须句：指蜀地民力不足供给军用。4混一车书：指天下一统。弃金玉：谓戒搜刮，不掠夺民财。

❖绝句四首

【题解】

广德二年（764）四月作于成都。组诗以写景为主。第一首先写草堂，举其四景，于平淡的写景叙事中寓含着与邻居分享生活乐趣的淡泊心情。第二首写浣花溪，在状其水势的同时，婉约地表达了杜甫对蜀道时局的隐忧。第三首两联皆对仗，描写早春明媚景象，同时寄托着杜甫对东南昔游的眷念之情，是脍炙人口的名篇。第四首赋写药圃，描述药物出土发苗及枝柯的生长过程。

【正文】

一

堂西长笋别开门，堑北行椒却背村[1]。
梅熟许同朱老吃，松高拟对阮生论[2]。

二

欲作鱼梁云复湍[3]，因惊四月雨声寒。
青溪先有蛟龙窟，竹石如山不敢安。

三

两个黄鹂鸣翠柳,一行白鹭上青天。
窗含西岭千秋雪,门泊东吴万里船[4]。

四

药条药甲润青青[5],色过棕亭入草亭。
苗满空山惭取誉,根居隙地怯成形[6]。

【注释】

1 堑:沟。行椒:成行成列的花椒。2 朱老、阮生:皆指近邻。3 鱼梁:一种捕鱼设施。用土石横截水流,留缺口,以笱承之,鱼随水流入笱中,不得复出。4 窗含句:原注:"西山白雪,四时不消。"门泊句:范成大《吴船录》卷上释曰:"蜀人入吴者,皆自此登舟,其西则万里桥。"5 药甲:《全唐诗》校:"一作菜甲。"甲,植物果实的硬质外壳。6 成形:成人形如人参、首乌,成禽兽形如茯苓之类。

❖寄司马山人十二韵

【题解】

广德二年(764)作于成都。"山人"指隐居不仕之人。司马山人是杜甫的旧时相识,在成都偶然重逢,杜甫在欣喜之余写下这首诗为赠。诗中赞扬司马山人道术高明,自抒漂泊衰老之感,希望在道术上得到司马山人的指点。

【正文】

关内昔分袂，天边今转蓬[1]。

驱驰不可说，谈笑偶然同。

道术曾留意，先生早击蒙[2]。

家家迎蓟子，处处识壶公[3]。

长啸峨嵋北，潜行玉垒东[4]。

有时骑猛虎，虚室使仙童[5]。

发少何劳白，颜衰肯更红。

望云悲辘轲，毕景羡冲融[6]。

丧乱形仍役，凄凉信不通。

悬旌要路口，倚剑短亭中[7]。

永作殊方客，残生一老翁。

相哀骨可换，亦遣驭清风[8]。

【注释】

1关内：谓长安。分袂：分别。转蓬：飞转的蓬草，喻漂泊。2击蒙：启蒙，发蒙。3蓟子：即蓟子训。壶公：仙人名。事见《后汉书·费长房传》。4玉垒：山名。在今四川都江堰市西北。5骑猛虎：《洞冥记》卷一载：东方朔出，遇苍虎息于道，朔便骑而还。使仙童：《云笈七签》卷五〇载：守玄丹十八年，诣上清宫。受书佩符，役使童男童女，各十八人。6辘轲：坎坷。毕景：日落。喻暮年。冲融：淡泊冲和。7悬旌二句：谓到处设戍屯兵。8骨可换：谓成仙。《汉武帝内传》云："一年易气，二年易血，三年易精，四年易脉，五年易髓，六年易骨，七年易筋，八年易发，九年易形。"驭清风：仙人御风而行。

✣ 扬旗

【题解】

广德二年（764）六月作于成都，时在严武幕府。题下原注："二年夏六月，成都尹严公置酒公堂，观骑士试新旗帜。"据《新唐书·杜甫传》载，严武再帅剑南，表荐杜甫为参谋、检校工部员外郎。这首诗写严武置酒公堂、阅兵、试新旗的壮观场景，赞扬严武治军有方，期望他在任职期间，能够收复被吐蕃攻陷的松维保三州，保境安民。

【正文】

江雨飒长夏，府中有馀清[1]。
我公会宾客，肃肃有异声[2]。
初筵阅军装[3]，罗列照广庭。
庭空六马入，駊騀扬旗旌[4]。
回回偃飞盖，熠熠迸流星[5]。
来缠风飙急[6]，去擘山岳倾。
材归俯身尽，妙取略地平。
虹霓就掌握，舒卷随人轻[7]。
三州陷犬戎，但见西岭青[8]。
公来练猛士，欲夺天边城[9]。
此堂不易升，庸蜀日已宁[10]。
吾徒且加餐，休适蛮与荆[11]。

【注释】

1 江：锦江。长夏：农历六月称长夏。府：节度使官署。有馀清：清凉有余。2 我公：称严武。肃肃：严正。有异声：有卓异的名声。3 初筵：宴会初始。4 六马：节度使车驾可有六马，前《冬狩行》云："使君五马一马驰"。駊騀（pǒ ě）：马头摇动貌。5 回回：军旗招展貌。偃飞盖：如飞盖俯仰。熠熠：鲜明貌。6 缠：马上俯身，而旗尾掠地。7 虹霓：喻彩色旌旗。掌握：在手掌中。舒卷：伸展与卷合。8 三州：指松、维、保三州。犬戎：指吐蕃。西岭：岷山。9 天边城：即松、维、保三州，因地处边境，故称。10 堂：指节度使官署。不易升：意为责任重大。庸：今四川奉节县（夔州），古为庸国。庸蜀：即巴蜀。11 吾徒：我等。休适句：反用王粲《七哀诗》："复弃中国去，委身适荆蛮。"

✣ 严郑公阶下新松（得沾字）

【题解】

广德二年（764）秋作于成都幕府。这首诗与下一首咏竹，皆是严武（封郑国公）举办的宴会上，宾主命题赋诗。这首咏松，杜甫拈得沾字；下一首咏竹，杜甫拈得香字。浦起龙说："二诗皆寓依人意。松诗负气不凡，竹诗托意又婉。"（《读杜心得》卷三）张溍说："松竹皆公自喻幕中效职之意。不能无望于郑公之培植也。"（《杜诗镜铨》卷十一注引）

【正文】

弱质岂自负，移根方尔瞻。

细声闻玉帐[1]，疏翠近珠帘。

未见紫烟集，虚蒙清露沾。
何当一百丈，欹盖拥高檐²。

【注释】

1玉帐：主帅所在之军帐。2欹：倾斜。

❖严郑公宅同咏竹（得香字）

【题解】

广德二年（764）秋作于成都幕府，与前诗作于同时。前六句咏竹，后二句借题发挥，譬喻只要爱惜人才，人才总有脱颖而出的一天。这是泛咏，不必作自喻。

【正文】

绿竹半含箨¹，新梢才出墙。
色侵书帙晚²，阴过酒樽凉。
雨洗娟娟净³，风吹细细香。
但令无剪伐，会见拂云长。

【注释】

1箨：笋壳。2帙：书套。3娟娟：明媚美好的样子。

❖ 丹青引（赠曹将军霸）

【题解】

广德二年（764）作于成都。唐张彦远《历代名画记》载："曹霸，魏曹髦（高贵乡公）之后，髦画称于后代，霸在开元中已得名。天宝末每诏写御马及功臣，官至左武卫将军。"安史之乱后，曹霸亦漂泊成都，与杜甫相遇，此诗可以说是一篇绝妙的画家小传，其间亦寓诗人深深的同情。全诗四十句，八句一韵，平仄互换，换韵处换意成为自然段落。诗中所列曹霸从艺二三事，道出画家一生梗概，在材料处理上颇得主次详略之法。"将军魏武之子孙"八句叙曹霸家世、艺事及人品。"开元之中常引见"八句写图画凌烟功臣，在丹青事迹中又是陪笔，但较书艺的一笔带过又较详细。"先帝天马玉花骢"十六句写曹霸画马，是诗中主笔："斯须九重真龙出，一洗万古凡马空！""将军画善盖有神"八句慨叹曹霸遭逢的坎坷，并自鸣不平。清人乔亿云："此七古之长江大河也，于浑浩流转中，位置详审，无一笔造次，所谓惨淡经营者，画不可见，诗独当之矣。"（《杜诗义法》）

【正文】

将军魏武之子孙，于今为庶为清门[1]。
英雄割据虽已矣，文彩风流犹尚存[2]。
学书初学卫夫人，但恨无过王右军[3]。
丹青不知老将至，富贵于我如浮云[4]。
开元之中常引见，承恩数上南熏殿[5]。

凌烟功臣少颜色，将军下笔开生面[6]。
良相头上进贤冠，猛将腰间大羽箭[7]。
褒公鄂公毛发动，英姿飒爽来酣战[8]。
先帝天马玉花骢，画工如山貌不同[9]。
是日牵来赤墀下，迥立阊阖生长风[10]。
诏谓将军拂绢素，意匠惨澹经营中[11]。
斯须九重真龙出，一洗万古凡马空[12]。
玉花却在御榻上，榻上庭前屹相向[13]。
至尊含笑催赐金，圉人太仆皆惆怅[14]。
弟子韩幹早入室，亦能画马穷殊相[15]。
幹惟画肉不画骨，忍使骅骝气凋丧[16]。
将军画善盖有神，必逢佳士亦写真[17]。
即今飘泊干戈际，屡貌寻常行路人。
途穷反遭俗眼白[18]，世上未有如公贫。
但看古来盛名下，终日坎壈缠其身[19]。

【注释】

1魏武：曹操。清门：寒门。曹霸于玄宗末年得罪，削职为民。2英雄割据：指曹操平生事业。风流：流风余韵。犹：《全唐诗》校："一作今。"3卫夫人：卫铄，字茂猗，李矩妻，东晋著名女书法家。王羲之曾向她学习书法。参见张怀瓘《书断》卷中。王右军：王羲之。4丹青句：谓曹霸专心学画。语出《论语·述而》："发愤忘食，乐以忘忧，不知老之将至。"富贵句：语出《论语·述而》："不义而富且贵，于我如浮云。"5引见：应诏晋见皇帝。南熏殿：在唐长安南内兴庆宫中。6凌烟功臣：《大唐新语》卷十一载：唐太宗贞观十七年（643），命阎立本画功臣长孙无忌等二十四人之像于凌烟阁。少颜色：言时间久远，画像褪色。开生面：别开生面。7良相：指凌烟阁功臣像中的文臣，如长孙无忌等。进贤冠：文官朝冠。猛将：指凌烟阁功臣像中的武将，如秦叔宝等。大羽箭：唐太宗善骑射，常用四羽大竿长箭。8褒公：段志玄，封褒国公。参见《旧唐书》本传。鄂公：尉迟敬德，封鄂国公。参见《旧唐书》本传。毛发动：须眉生动。飒爽：豪迈英俊貌。9先帝：指唐玄宗。天：《全唐诗》校："一作御。"玉花骢：马名。画工如山：言画工之多。貌不同：指不能神似。貌，描画。10赤墀：宫殿的台阶，因涂成红色，故称。迥立：昂首挺立。阊阖：宫门。生长风：形容马精神抖擞。11诏：皇帝的命令。绢素：绘画用的白绢。意匠：即构思。惨澹经营：用尽苦心去布局设计。12斯须：片刻。九重：宫门之数，指皇宫。真龙：语见《周礼·夏官》："马八尺以上为龙。"一洗：一扫。13玉花：即玉花骢。御榻：皇帝坐卧的矮床。此指床边的屏障。相向：相对屹立，真假难辨。14至尊：指玄宗。圉人：养马人。太仆：太仆寺是掌管皇帝车马的机构。惆怅：感慨。15韩幹：《历代名画记》卷九："韩幹，大梁人。……官至太府寺丞。善写貌人物，尤工鞍马。初师曹霸，后自独擅。"入室：谓画马得到老师的真传。穷殊相：各种形态都能画得真切。16画肉：画马之态肥大。画骨：画马的精神风骨。气凋丧：不具有骏马的气质。17画善：《全唐诗》校："一作善画。"写真：画像。18遭俗眼白：被世俗庸人瞧不起。19坎壈（lǎn）：困顿失意。

❖韦讽录事宅观曹将军画马图

【题解】

广德二年（764）作于成都。杜甫在阆州录事参军韦讽宅（宅在成都）观看其收藏的曹霸"九马图"，写了这首题画诗，记下他观画后的兴会。这幅"九马画"，入宋后归长安薛绍彭收藏，苏轼还为之作《九马图赞》，米芾《画史》尚有记载。今已失传。"国初已来画鞍马"四句，先引江都王作陪，衬出曹霸，说曹霸"得名三十载"，人们才又能见到神骏之马。"曾貌先帝照夜白"八句，详细叙出曹霸受到玄宗恩宠和艺名大振的往事，为描写九马图张本，并伏下末段诗意。"昔日太宗拳毛"以下十四句，转入正题，具体形容"九马图"。诗人多层次、多方位地描写曹霸所画的九匹马，错综写来，灵活生动。"忆昔巡幸新丰宫"八句，先写玄宗巡幸骊山的景况之盛，后写玄宗入葬泰陵后的景况之衰，韵致悠长，盛衰之叹，俯仰感慨，尽在不言中。

【正文】

国初已来画鞍马，神妙独数江都王[1]。
将军得名三十载，人间又见真乘黄[2]。
曾貌先帝照夜白，龙池十日飞霹雳[3]。
内府殷红马脑碗，婕妤传诏才人索[4]。
碗赐将军拜舞归，轻纨细绮相追飞。
贵戚权门得笔迹[5]，始觉屏障生光辉。
昔日太宗拳毛騧，近时郭家师子花[6]。
今之新图有二马，复令识者久叹嗟。
此皆骑战一敌万，缟素漠漠开风沙[7]。
其馀七匹亦殊绝，迥若寒空动烟雪。
霜蹄蹴踏长楸间，马官厮养森成列[8]。
可怜九马争神骏，顾视清高气深稳。
借问苦心爱者谁，后有韦讽前支遁[9]。
忆昔巡幸新丰宫，翠华拂天来向东[10]。
腾骧磊落三万匹，皆与此图筋骨同[11]。
自从献宝朝河宗，无复射蛟江水中[12]。

君不见金粟堆前松柏里，龙媒去尽鸟呼风[13]。

【注释】

1 国初已来：唐代开国以来。江都王：李绪。《历代名画记》卷十："江都王绪，霍王元轨之子，太宗皇帝犹子也。多才艺，善书画，鞍马擅名。官至金州刺史。" 2 三：《全唐诗》校："一作四。"乘黄：神马。3 先帝：指唐玄宗。照夜白：《明皇杂录》："上所乘马有玉花骢及照夜白，皆骏逸无比。"龙池：池名，故址在今陕西西安市兴庆公园内。飞霹雳：言画马逼真，感动龙池之龙，随风雷而出。4 内府：皇家仓库。马脑：即玛瑙。婕妤、才人：皆为宫中女官。5 贵戚：皇帝的内外亲族。权门：执政的权臣。6 拳毛䯄（guā）：唐太宗所乘六骏之一。师子花：骏马名。代宗以赐郭子仪。见唐苏鹗《杜阳杂编》卷上。7 一敌万：一匹敌万匹。缟素：画绢。漠漠：弥漫貌。开：扬起。8 楸：树名。古人常种楸树于大道边，故曰长楸。厮养：犹厮役。9 支遁：晋高僧，字道林。《世说新语·言语》载："支道林常养数匹马。或言道人畜马不韵，支曰：'贫道重其神骏。'" 10 巡幸：帝王到外地巡视。此指玄宗出巡。新丰宫：即华清宫，在今陕西省西安市临潼区骊山。翠华：用翠鸟羽毛饰于旗杆上的旗，为天子仪仗。向东：离开长安东行。11 腾骧：奔跃，超越。磊落：众多貌。筋骨：体格。12 河宗：即河伯。射蛟：用汉武帝事。《汉书·武帝纪》载："元封五年冬，行南巡狩，自寻阳浮江，亲射蛟江中，获之。" 13 金粟：山名，唐玄宗泰陵所在地，在今陕西蒲城县东北二十里。龙媒：指骏马，《汉书·礼乐志》载《天马歌》："天马倈，龙之媒。"

❖送韦讽上阆州录事参军

【题解】

广德二年(764)秋作于成都。虽是一首送别诗,却真实地反映了安史之乱以来,战祸不断,民不聊生,而官府仍不顾百姓死活横征暴敛的社会状况。录事参军职掌纠察、举善弹恶之事,所以诗人劝韦讽到任后,能克尽职守,严于执法,制止官吏的苛酷行为,以纾解人民的苦难与困窘。表现了杜甫对民生疾苦一贯的关怀。宋张溍说:"此诗可当一则致治宝训。"(《杜诗详注》卷十三引)

【正文】

国步犹艰难,兵革未衰息[1]。
万方哀嗷嗷,十载供军食[2]。
庶官务割剥,不暇忧反侧[3]。
诛求何多门,贤者贵为德[4]。
韦生富春秋,洞彻有清识[5]。
操持纪纲地,喜见朱丝直[6]。
当令豪夺吏,自此无颜色[7]。
必若救疮痍,先应去蟊贼[8]。
挥泪临大江,高天意凄恻[9]。
行行树佳政[10],慰我深相忆。

【注释】

1 国步:犹国家前途。兵革:指战乱。2 嗷嗷:哀鸣声。语见《诗·小雅·鸿雁》："哀鸣嗷嗷。"十载：自天宝十四载（755）安史之乱起，至广德二年作此诗时，恰为十年。3庶官：众官。务：专心致力。割剥：压榨剥削。反侧：不稳定。4诛求：征求。多门：多种多样。为德：实行德政。5富春秋：年富力强。洞彻：通达。清识：清明的识鉴。6操持：掌管。纪纲：指录事参军之职掌纠察本府下属官吏的职责。朱丝直：喻行事正直，不徇私舞弊。语见鲍照《白头吟》："直如朱丝绳。"7豪夺吏：巧取豪夺的贪官污吏。无颜色：没有脸面。8疮痍：喻民间疾苦。蟊贼：害虫。食禾根的虫称蟊，食禾节的虫称贼。此指"豪夺吏"。9大江：锦江。高天：秋高气爽之时。10行行：连续。佳政：美好的政绩。

✤立秋雨院中有作

【题解】

广德二年（764）立秋日作于严武幕中。"院中"指节度使府署。当年六月新任成都尹兼剑南东西川节度使严武保荐杜甫为节度使署中参谋、检校工部员外郎，赐绯鱼袋，入幕参军事。杜甫与严武的关系也发生了微妙的变化，譬如过去的哥们，现在成了顶头上司，成了老板。而幕府中人际关系复杂，严武不可能对杜甫特殊对待，而同僚也并不对他高看一眼。所以出现了一些上不了台面的不顺心事。立秋日逢雨这天，杜甫写下此诗，抒发内心的苦闷。

【正文】

山云行绝塞，大火复西流[1]。
飞雨动华屋，萧萧梁栋秋。
穷途愧知己，暮齿借前筹[2]。

已费清晨谒，那成长者谋[3]。
解衣开北户，高枕对南楼。
树湿风凉进，江喧水气浮。
礼宽心有适，节爽病微瘳[4]。
主将归调鼎，吾还访旧丘[5]。

【注释】

1大火：星名。2知己：指严武。借前筹：用郦食其、张良事。郦食其为刘邦画策，使立六国之后以削弱楚。张良以为甚谬，刘邦曰："间哉？"张良曰："臣请借前箸为大王筹之。"见《史记·留侯世家》。后称代人策划为"借箸"或"借前筹"。杜甫时为节度参谋，故云。3已费二句：谓每天清晨请谒已成例行公事，哪能为严公出谋画策有所裨益。长者：指严武。4瘳（chōu）：病愈。5调鼎：入朝管理国政。旧丘：指草堂。

❖奉和严大夫军城早秋

【题解】

广德二年（764）七月作于严武幕府。严武原作写边塞战争，不落俗套地选取了战争前夜和战斗即将结束这两个时段，诗中的敌人（吐蕃军曾经打到过长安）俨然已经成了四下逃窜的手下败将，主将喝令将领率军追击，充满了一种不歼灭敌人绝不后退的决心和大无畏的精神。蒋弱六说："严诗一味英武，此更写得精细，有多少方略在，而颂处仍不溢美。"（《杜诗镜铨》卷十一引）

【正文】

秋风袅袅动高旌,玉帐分弓射虏营[1]。

已收滴博云间戍,更夺蓬婆雪外城[2]。

【注释】

1袅袅:旌旗随风摆动的样子。玉帐:征战时主将所居的军帐。2滴博:岭名,一作"的博岭更夺";《全唐诗》校:"一作次取。"蓬婆:吐蕃城名,在今四川松潘县。

【附录】

军城早秋
严武

昨夜秋风入汉关,朔云边月满西山。

更催飞将追骄虏,莫遣沙场匹马还。

❖宿府

【题解】

广德二年(764)秋作于严武幕府。杜甫为节度使署中参谋,是要上班的,得早出晚归,值夜班要住府内,这就是"宿府"的来历。住在幕府里,当然不能有家人,所以首联对句中说是"独宿"。这一夜无眠,诗人想了些什么?"伶俜十年事",从天宝十四年(755)安史之乱发生至今,正是十年。杜甫入幕,既出于为一家生计考虑,也是因为严武盛情难却,"强移栖息一枝安",包含诗人多少无奈。

【正文】

　　清秋幕府井梧寒，独宿江城蜡炬残。
　　永夜角声悲自语，中天月色好谁看。
　　风尘荏苒音书绝[1]，关塞萧条行路难。
　　已忍伶俜十年事，强移栖息一枝安[2]。

【注释】

　　1 风尘：喻战乱。荏苒：连绵貌。2 伶俜：孤苦。十年：自安史之乱起至此已十年。一枝安：语见《庄子逍遥游》："鹪鹩巢于深林，不过一枝。"

✣院中晚晴怀西郭茅舍

【题解】

　　广德二年（764）秋作于严武幕府。题下原注："（西郭茅舍）即浣花草堂。"杜甫在节度使府署院中留值，因晚晴起兴怀念草堂。自忖既接受了官吏的任命，又渴望隐居的生活，很不自在，因而写下这首具有自嘲意味的诗。

【正文】

　　幕府秋风日夜清，澹云疏雨过高城。
　　叶心朱实看时落[1]，阶面青苔先自生。
　　复有楼台衔暮景，不劳钟鼓报新晴[2]。
　　浣花溪里花饶笑，肯信吾兼吏隐名[3]。

【注释】

1朱实：红色果实。2暮景：夕阳。钟鼓报新晴：旧俗以钟鼓声亮为晴之占。3吏隐：边官边隐，时杜甫为检校工部员外郎。

✤太子张舍人遗织成褥段

【题解】

广德二年（764）秋作于成都。"太子舍人"是东宫太子的侍从官。《旧唐书·职官志》：太子舍人，正六品上，掌行令书令旨及表启之事。杜甫在严武节度使府署任职，时有张舍人送他一件高档褥段，杜甫见礼品过于贵重，是宫廷奢侈品，所以不肯接受。事后写了这首诗抒发感想。钱谦益说："严武累年在蜀，肆志逞欲，恣行猛政，穷极奢靡，赏赐无度。公在武幕下，此诗特借以讽喻，朋友责善之道也。"（《钱注杜诗》卷五）

【正文】

客从西北来，遗我翠织成[1]。
开缄风涛涌，中有掉尾鲸[2]。
逶迤罗水族，琐细不足名[3]。
客云充君褥，承君终宴荣[4]。
空堂魑魅走，高枕形神清[5]。
领客珍重意，顾我非公卿[6]。
留之惧不祥，施之混柴荆[7]。
服饰定尊卑，大哉万古程[8]。
今我一贱老，裋褐更无营[9]。

煌煌珠宫物，寝处祸所婴[10]。
叹息当路子[11]，干戈尚纵横。
掌握有权柄，衣马自肥轻[12]。
李鼎死岐阳[13]，实以骄贵盈。
来瑱赐自尽，气豪直阻兵[14]。
皆闻黄金多，坐见悔吝生[15]。
奈何田舍翁，受此厚贶情[16]。
锦鲸卷还客[17]，始觉心和平。
振我粗席尘，愧客茹藜羹[18]。

【注释】

1客：指张太子舍人。西北：指长安。织成：织成品。二句语本《古诗十九首》："客从远方来，遗我一端绮。"2开缄：打开包装。掉尾鲸：摇摆尾巴的鲸鱼。3逶迤：蜿蜒曲折貌。罗：罗列。不足名：不能一一说清名字。4充：充作。君：杜甫。承：承受。终宴荣：宴后醉眠。5魑魅走：意可避邪。形神清：形神安泰。6顾：犹但。7施：陈设。混：混杂。柴荆：柴门荆户。8定：区分。万古程：永远不变的法度。9裋褐：粗布短衣。营：求。10煌煌：光明貌。珠宫：传说中的龙宫。此指宫廷。婴：遭受。11当路子：当权者。12肥轻：肥马轻裘。13李鼎：唐大将。始为羽林军大将军，上元元年（760）至二年任凤翔尹，有军功。事见《唐书·肃宗纪》。李鼎之死，史无明载，据此诗大约是恃功骄贵，得罪被杀。岐阳：岐山之阳，指凤翔。14来瑱：唐官员。曾任山南东道节度使，后贬来瑱为播州县尉，旋赐死于鄂县，籍没其家。见《旧唐书·来瑱传》。阻兵：恃兵抗上。15悔吝：悔恨。16田舍翁：杜甫自称。贶：赠送。17锦鲸：指织成褥段。18振：抖去。茹：吃。藜羹：用藜叶做的菜汤。

❖到村

【题解】

广德二年（764）秋作于成都。杜甫到节度使署中上班，完全是碍于严武的情面。这首诗写于准假暂归草堂时。诗中表现了杜甫老参戎幕，苦于拘束，得假暂归浣花村，乐得悠游的心情。结尾有待还了严武这份人情，届时拟辞幕职，还归草堂终老的打算。

【正文】

碧涧虽多雨，秋沙先少泥。
蛟龙引子过，荷芰逐花低。
老去参戎幕[1]，归来散马蹄。
稻粱须就列[2]，榛草即相迷。
蓄积思江汉，疏顽惑町畦[3]。
稍酬知己分，还入故林栖[4]。

【注释】

1参戎幕：指任节度使署中参谋。2稻粱：代指生计。就列：任职。3疏顽：懒散愚钝。町畦：田间的界路。4知己：指严武。分（fèn）：情分。故林：指草堂。

❖ 村雨

【题解】
广德二年（764）秋作于草堂，与前诗为同时所作。诗中表现了杜甫被入幕供职矛盾的心情，一方面不满于尸位素餐，一方面又忧念时局，结尾表达了渴望早些回归草堂，复返自然的心情。

【正文】
雨声传两夜，寒事飒高秋。
挈带看朱绂，开箱睹黑裘[1]。
世情只益睡，盗贼敢忘忧。
松菊新沾洗，茅斋慰远游[2]。

【注释】
1朱绂：红色官服。黑裘：用苏秦事，喻人奔波劳碌。2茅斋：草堂。远游：指漂泊西南。

❖ 倦夜

【题解】
广德二年（764）秋作于草堂。宋吴曾《能改斋漫录》卷四曰："顾陶所编杜诗，有题云《倦秋夜》，而今本止云《倦夜》。"这首诗写杜甫在失眠的秋夜里，感受到的幽暗，寂静，孤

单,倦怠和悲凉。浦起龙说:"此诗绝不明言所以,而羁孤老倦之态,溢于言表。"(《读杜心解》卷三)

【正文】

竹凉侵卧内,野月满庭隅[1]。
重露成涓滴,稀星乍有无[2]。
暗飞萤自照,水宿鸟相呼[3]。
万事干戈里,空悲清夜徂[4]。

【注释】

1满:《全唐诗》校:"一作遍。" 2乍有无:忽现忽隐。 3暗飞二句:《全唐诗》校:"一作飞萤自照水,宿鸟竞相呼。" 4徂:往,逝。

✤寄董卿嘉荣十韵

【题解】

广德二年(764)秋作于成都。杜甫获知将军董嘉荣率部开赴西山,保卫边防,与吐蕃作战的消息,便写下这首五言排律寄给他,勉励董将军为国杀敌,创建奇功。

【正文】

闻道君牙帐,防秋近赤霄[1]。
下临千雪岭,却背五绳桥[2]。
海内久戎服,京师今晏朝[3]。
犬羊曾烂熳[4],宫阙尚萧条。

猛将宜尝胆,龙泉必在腰[5]。
黄图遭污辱,月窟可焚烧[6]。
会取干戈利,无令斥候骄[7]。
居然双捕虏,自是一嫖姚[8]。
落日思轻骑,高天忆射雕。
云台画形像[9],皆为扫氛妖。

【注释】

1牙帐:主将的军帐,以帐前树牙旗(竿上饰以象牙的大旗)故称。防秋:古代北方每至入秋,边塞常发生战事,届时边军特别加强警卫,称为防秋。2雪岭:《全唐诗》校:"一作仞雪。"五绳桥:用五条篾索连结两岸,铺以竹木而成桥。3戎服:军装。代指战争。晏朝:军政繁忙,日晚犹坐朝。4犬羊:指吐蕃。烂熳:蔓延,弥漫。5尝胆:吴王夫差灭越,越王勾践卧薪尝胆,终于报仇雪耻,兴越灭吴。见《史记·越王勾践世家》。龙泉:宝剑名。6黄图:指京城。月窟:月亮的归宿处,在西极。此指吐蕃。7斥候:侦察兵,哨兵。8捕虏:东汉马武与盖延等讨刘永,拜捕虏将军。见《后汉书·马武传》。嫖姚:西汉霍去病曾为嫖姚校尉。见《汉书·霍去病传》。9云台:东汉洛阳南宫中高台名,代指朝廷。

❖晚秋陪严郑公摩诃池泛舟(得溪字)

【题解】

广德二年(764)秋作于成都。据《成都记》载:"摩诃池在张仪子城内,隋蜀王秀取土筑广子城,因为池。有胡僧见之曰:'摩诃宫毗罗。'盖摩诃为大宫,毗罗为龙,为此池广大有龙,因

先帝天馬玉花驄畫工如山貌不同是日牽來赤墀下迴立閶闔生長風詔謂將軍拂絹素意匠慘澹經營中斯須九重真龍出一洗萬古凡馬空

將軍魏武之子孫於今為庶為清門英雄割據雖已矣文彩風流猶尚存學書初學衛夫人但恨無過王右軍丹青不知老將至富貴於我如浮雲開元之中常引見承恩數上南薰殿凌煙功臣少顏色將軍下筆開生面良相頭上進賢冠猛將腰間大羽箭褒公鄂公毛髮動英姿颯爽來酣戰先帝天馬玉花驄畫工如山貌不同是日牽來赤墀下迴立閶闔生長風詔謂將軍拂絹素意匠慘澹經營中斯須九重真龍出一洗萬古凡馬空玉花卻在御榻上榻上庭前屹相向至尊含笑催賜金圍人太僕皆惆悵弟子韓幹早入室亦能畫馬窮殊相幹惟畫肉不畫骨忍使驊騮氣凋喪將軍畫善蓋有神必逢佳士亦寫真即今飄泊干戈際屢貌尋常行路人途窮反遭俗眼白世上未有如公貧但看古來盛名下終日坎壈纏其身 錄杜工部丹青引二百八十言先妣繪杜甫詩意圖并書

甲秋林坤

名摩诃。"王嗣奭说："泛池赋诗,而得'溪'字,如此落韵,意外巧妙,亦寓乞归意。"(《杜臆》卷六)

【正文】

湍驶风醒酒[1],船回雾起堤。
高城秋自落[2],杂树晚相迷。
坐触鸳鸯起,巢倾翡翠低[3]。
莫须惊白鹭,为伴宿清溪[4]。

【注释】

1湍驶:急流。2高城:成都的城墙。秋自落:秋气从天而降。3翡翠:鸟名,即翠鸟。4清溪:指浣花溪。

❖奉观严郑公厅事岷山沱江画图十韵(得忘字)

【题解】

广德二年(764)秋作于成都。"厅事"官府办公的地方。"沱江"即郫江,岷江的支流。杜甫应严武之邀观赏厅壁上的岷山沱江画图,拈韵赋诗得忘字,写下了这首五言排律。诗中写景极为生动细腻。王嗣奭说："此诗是唐人咏画格调,而遣词工致,娓娓不穷,他人无复措手处。"杨万里说："杜集排律多矣,独此琼枝寸寸是玉,栴檀片片皆香。"(《杜诗详注》卷十四注引)

【正文】

沱水流中座[1],岷山到此堂。

白波吹粉壁，青嶂插雕梁。
直讶杉松冷，兼疑菱荇香[2]。
雪云虚点缀，沙草得微茫。
岭雁随毫末，川蜺饮练光[3]。
霏红洲蕊乱，拂黛石萝长。
暗谷非关雨，丹枫不为霜[4]。
秋成玄圃外[5]，景物洞庭旁。
绘事功殊绝，幽襟兴激昂[6]。
从来谢太傅[7]，丘壑道难忘。

【注释】

1流：《全唐诗》校："一作临。"2荇：荇菜，水生植物。3蜺：虹蜺。练光：指水。传说虹能饮水。见刘敬叔《异苑》卷一。4暗谷：《全唐诗》校："一作谷暗。"丹枫：《全唐诗》校："一作枫丹。"5玄圃：谓仙境。6幽襟：幽怀。7谢太傅：谢安，卒赠太傅。此以谢安喻指严武。

❖遣闷奉呈严公二十韵

【题解】

广德二年（764）秋作于严武幕中。杜甫在诗中向严武陈述难耐幕府条例的拘束，只是因为严武盛情难却，才勉为其难担任幕职，加上年衰多病，生性疏放，又与幕府同僚意见不合，希望严武体谅他的心情，将他放归草堂，重过田园生活。黄生说："公与严武始终暌合之故，具见此诗。公在蜀两依严武，其与故旧之情，不可谓不厚。及居幕中，未免以礼数相拘，又为同辈所谮，此公所以

不堪其束缚，往往寄之篇咏也。"（《杜诗镜铨》卷十一注引）

【正文】

白水鱼竿客，清秋鹤发翁。
胡为来幕下[1]，祗合在舟中。
黄卷真如律，青袍也自公[2]。
老妻忧坐痹，幼女问头风[3]。
平地专欹倒，分曹失异同[4]。
礼甘衰力就，义忝上官通[5]。
畴昔论诗早，光辉仗钺雄[6]。
宽容存性拙，剪拂念途穷[7]。
露裛思藤架，烟霏想桂丛[8]。
信然龟触网，直作鸟窥笼[9]。
西岭纡村北[10]，南江绕舍东。
竹皮寒旧翠，椒实雨新红。
浪簸船应坼[11]，杯乾瓮即空。
藩篱生野径，斤斧任樵童。
束缚酬知己，蹉跎效小忠。
周防期稍稍[12]，太简遂匆匆。
晓入朱扉启[13]，昏归画角终。
不成寻别业，未敢息微躬[14]。
乌鹊愁银汉，驽骀怕锦幪[15]。
会希全物色，时放倚梧桐[16]。

【注释】

1来：《全唐诗》校："一作居。" 2黄卷：指记录官员过失的黄色文本。如律：依法律条文进行处理。青袍：唐制，官人九品服青。此泛言官职卑微。3痹：风湿病。头风：头痛病。4平地句：谓体弱多病，走路不稳，经常跌倒。分曹：指同事者。异同：指意见不一致。5忝：辱。谦辞。上官：谓严武。6畴昔：往日。仗钺：手持黄钺（象征诛杀大权的大斧）。指统率军队，镇守一方。7剪拂：洗涤拂拭，比喻奖掖提携。8裛：沾湿。桂丛：指隐逸之处。语出《楚辞·招隐士》："桂树丛生兮山之幽。"9龟触网、鸟窥笼：皆比喻自己受束缚。10纡：弯曲。11坼：裂开。12周防：谨密防患。稍稍：渐渐。13朱扉：朱门。14微躬：犹贱体。15乌鹊句：反用乌鹊填桥事。驽骀：劣马。喻庸才。锦幪：覆于马背的锦巾。16全物色：意谓全其天年。倚梧桐：语出《庄子·德充符》："倚树而吟，据槁梧而瞑。"槁梧，指琴。

❖送舍弟颖赴齐州三首

【题解】

广德二年（764）秋作于成都。杜甫有四个弟弟，依次名颖、观、丰、占。安史之乱发生后，彼此天各一方。杜甫在乱离生涯中，曾得到杜颖捎来的书信，并作《得舍弟消息二首》《得舍弟消息》等诗。当年秋天，杜颖不辞万里来成都探望兄长，不久将回山东齐州（今山东济南市），杜甫便写了这三首诗送他，第一首写惜别之情，第二首写思念之情，第三首写对重逢的希望，诗中还提到诸姑和其他弟弟。

【正文】

一

岷岭南蛮北，徐关东海西[1]。

此行何日到,送汝万行啼。
绝域惟高枕,清风独杖藜。
危时暂相见,衰白意都迷。

二

风尘暗不开[2],汝去几时来。
兄弟分离苦,形容老病催[3]。
江通一柱观,日落望乡台[4]。
客意长东北,齐州安在哉。

三

诸姑今海畔,两弟亦山东[5]。
去傍干戈觅,来看道路通。
短衣防战地,匹马逐秋风。
莫作俱流落,长瞻碣石鸿[6]。

【注释】

1南蛮:指南诏,在今云南一带。徐关:在今山东淄博市西南。2风尘:喻战乱。3形容:容貌。4一柱观:观在江陵,为南朝宋临川王刘义庆所建。见《诸宫故事》。望乡台:台在成都,为蜀王秀所建。见《成都记》。5诸姑:谓杜审言之女。两弟:谓杜观与杜丰。6碣石鸿:语见《淮南子·览冥训》:"过归雁于碣石。"此以鸿雁喻兄弟。碣石山在齐州东北海中。

❖哭台州郑司户苏少监

【题解】

广德二年（764）秋作于成都。杜甫同时得到两位故人的死讯，"台州（今浙江临海）郑司户"即郑虔，为台州司户参军；"苏少监"即苏源明，为秘书少监。这两人都是杜甫的知心朋友，所以杜甫得到消息非常悲痛。卢世㴶说："此诗泣下最多，缘二公与子美莫逆故也。'豪俊人谁在，文章扫地无。羁游万里阔，凶问一年俱。'二十字抵一篇大祭文。结云：'飘零迷哭处，天地日榛芜。'苍苍茫茫，有何地置老夫之意。想诗成时，热泪一涌而出，不复论行点矣，是以谓之'哭'也。"（《杜诗详注》引）

【正文】

故旧谁怜我，平生郑与苏。
存亡不重见[1]，丧乱独前途。
豪俊何人在，文章扫地无[2]。
羁游万里阔，凶问一年俱[3]。
白首中原上，清秋大海隅[4]。
夜台当北斗，泉路著东吴[5]。
得罪台州去，时危弃硕儒[6]。
移官蓬阁后，谷贵没潜夫[7]。
流恸嗟何及，衔冤有是夫[8]。
道消诗兴废，心息酒为徒[9]。
许与才虽薄，追随迹未拘[10]。

班扬名甚盛，嵇阮逸相须[11]。
会取君臣合，宁铨品命殊[12]。
贤良不必展，廊庙偶然趋[13]。
胜决风尘际，功安造化炉[14]。
从容询旧学，惨澹閟阴符[15]。
摆落嫌疑久，哀伤志力输[16]。
俗依绵谷异，客对雪山孤[17]。
童稚思诸子，交朋列友于[18]。
情乖清酒送，望绝抚坟呼[19]。
疟病餐巴水，疮痍老蜀都[20]。
飘零迷哭处，天地日榛芜[21]。

【注释】

1存亡句：谓与二人生死永隔。2埽地无：全部丧亡。3凶问：死讯，噩耗。一年俱：谓郑、苏二人卒于同一年（广德二年）。4白首二句：分别指苏、郑之所在。5夜台：坟墓。此句谓苏卒于长安。泉路：泉下，地下。东吴：泛指古吴地，在今江苏、浙江一带，谓郑卒于台州。6得罪句：郑虔曾为安禄山伪官，于肃宗复国后被贬台州司户参军。硕儒：大儒。7蓬阁：指秘书省。苏源明官终秘书少监。谷贵：《新唐书·五行志》载："广德二年秋，关辅饥，米斗千钱。"潜夫：指苏源明，典见东汉王符撰《潜夫论》。8流恸：悲痛地大哭。衔冤句：谓含冤竟至如此地步。9道消：正道消亡。心息：心灰意冷。10许与：谓结交引为知己。才虽薄：自谦之词。迹未拘：不拘形迹。11班扬：班固扬雄，皆汉赋著名作家。嵇阮：嵇康阮籍。逸：任诞不羁。相须：互相依存。12会取二句：意谓居官当看重君臣契合，并不计较官阶高低。会：当。君臣合：谓君臣契合。铨：论，考虑。品命：官阶，品位。13展：展露。廊庙：朝廷。14胜决二句：言肃宗复国。造化炉：喻天地。

15 询旧学：苏于玄宗时曾任太子谕德、国子司业，肃宗时为翰林学士，转秘书少监，故云。询，原作"拘"，《全唐诗》校："一作询。"据改。惨澹：悲惨凄凉。闷：隐藏。阴符：泛指兵书。《新唐书·郑虔传》："虔学长于地里，山川险易、方隅物产、兵戍众寡无不详。尝为《天宝军防录》，言典事该。"此句谓郑贬台州，故其兵书亦不能传于世。16 摆落：摆脱。输：逊。17 绵谷：唐县名，利州州治，在今四川广元市。雪山：岷山雪岭。18 童稚句：谓自己在儿童时便仰慕郑、苏之才名。列友于：谓异姓为兄弟。19 情乖二句：谓自己身处远方，不能到二人坟前哭祭。清酒：古代祭祀用的酒。20 疟病：疟疾。蜀都：成都。21 榛芜：言道路梗塞。

❖怀旧

【题解】

广德二年（764）秋作于成都。"苏司业"即苏源明，苏天宝年间进士及第，累迁为国子司业。题下原注："公前名预，避御讳，改名源明。"苏源明这年因发生饥荒饿死于长安，杜甫得知苏的死讯后写了这首诗悼念他。诗中哀叹彼此再没有重逢论文的机会。浦起龙说："此等诗惟彼我交感，方见情至。"（《读杜心解》卷三）

【正文】

地下苏司业，情亲独有君。
那因丧乱后[1]，便有死生分。
老罢知明镜，悲来望白云[2]。
自从失词伯[3]，不复更论文。

【注释】

1 那：无奈。便有：《全唐诗》校："一作更作。" 2 老罢二句：对着明镜自知衰老，望着白云更觉悲伤。语见晋山涛悼嵇康诗："白云央央，我心悲伤。挥泪望云，云路阻长。" 3 词伯：犹文豪。此指苏源明。

❖别唐十五诫因寄礼部贾侍郎

【题解】

广德二年（764）秋作于严武幕中。"唐十五诫"即唐诫，行第十五，杜甫友人。"贾侍郎"即贾至，杜甫为左拾遗时，有《留别贾严二阁老两院补阙得云字》《奉和贾至舍人早朝大明宫》等诗与贾至相酬唱，可见两人关系非同一般。《旧唐书·贾至传》载："（贾至）宝应二年为尚书右丞，广德二年转礼部侍郎。"是年九月"贾至知东京举"。时唐诫往东京，杜甫因此写下这首诗，一以送别，一方面向贾至致意，并向他推荐唐诫。张远注云："时唐十五必往东都赴举，公故寄诗为之先容也。"（《杜诗详注》引）

【正文】

九载一相逢，百年能几何[1]。
复为万里别，送子山之阿[2]。
白鹤久同林，潜鱼本同河。
未知栖集期[3]，衰老强高歌。
歌罢两悽恻，六龙忽蹉跎[4]。
相视发皓白，况难驻羲和[5]。
胡星坠燕地，汉将仍横戈[6]。

萧条四海内，人少豺虎多。
少人慎莫投，多虎信所过[7]。
饥有易子食，兽犹畏虞罗[8]。
子负经济才，天门郁嵯峨[9]。
飘飘适东周，来往若崩波[10]。
南宫吾故人，白马金盘陀[11]。
雄笔映千古，见贤心靡他[12]。
念子善师事，岁寒守旧柯[13]。
为吾谢贾公，病肺卧江沱[14]。

【注释】

1百年：犹一生。2山之阿：山阿，山的弯曲处。3栖集：重逢。4悽恻：悲伤。六龙：指太阳。传说日神乘车，驾以六龙。蹉跎：虚度光阴。5皓白：雪白。唐诚当为老举子。驻羲和：让时光停留。羲和，神话中太阳的驾车人。6胡星：即昴星，象征胡。见《史记·天官书》。坠：指史朝义之死。燕地：安史叛军的老巢，地在今北京附近地区。汉将：泛指各地恃兵作乱的藩镇。7信所过：指经过之后就相信了。8易子食：语见《左传·宣公十五年》："敝邑易子而食，析骸以爨。"虞罗：罗网。9子：指唐诚。经济：经国济民。天门：此指朝廷。嵯峨：高峻貌。10东周：指洛阳。崩波：奔波。11南宫：指尚书省。故人：指贾至。金盘陀：贵重的马鞍垫。12靡他：无二心。13师事：以师礼相待。岁寒句：指像松柏一样坚贞。14病肺：杜甫自指。江沱：江水支流的通称。

✤ 初冬

【题解】

广德二年（764）初冬作于草堂。杜甫请假从幕府暂归草堂，写下这首诗咏怀。首联写从幕府休假归草堂，颔联写浣花溪畔夜色，颈联分写幕府陪宴和草堂吟咏，尾联说干戈未息（指唐与吐蕃间的战争），无论出仕与隐退都不能称心。

【正文】

垂老戎衣窄，归休寒色深[1]。
渔舟上急水，猎火著高林。
日有习池醉，愁来梁甫吟[2]。
干戈未偃息，出处遂何心[3]。

【注释】

1 戎衣：军服。时杜甫为节度参谋，故着戎衣。归休：归家休沐。2 习池：习家池，在湖北襄阳，是东汉初年襄阳侯习郁的私家池塘，此当指摩诃池。梁甫吟：详见前注。3 偃息：停止。出处：犹进退，指出仕与隐退。

✤ 寄贺兰铦

【题解】

广德二年（764）冬作于成都。当年春在阆州有《赠别贺兰铦》，见前。此诗是别后再寄。前四句写乱后相逢之感，从欢娱说至震荡，盖二人初交于盛唐，而再逢于离乱之日。万里白头，暂遇途中。后四句写远方惜别之情。难得相逢，又忽离散。结尾说，不要说俱在异域，草间偷活也凑不到一块。"饮啄"二字拟物，形容极妙。

【正文】
　　朝野欢娱后[1]，乾坤震荡中。
　　相随万里日[2]，总作白头翁。
　　岁晚仍分袂，江边更转蓬[3]。
　　勿云俱异域，饮啄几回同[4]。

【注释】
　　1朝野欢娱：指开元、天宝盛世。2相随万里：贺兰铦与杜甫一样避乱于蜀中，故云。3分袂：分手，离别。转蓬：飞转的蓬草。喻漂泊不定。4勿云：别说。异域：他乡。饮啄：犹饮食。语见《庄子·养生主》："泽雉十步一啄，百步一饮。"

❖观李固请司马弟山水图三首

【题解】
　　广德二年（764）冬作于成都。"李固"当是蜀人，居成都，事迹不详。其弟曾为司马，善画山水。李固请杜甫到家中，观其弟画作"海上仙山图"，并请题诗。杜甫便写下这三首五言律诗。第一首，浦起龙说："前叙事，后题画。而用意处，却在厌思乱而慕仙游。"(《读杜心解》)第二首描述画中山水人物，恨不能羽化登仙而脱离凡尘。第三首详叙画中山水景物，希望被神仙接引升天。仇兆鳌说："三诗一意，总是因画而动高隐之思。"(《杜诗详注》)

【正文】

一

简易高人意，匡床竹火炉[1]。
寒天留远客，碧海挂新图[2]。
虽对连山好，贪看绝岛孤[3]。
群仙不愁思，冉冉下蓬壶[4]。

二

方丈浑连水，天台总映云[5]。
人间长见画[6]，老去恨空闻。
范蠡舟偏小，王乔鹤不群[7]。
此生随万物，何路出尘氛[8]。

三

高浪垂翻屋，崩崖欲压床。
野桥分子细[9]，沙岸绕微茫。
红浸珊瑚短，青悬薜荔长。
浮查并坐得，仙老暂相将[10]。

【注释】

1简易：简慢随便。高人：指李固。匡床：方正安适的床。2远客：作者自指。碧海句：即挂碧海之新图。3连山：指画中连绵起伏的群山。绝岛：远岛。4蓬壶：即蓬莱，传说中的海上仙山。此处指画中的绝岛。5方丈：传说中的海上仙山。浑：浑茫。天台：山名，在今浙江天台县北，传说汉代刘晨、阮肇人天台采药而遇仙女。见《太平御览》卷四一引《幽明录》。6长：常。见画：被画出来。7范蠡舟：《国语·越语下》载：范蠡辅助越王勾践灭吴之后，"遂乘轻舟以浮于五湖，莫知其所终极"。王乔鹤：《列仙传》有仙人王子乔骑鹤故事。8出尘氛：远离尘世。9子细：仔细。10浮查：即浮槎，水中木筏。并坐得：可以容两人并坐。相将：相携。

❖送王侍御往东川放生池祖席

【题解】

广德二年（764）冬末作于成都。"王侍御"，按杜甫成都诗中有王侍御郁，及王侍御契，此未详所指。"侍御"是唐代对殿中侍御史、监察御史的通称。"东川"指梓州。"放生池"，即购买水族畜养于池，用于放生，称放生池。（按，唐肃宗诏天下临池带郭处置放生池，凡八十一所。）"祖席"饯别的宴席。这是一首送别诗，结尾处于未相别处，先问归期，足见深情。

【正文】

东川诗友合，此赠怯轻为[1]。
况复传宗匠，空然惜别离[2]。
梅花交近野，草色向平池。
傥忆江边卧[3]，归期愿早知。

【注释】

1 怯轻为：不敢轻率而作。2 宗匠：称誉王侍御。匠，原作"近"，据《杜诗详注》改。空然：徒然。3 江边卧：谓自己卧病草堂。

❖至后

【题解】

广德二年（764）冬作于严武幕府中，是杜甫在成都时期所作的最后一首七律。至后指冬至之后。由于白昼一天天增长，诗人在幕府中无所事事，白昼难捱，写诗表现对故乡洛阳的深切思念，对弟弟妹妹流散各方不得团聚的愁苦，但在这背后，更含蓄地表达了勉强在幕府工作的无聊和愁闷。诗属"拗体"七律：首句"至"字当平而仄，三句失粘，五句"自"字当平而仄，造成三仄脚，前人或评此诗"通身得古拙之趣"。

【正文】

冬至至后日初长，远在剑南思洛阳。
青袍白马有何意，金谷铜驼非故乡[1]。
梅花欲开不自觉，棣萼一别永相望[2]。
愁极本凭诗遣兴，诗成吟咏转凄凉。

【注释】

1 青袍白马：这里指在严武幕中任职，与侯景"青袍白马"事无涉。有何意：谓不得意。金谷：地名，在河南洛阳西北，晋石崇曾筑园于此。铜驼：语见晋陆机《洛阳记》："汉铸铜驼二枚，在宫南四会道头，夹路相对。" 2 棣萼：犹棣华，喻兄弟友爱。典出《诗·小雅·棠棣》。

❖正月三日归溪上有作简院内诸公

【题解】

永泰元年（765）春初辞幕归草堂作。首联写浣花溪上景色宜人，颔联写在田园中辞旧岁迎新春，颈联写闲适之趣，尾联觉今是而昨非。浦起龙说："仕不成仕，隐不成隐，于末联见意。"（《读杜心解》卷三）

【正文】

野外堂依竹，篱边水向城。
蚁浮仍腊味[1]，鸥泛已春声。
药许邻人斸[2]，书从稚子擎。
白头趋幕府，深觉负平生。

【注释】

1蚁浮：即浮蚁，浮在酒面的小泡沫。代指酒。腊味：酒造于去年腊月，故云。2斸（zhú）：挖，掘。

❖营屋

【题解】

永泰元年（765）春作于草堂。诗人辞去幕职，复归草堂居住，遂对显得荒芜的环境做了一番整治。主要的工作是砍去多余的竹子，敞开视线。去除杂草，打扫清洁卫生。于是草堂气象一新，住着舒服。

【正文】

我有阴江竹，能令朱夏寒[1]。
阴通积水内[2]，高入浮云端。
甚疑鬼物凭，不顾剪伐残[3]。
东偏若面势，户牖永可安[4]。
爱惜已六载[5]，兹晨去千竿。
萧萧见白日，泂泂开奔湍[6]。
度堂匪华丽，养拙异考槃[7]。
草茅虽薙葺[8]，衰疾方少宽。
洗然顺所适[9]，此足代加餐。
寂无斤斧响，庶遂憩息欢[10]。

【注释】

1阴江竹：垂罩于水面的竹子。朱夏：指盛夏。《尔雅·释天》："夏为朱明。"2积水：指池塘。3甚疑句：很怀疑鬼怪借以藏身。甚：《全唐诗》校："一作如。"剪伐：砍除。4东偏：东边。若面势：顺势远眺。户牖：门窗。5六载：从上元元年（760）算起，至此历时六载。6萧萧：萧疏。奔湍：指浣花溪。7度以：自忖。匪：非。养拙：犹守拙，指隐居生活。考槃：《诗·卫风》篇名，乃隐士之歌。8薙（tì）葺：刈草覆盖。9洗然：洒脱貌。10寂无二句：写营屋既成的喜悦。

❖ 除草

【题解】

永泰元年（765）春作于草堂。"除草"不是泛指杂草，原注："去签蒾（qián）草也。"蒾草即荨麻，又称藿麻，川西常见植物，叶茎上表皮毛上的小尖刺，尖刺中空有腺体分泌蚁酸，螫人后产生恶痒奇痛。因为人和动物都会避开，所以极易生长蔓延。这首诗写的就是铲锄荨麻，并用以比喻奸恶小人，表达了疾恶如仇，除恶务尽的态度。

【正文】

草有害于人，曾何生阻修[1]。
其毒甚蜂虿，其多弥道周[2]。
清晨步前林，江色未散忧[3]。
芒刺在我眼，焉能待高秋[4]。
霜露一沾凝，蕙叶亦难留[5]。
荷锄先童稚，日入仍讨求[6]。
转致水中央，岂无双钓舟。
顽根易滋蔓，敢使依旧丘[7]。
自兹藩篱旷[8]，更觉松竹幽。
芟夷不可阙，疾恶信如雠[9]。

【注释】

1草：指荨麻，螫人草。阻修：指阻隔蔓延于路。2蜂虿（chài）：黄蜂与蝎子，毒虫的泛称。弥：散布。道周：道路两旁。3散忧：驱散忧愁。4芒刺：芒，草名，其叶如矛而大，长四五尺，快利如锋刃，故称芒刺。高秋：九月，秋高气爽之时。5蕙叶：香草的叶子。6讨求：寻找而除之。7滋蔓：滋生蔓延。旧丘：老地方。8藩篱：篱笆围墙。旷：开阔。9芟（shān）夷：割除。雠：仇。

❖弊庐遣兴奉寄严公

【题解】

永泰元年（765）春作于草堂。杜甫辞去幕职回归草堂，仍与严武保持联系，这首诗就是写了寄给严武的。前六句写回归草堂后自由自在的生活，后六句写对严武的思念和感恩，并希望他不时光临草堂。浦起龙说："时已辞幕职而归草堂，寄诗以达情也。……然不言自往，而转讽彼来，缱绻中正复介介。"（《读杜心解》卷五）

【正文】

野水平桥路，春沙映竹村。
风轻粉蝶喜，花暖蜜蜂喧。
把酒宜深酌，题诗好细论。
府中瞻暇日，江上忆词源[1]。
迹忝朝廷旧，情依节制尊[2]。
还思长者辙，恐避席为门[3]。

【注释】

1词源：以水源喻文词之层出不穷。指严武能文。2迹忝二句：谓往日在朝廷忝与严公同列，现在对你这上司依旧感恩。节制：节度使的简称。指严武，时为剑南节度使。3席为门：陈平家贫，以席为门，然门外多长者车辙。事见《史记·陈丞相世家》。

春日江村五首

【题解】

永泰元年（765）春作于草堂。这组诗是杜甫为总结在蜀几年的生活经历而作，也是辞归草堂后的抒怀之诗。杨伦说："五诗前首总起，末首总结，中三首逐章承递，从前心事，向后行藏，备悉此中，可作公一篇自述小传读。"（《杜诗镜铨》卷十二）

【正文】

一

农务村村急，春流岸岸深。
乾坤万里眼，时序百年心[1]。
茅屋还堪赋，桃源自可寻[2]。
艰难昧生理[3]，飘泊到如今。

二

迢递来三蜀，蹉跎有六年[4]。
客身逢故旧，发兴自林泉。
过懒从衣结，频游任履穿。

藩篱无限景，恣意买江天[5]。

三

种竹交加翠，栽桃烂熳红。
经心石镜月，到面雪山风[6]。
赤管随王命，银章付老翁[7]。
岂知牙齿落，名玷荐贤中[8]。

四

扶病垂朱绂，归休步紫苔[9]。
郊扉存晚计[10]，幕府愧群材。
燕外晴丝卷，鸥边水叶开。
邻家送鱼鳖，问我数能来[11]。

五

群盗哀王粲，中年召贾生[12]。
登楼初有作，前席竟为荣[13]。
宅入先贤传，才高处士名[14]。
异时怀二子[15]，春日复含情。

【注释】

1乾坤二句：意放眼天地，回想一生。2赋：赋诗，吟咏。桃源：桃花源。借指浣花溪。3昧生理：不知生计。4迢递：遥远。三蜀：本为蜀郡，西汉时分置广汉、犍为二郡，合称三蜀。六年：杜甫自乾元二年（759）冬入蜀，至此已六年。5无限景：《全唐诗》校："一作颇无限。"买：《全唐诗》校："一作向。"6石镜：成都古迹，据《寰宇记》，系蜀王妃冢之表记。雪山：岷山雪岭。7赤管：《太平御览》卷六〇五引《汉官仪》："尚书令、仆、丞、郎，月给赤管大笔一双，篆题曰北宫著作。"时杜甫为检校工部员外郎。银章：汉代凡吏秩比二千石以上，皆银印青绶。唐时无赐印者，此以借指随身鱼袋（唐五品以上官员盛放鱼符的袋，三品以上饰以金，五品以上饰以银，以明贵贱，应召命）。杜甫在严幕，赐绯鱼袋。8忝：犹忝，自谦之辞。9朱绂：系官印的红色丝带。归休：归家休沐。10存晚计：谓将终老于此。11数能来：能否常来。12王粲：汉末建安七子之一，避乱荆州依附刘表。贾生：贾谊。13登楼句：指王粲曾作《登楼赋》。前席句：用汉文帝召见贾谊于宣室，在座席上屡次向前移动位置事。见《史记·屈原贾生列传》。14宅入二句：合王、贾二人言之。王粲宅在襄阳，贾谊宅在长沙。15二子：指王粲和贾谊。

长吟

【题解】

永泰元年（765）春末作于草堂。这首诗前四句写春日佳景，后四句写辞去幕职后的闲情逸致。胡夏客说："诗句已稳，犹自长吟，比他人草草成篇，辄高歌鸣得意者，相去悬绝。"（《杜诗详注》引）

【正文】

江渚翻鸥戏，官桥带柳阴[1]。
花飞竞渡日，草见蹋春心[2]。
已拨形骸累，真为烂漫深[3]。
赋诗歌句稳[4]，不免自长吟。

【注释】

1官桥：官路上的桥梁。带：环绕。2竞渡：龙舟竞渡。蹋春：请踏青游春。蜀中风俗以二月二日为踏青节。蹋，同"踏"。3拨：抛开。形骸累：指在幕府时身受束缚。烂漫：放浪不拘形迹。4稳：谓妥帖，工稳。

❖春远

【题解】

永泰元年（765）春末作于草堂。这首诗写春晚景色，发忧国之思，叹故土难归。黄生说："写有景之景，诗人类能之。写无景之景，唯杜独擅长。此诗上半，当想其虚中取意之妙。"（《杜诗详注》卷十四引）

【正文】

　　肃肃花絮晚，菲菲红素轻[1]。
　　日长唯鸟雀，春远独柴荆[2]。
　　数有关中乱，何曾剑外清[3]。
　　故乡归不得，地入亚夫营[4]。

【注释】

1肃肃：犹萧瑟，萧条貌。菲菲：花落貌。2柴荆：柴门。3数：屡，多次。关中乱：指吐蕃、党项入寇。剑外：指蜀中。时蜀中亦屡有战乱。4乡：《全唐诗》校："一作园。"亚夫营：即细柳营，在今陕西咸阳西南。西汉名将周亚夫曾驻兵于此。

绝句三首

【题解】

永泰元年（765）春末作于成都。第一首写身在蜀中心向荆楚，第二首回忆往日蜀中胜游，第三首见春江风急而叹不得远行。浦起龙说："盖三诗一串，胸中素有下峡之志。适见风狂，聊为此咏。乃行止摇摇之感也。"（《读杜心解》卷六）

【正文】

一

闻道巴山里[1]，春船正好行。
都将百年兴，一望九江城[2]。

二

水槛温江口，茅堂石笋西[3]。
移船先主庙[4]，洗药浣花溪。

三

设道春来好[5]，狂风大放颠。
吹花随水去，翻却钓鱼船。

【注释】

1 巴山：指巴东三峡。2 百年兴：谓一生之兴会。九江城：指江陵。古谓长江至荆州分而为九，故称。其时杜甫已有出峡之意。3 水槛：楼亭临水的栏杆。温江：在四川成都市温江区西南，为岷江支流，也称温水，在成都西五十里。茅堂：指杜甫草堂。石笋：成都古迹，在城西门附近。4先主庙：三国蜀先主刘备之庙，在今成都南郊，与武侯祠相邻。5设道：以为。

✤三韵三篇

【题解】

永泰元年（765）春末作于草堂。这组诗当是缘事而发，或是因在幕府中与同僚相处不睦受到屈辱而发，黄生说："三首与《莫相疑行》《赤霄行》，似皆在幕之作。"（《杜诗详注》卷十四引）有人认为创作时间在本年离蜀前夕。第一首的意思，接近俗话所谓"人怕伤心，树怕剥皮"，类乎"捶面""损鳞"之事，是不能容易的。第二首说大船远航，必须具备相当的条件，显然他不具备。第三首诗痛斥小人串通一气，蒙蔽权要，官场事拎不清。诗人以"磊落士""万斛船""烈士"自命，对立面是官曹中的"小人"。因为涉及幕府，不便明言，故出以隐语，泄愤而已。

【正文】

一

高马勿捶面，长鱼无损鳞。

辱马马毛焦，困鱼鱼有神[1]。

君看磊落士，不肯易其身[2]。

二

荡荡万斛船，影若扬白虹[3]。

起樯必椎牛,挂席集众功[4]。
自非风动天,莫置大水中。

三

烈士恶多门,小人自同调[5]。
名利苟可取,杀身傍权要[6]。
何当官曹清[7],尔辈堪一笑。

【注释】

1马毛焦:马有病而毛色枯焦。鱼有神:谓非凡鱼。传说鲤鱼跳过龙门,可化为龙。参见《太平广记》卷四六六引《三秦记》。2磊落:指人洒脱不拘,直率开朗。易其身:指改变信仰。3万斛船:指巨船。扬白虹:喻扬帆如白虹。4樯:帆柱,桅杆。椎牛:杀牛。挂席:扬帆。5烈士:坚贞不屈的刚烈之士。多门:指政令出之多处。同调:声调相同。比喻追随附和。6名利二句:谓小人只要能取名利,甘冒杀头的风险也要媚附权贵。7官曹:古时分职治事的官署。

✤莫相疑行

【题解】

永泰元年(765)春末作于草堂。这首诗是杜甫有感于幕府中不愉快的遭遇有感而发。前六句追忆昔日献赋得到唐玄宗赏识的往事,后六句感慨眼下的日暮途穷及世态炎凉。两相对比,衬托今昔处境反差之大,一吐心中的积郁,表达了诗人对人情冷暖、世态炎凉的厌倦和憎恶。"当面输心背面笑"一语,为心口不一又故作

姿态的小人画像，十分传神。浦起龙说："此诗追昔抚今，不胜悲慨，于篇尾流露其意。"（《读杜心解》卷二）

【正文】

男儿生无所成头皓白[1]，牙齿欲落真可惜。
忆献三赋蓬莱宫[2]，自怪一日声辉赫。
集贤学士如堵墙，观我落笔中书堂[3]。
往时文彩动人主，此日饥寒趋路旁。
晚将末契托年少，当面输心背面笑[4]。
寄谢悠悠世上儿，不争好恶莫相疑[5]。

【注释】

1 生无所：《全唐诗》校："一作一生无。" 2 忆献句：指天宝十载（751）在长安进《朝献太清宫赋》《新太庙赋》《有事于南郊赋》。蓬莱宫：指大明宫。3 集贤学士：《旧唐书·玄宗纪》载：开元十三年四月"改集仙殿为集贤殿，丽正殿书院为集贤殿书院，院内五品以上为学士、六品以下为直学士"。堵墙：比喻人多密集。中书堂：宰相办公处。4 末契：浅交，指长辈与晚辈交往。输心：把心掏出来。笑：哂笑。5 寄谢：正告。悠悠：无聊貌。世上儿：指幕府中小人。不争句：我不同你争高下，别对我猜疑了。

❖赤霄行

【题解】

永泰元年（765）春末作于草堂，与前诗为同时所作，事由也是一样的。诗取句中"赤霄"二字为题，诗意不在"赤霄"。诗中杜甫以孔雀、飞燕自喻，对自己受到幕府中人的嫉妒、排挤深表愤慨，诗人表示不会和所谓"少年"一般见识，然耿耿于怀溢于言表。申涵光说："《赤霄行》胸中有一段说不出之苦，故篇中皆作借形语。"（《杜诗详注》引）

【正文】

孔雀未知牛有角，渴饮寒泉逢抵触。
赤霄悬圃须往来，翠尾金花不辞辱[1]。
江中淘河吓飞燕[2]，衔泥却落羞华屋。
皇孙犹曾莲勺困，鲍庄见贬伤其足[3]。
老翁慎莫怪少年，葛亮贵和书有篇[4]。
丈夫垂名动万年，记忆细故非高贤[5]。

【注释】

1悬圃：神话传说天国的花园，见屈原《离骚》。翠尾：指孔雀尾。金花：指孔雀尾上的色彩。2淘河：鸟名，即鹈鹕，以好入水食鱼，故以淘河为名。3莲勺：古县名，在今陕西蒲城县南。《汉书·宣帝纪》载：帝初为皇曾孙，喜游侠，斗鸡走马，"常困于莲勺卤中"。卤，咸水池。鲍：原作卫，《全唐诗》校："一作鲍。"据改。《左传·成公十七年》载：齐灵公赴柯陵之会，高无咎与鲍牵留守。及还，孟子诉之曰："高、鲍将不纳君。"秋，刖鲍牵而逐高无咎。4葛亮：即诸葛亮。陈寿所上《诸葛亮集》目录，凡二十四篇，《贵和篇》列第十一。5细故：小事。

✤ 闻高常侍亡

【题解】

永泰元年（765）春末作于草堂。"高常侍"指高适，广德元年（763）召还为刑部侍郎，转左散骑常侍。本年正月去世。黄鹤注："诗云'蜀使忽传亡'，当是永泰元年成都作。原注谓忠州所作，非。不应正月已卒，六月始闻也。"仇兆鳌亦从其说。（俱见《杜诗详注》卷十四）高杜交谊颇深，彼此唱和诗达十首以上。诗中对高适的德才给予了高度评价，并对他的忽然去世深表悲痛。

【正文】

归朝不相见，蜀使忽传亡。
虚历金华省，何殊地下郎[1]。
致君丹槛折[2]，哭友白云长。
独步诗名在，秪令故旧伤。

【注释】

1 金华省：指门下省。金华，汉殿名，在未央宫。高适卒前为左散骑常侍，属门下省。地下郎：《太平御览》卷八八三引晋王隐《晋书》载，苏韶卒，其伯父子节梦见韶言："颜回、卜商，今见在，为修文郎。"后以称有文才而早逝的人。2 丹槛折：用朱云事。见《汉书·朱云传》。史称高适负气敢言，权贵侧目。

❖去蜀

【题解】

永泰元年（765）五月作于成都。四月，严武死。杜甫在蜀中失去了依靠，便于五月离开成都，乘舟东下。依次经过戎州（今四川省宜宾市）、渝州（今重庆市）、忠州（今重庆市忠县）。浦起龙说："只短律耳，而六年中流寓之迹，思归之怀，东游之想，身世衰迟之悲，职任就舍之感，无不括尽。可作入蜀以来数卷诗大结束。是何等手笔。"（《读杜心解》卷三）又云"此行当在严武未卒之前"，可备一说。

【正文】

五载客蜀郡，一年居梓州[1]。
如何关塞阻，转作潇湘游[2]。
世事已黄发[3]，残生随白鸥。
安危大臣在[4]，不必泪长流。

【注释】

1 五载二句：杜甫于乾元二年（759）岁末到成都，至此凡六年，其间宝应元年（762）秋至广德二年（764）春流寓梓州，计居成都四年半，居梓州一年半。诗云"五载""一年"，皆举成数。2 关塞阻：意谓道路阻隔，难返长安。潇湘游：谓将赴湖南。3 黄发：谓年老。随白鸥：谓漂泊无定。4 大臣：指朝中权贵，相对小臣（自己）而言。

【附录】
哭严仆射归榇
杜甫

素幔随流水,归舟返旧京。
老亲如宿昔,部曲异平生。
风送蛟龙雨,天长骠骑营。
一哀三峡暮,遗后见君情。